『그럼 시작하도록 할게요.』

트릴
Trill Euphoria

「으앗?!」

X **현실주의 용사의
왕국 재건기**

Re:CONSTRUCTION
THE ELFRIEDEN KINGDOM
TALES OF REALISTIC BRAVE

도조마루
일러스트 ✤ 후유유키

「당신과 리시아, 왕비 여러분,
그리고 시안과 카즈하랑
아직 태어나지 않은 아이들의
행복을 바랄게요.」

엘리샤
Elisha Elfrieden

소마 카즈야
Souma Kazuya

「이제부터 제14대 국왕 소마 A.
엘프리덴의 대관식을 거행한다!」

알베르토
Albert Elfrieden

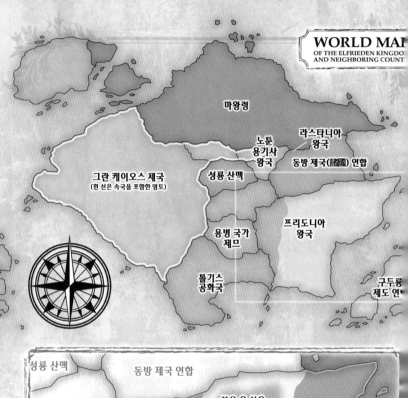

마왕령

그란 케이오스 제국
(흰 선은 속국을 포함한 영토)

노툰
용기사
왕국

라스타니아
왕국

동방 제국(諸國) 연합

성룡 산맥

프리도니아
왕국

용병 국가
제므

톨기스
공화국

구두룡
제도 연합

성룡 산맥

동방 제국 연합

붉은 용 성읍

라군 시티

랜들

파르남

항모
[히류] 도크
✕

아미도니아
지방

반

용병 국가
제므

네르바

아르토믈라

신호의 숲

베네티노바

엘프리덴
지방

톨기스
공화국

구두룡
제도 연합

현실주의 용사의
왕국 재건기

Re:CONSTRUCTION
THE ELFRIEDEN KINGDOM
TALES OF
REALISTIC BRAVE

도조마루
일러스트 ✛ 후유유키

폰초 이시즈카 파나코타
Poncho Ishizuka Panacotta

프리도니아 왕국의 농림대신. 음식을 찾아 전 세계를 돌아다니며 얻은 지식으로 백성을 구한 [음식의 신].

토모에 이누이
Tomoe Inui

요랑족 소녀. 동물의 말을 알아듣는 재능으로 발탁되어 리시아의 의동생이 된다.

코마인
Komain

마왕령 확대로 고향에서 쫓겨난 난민단의 소녀. 프리도니아 왕국 귀화 후에는 폰초를 모신다.

세리나
Serina

파르남 성의 메이드장이자 리시아의 시종. 폰초가 만드는 B급 미식을 정말 좋아한다.

카에데 폭시아
Kaede Foxia

프리도니아 왕국 국방군에 소속된 마도사로 루드윈의 부관. 할의 약혼자.

할버트 마그나
Halbert Magna

프리도니아 왕국 국방군 유일의 용기사이자 정예부대 [드라트루퍼]의 대장. 통칭 할.

쿠 타이세
Kuu Taisei

톨기스 공화국 원수의 아들. 맹우 소마 곁에 손님으로 머물며 그의 통치를 배운다.

루비
Ruby

성룡 산맥 출신의 레드 드래곤 소녀. 할과 용기사의 계약을 맺고 두 번째 약혼자가 된다.

타르 오즈미
Taru Ozumi

톨기스 공화국의 대장장이이자 쿠와 레폴리나의 소꿉친구. 현재는 프리도니아 왕국에서 대장장이를 지도.

레폴리나
Leporina

쿠의 종자 겸 호위. 어릴 적부터 모시던 쿠를 따라 프리도니아 왕국에 체류 중.

아이샤 우드가드
Aisha Udgard

다크 엘프 여전사. 왕국 제일의 무용을 자랑하는 소마의 제2정실 후보 겸 호위.

주나 도마
Juna Doma

프리도니아 왕국에서 으뜸가는 노랫소리를 가진 [프리마 로렐라이]. 소마의 제1측실 후보.

로로아 아미도니아
Roroa Amidonia

전 아미도니아 공국 공녀. 희대의 경제 센스로 소마를 재정적으로 돕는 제3정실 후보.

나덴 데랄
Naden Delal

성룡 산맥 출신의 흑룡 소녀. 소마와 용기사 계약을 맺고 제2측실 후보가 된다.

Re:CONSTRUCTION
THE ELFRIEDEN KINGDOM
TALES OF REALISTIC BRAVE
CHARACTERS

소마 카즈야
Souma Kazuya

이세계에서 소환된 청년. 갑작스럽게 왕위를 물려받아 프리도니아 왕국을 통치한다.

리시아 엘프리덴
Liscia Elfrieden

전 엘프리덴 왕국 공주. 소마의 자질을 깨닫고 제1정실로서 함께할 것을 결의.

Contents

Re:CONSTRUCTION
THE ELFRIEDEN KINGDOM
TALES OF
REALISTIC BRAVE

X

♟ 프롤로그 ✦ 결혼 카운트다운

——대륙력 1548년 2월 2일 오후, 파르남 성

"후후후, 마침내 완성됐다고."

맑게 개어 겨울치고는 그럭저럭 따듯했던 이날. 커튼이 쳐져 조금 어스름한 실내에서 나는 눈앞에 있는 물건을 보고 뺨이 풀어지려는 것을 참을 수 없었다. 여하튼 바쁜 정무에 짬을 내어 야금야금 제작한 이것이 마침내 완성되었기 때문이다.

후하하하! 이것이야말로 궁극의 최종병기라고 해도 과언이 아니겠지.

이제 누구에게도 질 것 같지 않았다.

그런 느낌으로 혼자서 잔뜩 들떠 있었더니,

"……뭘 히죽히죽하는 거야?"

침대에 앉은 리시아가 어이없다는 듯 말했다.

이곳은 리시아의 방이었다. 이전에 왔을 때와 가구 배치 따위는 변하지 않았지만 나와 리시아의 아이인 시안과 카즈하가 쓰는 아기 침대가 새로이 설치되어 있었다. 아직 태어나고 한 달 남짓밖에 안 지났기에 아이들은 리시아 곁에서 지냈다.

나는 완성한 물건을 옆에 내려놓고는 의자를 돌려 앉아서 등받이에 팔꿈치와 턱을 얹고 리시아와 아이들을 봤다. 지금은 아이들에게 젖을 주는 시간이었다.

긴 머리카락을 목덜미 뒤로 묶어서 처음 만났을 때와 같은 머리 모양으로 돌아온 리시아는, 어깨를 드러내고 온화한 표정으로 자기 아이를 바라보며 젖을 주고 있었다. 그 모습은 마치 성모자 그림에서 튀어나온 게 아니냐고 생각될 만큼 거룩하고 아름다웠다.

이미 시안에게는 줬고 지금은 카즈하 차례였다. 시안은 배가 불러서 졸리는지 침대 위에서 눈을 감고 있었다.

"그게 말이지, 마침내 이게 완성됐어."

나는 옆에 내려놓았던 물건을 들어 리시아에게 보여 줬다.

"어때? 귀엽게 만들어진 것 같지 않아?"

그러면서 보여 준 것은 아기 옷 두 벌이었다.

후드가 달린 그 아기 옷은 두 벌 모두 내가 직접 바느질해서 만들었다.

쌍둥이가 태어난다는 이야기를 들은 순간부터 구상을 개시해, 태어난 뒤에 사이즈를 측정해서 만든 자신작이었다. 참고로 제작 중에도 계속 히죽댔는지, 그것을 본 다른 약혼자들이 기겁했더랬지.

리시아는 그 아기 옷의 이상한 완성도를 보고 하아~ 하고 한숨을 내쉬었다.

"귀엽다고는 생각하지만, 거의 인형 옷이잖아. 무슨 생물을 본뜬 거야?"

"마챠핀이랑 주크."

"들어본 적 없는데?"

"그야 내가 있던 세계의 가공 생물이니까."

마챠핀과 주크는 옛날에 본 어린이 방송의 마스코트 캐릭터였다.

하늘색과 갈색의 낙낙~한 풍모의 캐릭터로 자세히 보면 귀엽기는 한 것인지 의문스러운 외모이지만, 묘하게 애교가 있어서 캐릭터 상품도 다수 나왔다. 쌍둥이용 아기 옷을 마련하자고 생각했을 때 가장 먼저 떠오른 것이, 마챠핀과 주크의 인형 옷 같다면 귀엽지는 않겠냐는 생각이었다.

"모델은 네시랑 *야마오토코였으려나."

"영문을 모르겠다는 것만큼은 알겠어. ……꽤나 고집스럽게 만든 모양인데, 갓난아기니까 금세 더러워질 거라고?"

"갈아입히는 용도로 두 벌 더 만들 생각인데?"

"그 열의를 정무 쪽으로 돌려. 그러다가 하쿠야가 울겠어."

"허나 거절한다."

"정말이지…… 영차."

수유가 끝났는지 리시아는 카즈하를 떼어놓더니 등을 툭툭 두드려 트림이 나오게 했다. 그리고 카즈하를 아기 침대까지 옮겨서 잠든 시안 옆에 눕히자, 카즈하는 금세 눈을 감고 새근새근 잠들었다.

---

* 야마오토코: 일본의 요괴. 2미터 남짓의 신장에 털이 나 있는 인간 형태의 요괴다.

카즈하는 혼자 있으면 칭얼댈 때가 많은데 시안과 같이 있으면 금세 잠이 든다. 쌍둥이니까 자신의 반신이 옆에 있다고 안심하는 걸까?

나와 리시아는 나란히 잠든 아이들을 들여다봤다.

배불리 먹고 온화한 표정으로 잠든 아이들. 보는 것만으로 행복하다. 젖을 잔뜩 먹고 실컷 자며, 무사히 건강하게 자라 줬으면 좋겠다.

"또 히죽댄다고, 소마."

어지간히도 표정이 풀렸는지 리시아가 그렇게 말하며 쓴웃음을 지었지만 어쩔 수 없다. 리시아도 비슷한 표정이고.

"그게 말이지, 우리 아이들 엄청나게 귀엽잖아."

"벌써부터 팔불출이야? ……뭐, 동감이지만."

"이것 참, 정말로 행복하네."

"그렇게 직설적으로 말하면…… 어쩐지 부끄러워."

리시아가 수줍게 웃었다. 아아, 정말로 사랑스럽다.

"행복해. 이런 가족들에게 둘러싸여서."

"후후, 아직 결혼 전이지만."

"아, 결혼이라고 하니까 말인데…… 간신히 혼례 날짜가 정해졌어."

리시아의 임신이나 동방 제국 연합 원정으로 계속 연기되었던 우리의 혼례 의식 날짜가 간신히 결정되었다. 대륙력 1548년(올해) 4월 1일. 이날 내 대관식과 나와 약혼자들의 결혼식을 진행하게 되었다.

그렇게 이야기하자 리시아는 감개무량한 듯 한숨을 내쉬었다.

"두 달 뒤, 마침내 소마는 잠정 국왕이 아니라 진짜 국왕이 되는 거구나."

"그래. 그리고 너희도 왕비 후보가 아니라 왕비가 되지."

"소마가 이 세계에 온 지도 만으로 거의 2년인가. 어쩐지 너무 많은 일들이 있어서 고작 2년밖에 안 지났다는 게 믿기지가 않네."

"그러네……. 소환되었을 당시의 나는 지금 상황을 상상하지 못했을 거야."

약혼자가 다섯이나 있고 이미 아이까지 태어났으니까.

어쩐지 엄청나게 먼 곳까지 온 기분이었다.

"후후후, 그러고 보니 소마. 막 만났을 무렵에는 '몇 년 뒤에는 국왕 같은 건 그만둘 테니까. 약혼도 깨면 돼.' 같은 말을 했지."

아…… 그랬지. 이제 와서는 먼 옛날 일처럼 여겨졌다.

"다시 끄집어내지는 말아 줘. 이제 와서 깨도 곤란하니까."

"당연하잖아. 하지만 그때 나는 '내가 가족이 되면 소마를 이 나라에 붙들어 둘 수 있을까. 약혼자로서 기정사실을 만들어 버리면.' …… 같은 생각을 했어."

"어, 그랬어?"

그렇게나 일찍부터 나와의 결혼을 각오했나. 리시아는 자랑스럽게 웃었다.

"실제로 이렇게 기정사실을 만들어서 가족이 되었으니까, 대단하다고 생각하진 않아?"

"……정말로, 리시아는 당해 낼 수가 없네."

나는 그러고는 리시아에게 가볍게 키스를 했다.

이전에는 부끄러웠지만 최근에는 자연스럽게 키스할 수 있게 되었다. 리시아도 마음에 없지는 않다는 표정이었다. 키스한 다음에 나는 뺨을 긁적였다.

"아하하……. 하지만 결혼에 관해서는 문제도 나왔는데."

"응? 무슨 소리야?"

"내 대관식, 우리 혼례 의식에 더해서 아이들을 국민들에게 선보이는 행사도 추가되었으니까 로로아 쪽에서 제대로 해 보려는 모양이야."

아무래도 이곳 왕도를 모조리 들썩이게 만들 특대 이벤트를 하고 싶은 모양이었다. 축제를 좋아하는 로로아다운 발상에 리시아도 쓴웃음을 지었다.

"로로아답다고는 생각하지만…… 큰일이겠네. 구체적으로 는?"

"당초 계획한 건 우리 말고도 희망하는 신하들의 결혼식을 함께 올리는 거였어. 마침 아크스 가문, 마그나 가문에 결혼 예정이 있었으니까."

근위기사단장 루드윈은 오버 사이언티스트 지냐와, 할은 카에데랑 루비와 조만간 결혼할 예정이었다. 그들의 결혼식도 왕성 측에서 책임지고 왕도 각지에서 결혼식이 진행되는 이벤트로 만들자는 계획이었다.

"그 밖에도 신하들 가운데도 이참에 결혼하고 싶다는 사람들을 모았는데…… 이벤트가 너무 커지면서 결혼식을 올릴 커플 숫자가 부족하대. 가능하다면 내 직속 신하 정도는 되는 사람들의 결혼식을 올리는 편이 적당하다나."

"하지만 결혼이라는 건 그렇게 간단한 일이 아니잖아?"

나무라는 것 같은 리시아의 말에 나는 고개를 끄덕일 수밖에 없었다.

"뭐, 그렇지. 하지만 맺어질 것 같은데 아직 맺어지지 않은 커플이라든지, 그런 사람들은 몇 명 있으니까 그쪽의 동향에 따라서는 어떻게든 되겠다는 생각도 있어."

"누구 말이야?"

"폰초 쪽이라든지, 진저 쪽이라든지."

"아아……."

리시아도 납득한 듯 고개를 끄덕였다.

그쪽은 언제 결혼해도 이상하지 않을 상황임에도 불구하고 당사자가 너무 서툴러서 그런지, 전무하다고 해도 될 만큼 진전이 없었다.

'폰초는 특히 더 빨리 가정을 만들었으면 좋겠는데 말이지…….'

왕성으로 들어오는 혼담이 너무 많아서 정무에 지장이 생길 지경이니까. 물론 본인들의 뜻이 중요하다는 건 알고 있지만.

정말로 어떻게든 좀 안 될까…….

♟ 제1장 ✦ 우울한 적귀

——대륙력 1548년 1월 중순, 마그나령 랜들

왕국 서쪽에 있는 [랜들]은 전직 육군 대장 게오르그 카마인의 공령 중심 도시이자, 지금은 할버트의 아버지인 그레이브 마그나가 통치하고 있다.

앞선 전쟁에서는 금군과 육군이 격돌한 장소이기도 했다. 다만 제대로 된 전투는 부근에 세워진 요새에서 벌어지고 성벽이 약간 폭격당했다. 다행히도 도시부에 피해는 없어서, 1년이 넘게 지난 지금은 완전히 본래의 분위기를 되찾았다.

그런 랜들의 성 아래, 마그나 가문의 저택이 있었다.

이 도시의 통치자는 그레이브이니 본래라면 게오르그의 성이었던 랜들 성에서 거주하면 되겠지만, 게오르그의 진의를 알고 있는 그레이브는 자신이 그 성에 사는 것을 꺼렸다. 그래서 성 아래의 저택에 살며 성에는 정무를 위해서만 올라왔다.

그런 마그나 가문의 저택으로 오늘, 할버트가 카에데와 루비를 데리고 돌아왔다.

동방 제국 연합에 원군으로 간 장병들에게는 위로도 겸하여 순차적으로 장기 휴가가 주어졌다. 할버트 일행의 귀가도 그 휴가를 이용한 것이었다.

"오오, 무사히 잘 돌아왔구나. 카에데, 그리고 루비 양도."

그런 세 사람을 그레이브가 두 팔 벌려 맞이했다.

카에데는 편하게 부르고 루비에게는 '양'을 붙인 것은 교제 기간에 따른 차이였다. 할버트와 소꿉친구인 카에데는 어릴 적부터 알고 지냈지만 신참인 루비는 대하는 태도를 조금 조심하는 것이리라.

그런 그레이브를 보고 두 사람은 조금 곤란하다는 듯 웃으며 가볍게 껴안았다.

"오랜만인 거예요. 그레이브 아저씨."

"다녀왔습니다. 아버님. 저는 편하게 부르셔도 괜찮은데."

"오오, 그러냐. 그럼 루비라고 부르마."

평소에 그레이브는 항상 엄격한 표정이지만 지금은 표정이 부드러웠다.

"전장에서 세운 수많은 공적도 이토록 아름답고 총명한 두 사람을 우리 집안에 맞이한 쾌거에는 미치지 못해. 손이 가는 아들이었지만 두 사람을 맞이한 것은 칭찬할 만하지."

"후후, 말이 과하신 거예요. 아저씨."

"……좀 부끄럽네요."

장래의 며느리 두 사람을 상대로 확 풀어진 아버지의 모습에 할버트는 한숨을 내쉬었다.

"나도 돌아왔는데?"

"응? 아, 할. 동방 제국 연합에서도 대활약한 모양이지 않느냐. 아비로서는 자랑스럽다만, 너무 들떠서 며늘아기들을 위험에 처하게 만들어서는 안 된다."

"……나도 알아."

그레이브가 설교조로 건넨 말에 할버트는 순순히 대답했다.

그런 할버트의 태도를 그레이브는 수상쩍게 여겼다. 어쩐지 어느 때보다도 분위기가 가라앉은 것처럼 느껴졌다. 평소라면 '언제까지 어린애 취급할 거야?'라며 반발할 터인데, 오늘은 이상하게 순순히 자신의 이야기에 수긍했기 때문이었다.

"무슨 일 있느냐?"

"……딱히 별일 없어. 미안하지만 피곤하니까 방에서 쉴게."

그러더니 할버트는 자신의 짐을 들고 자기 방으로 걸어갔다. 그런 할버트의 뒷모습을 카에데와 루비가 걱정스럽게 바라보는 것을 알아차린 그레이브는 분위기를 바꾸고자 어흠, 헛기침을 한 번 했다.

"자, 둘 다 이쪽으로 오너라. 집사람이 결혼식 예복을 맞추고 싶어서 목이 빠져라 기다리고 있거든."

"……알겠어요. 가죠, 루비."

"알았어."

그리고 그레이브는 둘을 아내가 기다리는 옷 방으로 안내했다. 다만 두 사람을 방으로 들이고 문을 닫을 때, 할버트가 떠난 방향을 흘끗 바라봤다.

◇　◇　◇

　한편 그 무렵. 할버트는 자기 방에서 쉬기는커녕 창문을 통해 밖으로 빠져나가더니 애용하는 두 자루 창을 들고 저택 안뜰의 수풀 안에 있었다.

　싸늘한 겨울의 공기 안에서 할버트는 깊이 숨을 내쉬고는 그 창을 휘두르기 시작했다. 칼날 부분이 바람을 가르는 소리와 두 자루 창을 잇는 가느다란 쇠사슬 마찰음이 수풀 사이로 울렸다.

　받아내고, 찌르고, 벤다……. 그 움직임은 보이지 않는 무언가와 싸우는 것 같았다.

　아마도 머릿속으로는 특정한 누군가를 상상하고 있으리라.

　하지만 몰두해서 창을 휘두르는 그 모습은 마치 억지로 망설임을 떨쳐내려는 것처럼만 보였다. 창을 휘두르는 할버트의 마음에 오가는 생각은 하나.

　'나는…… 이러고 있어도 되나?'

　그런 생각만을 하고 있었다.

　휴가를 받고, 약혼자를 데리고 본가로 귀가해 눈앞으로 다가온 카에데랑 루비와의 결혼식을 준비하고…… 전투에서 멀어진 그런 일상이 할버트를 초조하게 만들었다.

　'이러고 있어도 되는 건가……. 이렇게 해서, 그 녀석한테 이길 수 있나?'

　점점 창을 휘두르는 동작이 조잡해졌다.

　제어할 수 있는 것 이상의 힘으로 마구 휘두르고 있기에 중심이 되는 발도 안정되지 못하고 좌우로 흔들렸다. 점점 호흡도 거칠어지고 있었다. 생각한 대로 움직이지 않는다는 사실이 다시금 짜증을 만들어, 할버트는 창을 지면에 후려치듯 박았다.

"허억…… 허억……."

어깨를 들썩이는 할버트. 그런 할버트에게 다가오는 인물이 있었다.

"……정말이지. 꼴사납구나."

"윽?!"

할버트가 돌아보니 근처에 있던 나무 뒤에서 그레이브가 보고 있었다.

"뭐야, 아버지냐……."

"그런 엉망진창인 자세로는 단련도 안 되겠지. 그냥 분풀이일 뿐이야."

"윽……."

자각은 있는지 할버트는 아무런 대답도 하지 못했다. 그런 아들의 모습에 그레이브는 한숨을 한 번 내쉬더니 다가가서는 어깨를 툭 두드렸다.

"동방 제국 연합에서 누구한테 졌느냐?"

"뭐?! 나는 아직 진 게 아니야! 진 게 아니……지만…… 이길 수 없을지도 모르는 녀석이랑 만났어."

할버트는 반사적으로 거칠게 대답했지만 말에서는 점점 힘이 빠져나가고, 끝내는 그 자리에 힘없이 주저앉았다. 그레이브는 미간을 찌푸렸다.

"항상 쓸데없이 자신만만했던 너를 그렇게까지 압도한 존재가 있었느냐?"

"……후우가 한. 격이 다른 강함과 압도적인 카리스마를 가지고 있어서, 그 활약을 보고 있었더니 나도 모르게 끌려갈 뻔했어."

할버트의 뇌리에 들러붙어서 떨어지지 않는 것은 그날 본 후우가의 환영이었다.

"타오르는 것 같은 그 녀석의 삶을 동경해서 한순간 목숨을 잃는 게 두렵지 않았어. 나중에 그런 스스로의 생각에 몇 배는 더 공포를 느꼈지만. 하지만…… 나는 그때 무인으로서 내 목숨을 바치고 싶다는 생각을 했어. 카에데랑 루비도 잊고."

"…………."

자신을 위해서 목숨을 아끼지 않는 템즈보크 기병대를 이끌고, 설령 객지에서 죽어도 후회가 없다는 듯 전장을 종횡무진 뛰어다니는 후우가의 용맹한 모습. 할버트도 그 모습에 매료되어, 끝내 버티기는 했지만 끌려갈 뻔했다.

"이 세계에 나보다 강한 녀석이 없다는 자만에 빠졌던 건 아니야. 소마 곁에 있는 다크 엘프라도, 나랑 카에데랑 카를라가 한꺼번에 붙어도 압도할 정도로 강했으니까. 위에는 위가 있는 법이야."

"아이샤 님이라고 부르지 않겠느냐. 제2정실이 되실 분이다."

"그런 아이샤…… 님은 소마를 배신하지는 않겠지. 그러니까 우리가 이 나라에 있는 한, 그 사람의 칼날이 우리를 향할 일은 없어. 하지만…… 후우가는 다른 나라의 인간이야. 게다가 대륙에 이름을 떨치길 바라고 있지. 그 녀석이 그 야심을 계속 품는 한, 언젠가는 소마와…… 이 나라와 충돌하게 돼."

그리고 그때 후우가와 대치하는 상대는 자신과 루비일 것이라고 생각했다. 후우가는 비호 두르가를 타고서 날아오니까, 비행수(飛行獸)가 없는 아이샤로서는 불리하다. 게다가 그 두르가라는 비행수는 어중간한 와이번 따위로는 상대가 안 될 만큼 강력하다.

결국에 제대로 상대할 수 있는 자는 자신과 레드 드래곤 루비콤비밖에 없는 것이었다.

"나는 그 녀석한테 이길 수준까지 올라가야만 해. 그러지 않으면 이 나라, 그리고 카에데랑 루비를 지킬 수 없어. 그렇게 생각하니…… 아무래도 초조해지는 거야. 나는 이러고 있어도 되나, 더욱 강해지지 않으면 영원히 그 녀석한테 이길 수 없는데. 그렇게."

결혼해서 반려가 생기면 그것만으로도 지켜야 할 사람이 늘어난다.

하물며 할버트의 경우에는 두 사람과 결혼하니까 책임도 2배가 된다.

'정말이지, 소마는 잘도 이런 중압감을 견디는구나. 솔직히 굉장하다고 생각해.'

소마는 국왕이고, 게다가 다섯 명과 결혼하는 것이다.

심지어 리시아 공주는 아이를 둘이나 낳았다고 들었다. 지켜야만 하는 사람의 숫자로 따지면 할버트와는 비교가 되지 않았다. 힘이라면 할버트와 소마는 어른과 갓난아기만큼 차이가 나지만, 정신적인 강함은 그와 정반대라고 해도 될 것이다.

"이제 곧 카에데랑 루비와 결혼한다고 생각하면…… 더더욱 이대로 있어도 되느냐며 초조해져 버려. 나는…… 아내들을 지킬 수 있겠느냐고."

"……그랬나."

팔짱을 끼고 묵묵히 이야기를 듣던 그레이브는 뜻밖에도 싱긋 웃었다.

"햇병아리였던 네게도 간신히 가문을 이어받을 자각이 싹튼 모양이로군."

"놀리지 마. 나는 진지하게 이야기하는 거라고."

할버트는 노려봤지만 그레이브는 조용히 고개를 가로저었다.

"놀리는 게 아니다. 애당초 결혼 전이라면 누구라도 너처럼 느끼는 것이지. 네 불안에 후우가라는 녀석은 그다지 관계가 없다고 생각하는데?"

"뭐? 후우가가…… 관계없어?"

"원인 중 하나가 되기는 했을지도 모르겠지. 하지만 네 불안의 근본은 그 둘과 결혼해서 앞으로 가장으로서 가족을 지킬 수 있느냐는 점이다. 그런 건 강적과 대치한 적이 없는 평범한 남자조차 품고 있는 감정이지. 전혀 특별한 일이 아니야."

그러면서 그레이브가 웃어넘기자 할버트는 눈이 확 뜨인 기분이었다.

할버트 본인은 후우가를 두려워한 것이라고 생각했지만, 그레이브는 그 두려움의 대부분이 사실 가족을 지키는 것에 관한 불안이라고 이야기한 것이다. 그렇다면 그런 불안이 후우가의 환영이라는 형태로 나타났다는 의미다.

"아버지도 그런 경험이 있어?"

"음…… 뭐, 그렇군."

겸연쩍다는 듯 고개를 돌리는 그레이브의 모습을 보고 할버트는 어안이 벙벙했다. 엄격한 인상을 주는 그레이브도 결혼 전에는 자신과 마찬가지로 허둥댔던 것이다.

그레이브는 헛기침을 한 번 하고는 할버트에게 말했다.

"어흠…… 하지만 근본적인 원인은 아니라고 해도, 그 후우가라는 남자를 위험시하는 건 사실이겠지? 그렇게까지 불안하다면 이런 곳에서 도움도 안 되는 단련을 하는 것보다 집중할 수 있는 장소에서 진심으로 단련하고 오면 어떠냐?"

"진심으로 단련?"

"두 사람을 반려로 맞이하기 전에, 일부러 혼자가 되어 스스로를 돌이켜보는 것도 괜찮겠지. 다행히도 소마 폐하께서 교통망을 정비해 주신 덕분에 왕국 내의 이동은 월등히 편해졌다. 두 사람은 우리 집에서 맡고 있을 테니까, 휴가 중에 가고 싶은 곳에 가서 많은 사람들과 이야기를 나누고 마음껏 스스로를 단련하도록 해라."

혼자서 단련한다. 그 제안은 할버트에게는 매력적으로 들렸다. 어차피 이곳에서는 집중할 수 있을 것 같지도 않았다. 그렇다면 이것을 기회로 스스로를 돌이켜보는 것도 괜찮으리라.

"하지만 괜찮을까? 카에데랑 루비는 화낼 텐데……."

"설령 그렇다고 해도 네 입으로 전해야 할 일이다. 뭐, 그 아이들이라면 달가워하지는 않더라도 믿고 보내 줄 게다."

"그러네……."

"하지만 부디 그 아이들이 슬퍼할 일은 하지 마라. 독신으로 보내는 마지막 시간이라고 유흥가를 돌아다닌다든지 그러면, 나랑 네 어머니가 몸으로 심판해 줄 테니까 말이다."

왠지 난처한 투로 그레이브가 살벌한 소리를 했다.

"그럴 생각은 전혀 없지만…… 아버지는 그랬어?"

할버트가 묻자 그레이브는 식은땀을 흘리며 어깨에 손을 툭 얹었다.

"젊은 혈기로 뭐든 용서받진 않는다는 사실을 기억해 둬라. 특히 이제부터 반려가 될 사람을 화나게 만든다면, 그 후의 부부 관계는 완전히 장악당한다고 생각하는 게 좋다."

"…………."

어머니가 온화한 사람임에도 마그나 가문에서 모계가 우위에 선 것은 이것이 원인일까. 자기네 집안 사정의 이유를 엿본 것 같았기에 할버트는 자기도 조심하자면서 굳게 다짐했다.

저택으로 돌아온 할버트는 그레이브가 말했던 것처럼 한동안 혼자서 단련을 하고 싶다는 뜻을 카에데와 루비에게 솔직히 터놓았다. 그러자 두 사람은,

"뭐, 할이 그러고 싶다면 어쩔 수 없는 거예요."

"마음이 풀리면 냉큼 돌아와."

……쓴웃음을 지으면서도 그렇게 승낙해 주었다. 최근의 할버트답지 않은 모습을 두 사람도 걱정한 모양이었다. 할버트는 두 사람의 다정함에 그저 감사할 따름이었다.

이리하여 할버트는 그레이브에게서 군마를 빌려 홀로 여행을 떠나게 되었다.

랜들에서 남쪽으로 말을 몰기를 이틀.

이윽고 깊어 보이는 숲이 보였다. 다크 엘프의 자치령이기도 한 [신호의 숲]이었다.

할버트가 이 숲에 오는 것은 세 번째였다. 첫 번째는 재해 구조를 위해서, 두 번째는 아이샤의 부모에게 결혼 인사를 온 소마의 호위로 이 숲을 방문했다.

할버트가 숲 입구에 서 있던 다크 엘프 파수꾼에게 마을로 가고 싶다는 취지를 전했더니 이미 얼굴이 알려져 있기 때문인지 시원하게 통과시켜 주었다.

전서 쿠이로 수장에게는 방문 사실을 전달해 주었기에 할버트는 경비 전사에게 인사를 하고 말을 숲 안쪽으로 몰았다.

흔들리는 말 위에서 할버트는 계속 생각했다.

'그때는 정말로 큰일이었는데. 그야말로 지옥이라는 느낌이었어…….'

후우가를 봤을 때의 감각은 그때의 재해 현장과 비슷한 느낌이었다.

인지를 초월하는 무언가 터무니없이 커다란 힘이 움직이고, 그런 힘 앞에서는 자신은 날벌레나 마찬가지가 아니냐고 생각하고 마는 그 감각.

이 숲은 할버트가 처음으로 자신의 무력함을 통감한 장소였다.

그렇기에 자신을 돌이켜볼 장소로서 우선 방문한 것이었다.

'그 이후로 나는 바뀌었을까. 카에데 곁에서 드라트루퍼를 지휘하는 입장이 되었어. 루비라는 든든한 파트너 겸 기수도 손에 넣었고, 톨기스 공화국의 장인 타르가 만든 굉장한 무기도 손에 넣었어. 하지만 정작 중요한 나는…….'

그런 생각을 하는 사이, 갑자기 트인 장소로 나왔다.

키가 큰 나무가 많아서 낮에도 어스름한 신호의 숲 안에서 그곳만큼은 높다란 나무도 없고 머리 위에는 하늘이 펼쳐져 있었다. 산사태로 키가 큰 나무는 모두 쓸려 나갔기에 이곳만 개간이 된 것이었다.

할버트는 말에서 내려 그 광경을 바라봤다.

그때는 지면을 뒤덮고 있던 토사로 갈색이었던 땅바닥은 완전히 녹색으로 뒤덮였고 할버트와 키가 비슷한 어린 나무도 자라고 있었다.

그러다가 등 뒤에서 기척을 느끼고 할버트가 돌아보자 다크엘프 청년이 미소를 띠며 서 있었다.

"할버트 경. 소마 님께서 오셨을 때 이후로 처음일까요."

청년은 아이샤의 아버지이자 신호의 숲 수장인 보던 우드가드였다.

"오랜만입니다, 보던 님. 갑작스럽게 방문해서 죄송합니다."

할버트는 그렇게 송구스러워 했지만 보던은 두 팔을 벌려 환영의 뜻을 표했다.

"무슨 말씀이십니까, 은인이신 당신이라면 언제든지 환영합니다. 수르나 벨자가 있었다면 기뻐했을 텐데."

"두 사람은 지금 자리를 비웠습니까?"

"예. 듣자 하니 중요한 용건이 있다며 며칠 전에 숲을 떠났습니다."

"그렇습니까……. 좀 아쉽네요."

재해 당시에 목숨을 구해 주었다며 자신을 따르던 열두 살 남짓의 다크 엘프 소녀 벨자. 모처럼 신호의 숲에 왔으니까 얼굴을 비추는 것도 괜찮으려나 생각했는데 이곳에 없다면 어쩔 수 없다. 그리고 보던은 할버트에게 물었다.

"그래서 할버트 경은 어쩐 일로 신호의 숲에 오셨습니까?"

"……지금은 수행 중입니다. 자신을 돌이켜보고 단련하기 위해서요."

"수행……말입니까? 제가 알기로 할버트 님은 조만간 결혼하시는 거 아니었습니까? 딸과 폐하의 혼례 의식과 때를 맞춰서요."

"뭐…… 그렇습니다만…….'

"흠, 무언가 사정이 있으신 모양이군요. 괜찮으시다면 들려주시지 않겠습니까?"

보던이 진지하게 물었기에 할버트는 이번 여행을 떠나게 된

경위를 설명했다. 후우가에 관해서 이야기하자 보던은 복잡한
표정으로 신음했다.

"다른 사람도 아니고 아이샤가 자신보다 강하다고 말할 정도
의 무인이 있는 겁니까. 정말이지…… 세계는 넓군요."

아이샤의 강함을 누구보다도 잘 아는 보던은 그런 아이샤가
두려워하는 존재가 있다는 이야기를 들어도 별안간 믿을 수는
없었다. 하지만 할버트의 절실해 보이는 표정에서 그것이 사실
임을 알고 전율을 느꼈다. 할버트는 한숨과 함께 말했다.

"저는…… 그 남자에게 공포를 느끼고 있습니다. 언젠가 그
남자가 적이 되었을 때 이길 수 있을까. 앞으로 아내가 될 카에
데랑 루비를 지킬 수 있을까. 그렇게 생각하니 고민이 너무 깊
어져서, 이대로 두 사람과 결혼해도 괜찮으냐는 불안마저 느끼
게 되었습니다."

"흠……."

이야기를 들은 보던은 잠시 생각에 잠기는 모습이었다. 침묵
의 시간이 거북했기에 무언가 말해 주지 않으려나 할버트가 기
다리는데, 보던이 툭하니 중얼거렸다.

"그건 약함이로군요."

"윽?!"

자신이 약하다는 단호한 지적에 할버트는 숨을 삼켰다. 그런
할버트의 모습을 보고 보던은 자신의 말이 부족했음을 깨닫고
황급히 정정했다.

"아, 이건 부정적인 의미로 말한 게 아닙니다. 사람은 누구라

도 많든 적든 약함을 가지고 있는 법입니다. 중요한 것은 그 약
함과 마주할 수 있느냐는 것입니다."

"약함과 마주한다는, 말씀입니까?"

"당신은 그럴 수 있어요. 그렇다면 남은 것은 그 약함의 본질
과 마주할 수 있는가. '약함은 결코 약함만이 아니다'. 신호의
숲 전사들에게 이어지는 말입니다."

그리고 보던은 몸을 숙이더니 땅바닥의 이끼를 손으로 훑었다.

"그 재해로 풀이나 나무는 토사에 쓸려 내려갔습니다. 풀이나
나무는 토사보다 약했다고 할 수 있겠죠. 그리고 저희 힘도 미
약했습니다."

"…………."

"하지만 보십시오. 지금은 그 토사를 초목이 뒤덮어 버렸습니
다. 초목은 간단하게 쓰러지지만 그것을 채우고도 남을 만큼의
강함을 지니고 있죠. 재해 며칠 뒤에는 싹이 트고, 몇 개월 뒤에
는 녹색으로 뒤덮이고, 1년 정도가 지난 지금은 새로운 나무들
이 자라고 있습니다. 약하다고 생각하지만 그 안에도 강함이 있
다. 그것은 사람도 똑같습니다."

보던은 일어서서 할버트와 똑바로 마주했다.

"공포를 품은 마음에는 무모함을 무릅쓰지 않는 신중함이 있
고, 도망치고 싶어지는 마음에는 자신의 안전을 확보하는 주도
면밀함이 있다. 그렇기에 신호의 숲에서는 두려움을 부정하지
말라고 합니다.

"두려움을 부정하지 마라……."

후우가를 두려워하는 것도 중요한 일일까.

경계심을 가지는 것은 확실히 중요할지도 모른다. 하지만 그러다가 막상 후우가 앞에 섰을 때, 나는 제대로 싸울 수 있을까. 후우가를 이기고 이 나라를, 가족을 지킬 수 있을까. 생각에 잠긴 할버트를 보고 보던은 쿡쿡 웃었다.

"두려워하는 마음을 알고 싶다면, 당신 가까운 곳에 적임자가 있지 않습니까. 그 사람에게 이야기를 들어 보면 어떻겠습니까?"

"예? 누구 말씀이십니까?"

"있잖습니까? 이 나라에서 가장 큰 공포를 품고, 또한 이 나라에서 가장 겁쟁이가 되어야만 하는 인물이. 왕도 파르남에."

그 말에 할버트도 딱 떠올랐다.

확실히 그 녀석은 항상 많은 것에 겁을 먹어야만 하는 입장이었다. 겁먹고, 대비하고, 약하면서도 어떻게든 이제껏 그 공포를 뛰어넘었던 녀석. 일단 친구가 되었으니 이야기를 들어 보는 것도 나쁘지 않으리라.

할버트가 그렇게 생각하는 동안, 보던은 어째선지 등에 메고 있던 활을 들었다.

"보던 님?"

"후후. 뭐, 그건 그렇다 치고, 이 숲에는 수행하러 오신 거죠? 그렇다면 이 나라에서 최강이라 일컬어지는 처녀의 아비와 전투 훈련을 해 보는 것은 어떠십니까?"

그런 식으로 말해 버리면 무투파인 할버트는 잠자코 있을 수가 없었다. 할버트는 등에 지고 있던 애용하는 두 자루 창을 들며 히죽 웃었다.

"괜찮겠네요. 머리를 쓰는 것보다 제게 훨씬 잘 맞습니다."

"머리를 쓰는 걸 포기해서는 안 됩니다. 싸우면서도 항상, 계속 생각하시길."

"예!"

끝내는 교관과 훈련생 같은 대화를 주고받으며 두 사람은 싸우기 시작했다. 그렇게 보던과 전투 훈련을 한 할버트는 신호의 숲을 뒤로하고 말을 북북동으로 몰았다.

말이 다다른 곳은 할버트에게 무척 친숙한 왕도 파르남이었다.

할버트는 왕도에 다다르자마자 왕성으로 향했다.

위사들에게도 얼굴이 알려져 있고 또한 소마도 허가했었기에, 갑작스러운 방문임에도 간단한 체크만으로 국왕의 집무실로 안내되었다.

할버트가 문을 두드리자 "들어와~."라며 맥 빠지는 목소리가 들렸다.

방으로 들어가자 집무용 책상에 쌓인 서류 더미 맞은편에 잠정 국왕 소마가 있었다.

곁에는 관료들이나 검은 옷의 재상 하쿠야도 보였다. 서류 작업으로 지쳤는지 살짝 기운 없는 표정인 소마는 할버트의 방문을 깨닫고 고개를 갸웃거렸다.

"할? 별일이네. 네가 여기까지 오다니."

"아니, 너랑 이야기를 좀 하고 싶었는데…… 바쁘면 나중에 다시 올게."

아무리 그래도 정무를 방해할 수는 없었다. 그러자 소마는 크게 기지개를 켰다.

"음~. 마침 쉬려던 참이니 괜찮아. 하쿠야나 다른 사람들도 잠깐 쉬자고."

"알겠습니다."

하쿠야는 인사를 하고 집무실에서 나갔다. 관료들도 차례차례 나가서 방에는 소마와 할버트, 둘만 남겨지는 모양새가 되었다.

"그래서? 할 이야기가 있어서 왔잖아?"

소마의 재촉에 할버트는 체념한 듯 말했다.

"……동방 제국 연합에서 돌아온 뒤로 계속 후우가만 생각하고 있어."

"호오~. 그런 쪽에 눈을 뜨기라도 했나?"

"바보 같은 소리 말고. ……진지한 이야기야."

할버트가 원망스럽다는 시선으로 바라보자 소마는 어깨를 으쓱였다.

"농담이야. 나도 그 녀석을 생각하고 있어. 뭐, 막 태어난 아이들이랑 왕비들, 눈앞에 쌓인 일 다음 정도지만."

"꽤나 순위가 낮잖아."

"후우가가 어쨌다는 거야?"

할버트는 허세를 부리고 싶은 기분을 억누르며 솔직하게 이야기했다.

"혹시 앞으로 후우가와 싸우게 된다면, 그 녀석을 상대하는 건 나겠지?"

"……그러네. 후우가와 비호 두르가 콤비를 제대로 상대할 수 있는 건 아마도 할과 루비뿐이겠지. 나덴의 계약자가 아이샤였다면 든든하겠지만, 나로서는 상대도 안 될 테니까. 다른 와이번 기병대도 발목이나 붙잡을 수 있을지 모르겠고."

소마는 의자 등받이에 몸을 기대고 팔짱을 끼며 말했다.

"솔직히 후우가와 두르가가 돌격을 가하는 것만으로도 병사들이 도망칠 것 같아서 불안해. '여, 여포다—!' 상태가 되어도 곤란하고."

"여포다? 그건 뭐야?"

"……아니, 이쪽 이야기야. 어쨌든 그런 사태를 피하기 위해서는 이쪽에도 후우가의 위용에 지지 않는, 믿음직한 영웅이 필요해. '위에 장료가 있다면 오에는 감녕이 있다' 같은 느낌으로 말이지."

"장료? 감녕?"

"……삼국지 이야기가 안 먹히는 건 꽤 불편하네."

소마는 그런 영문 모를 소리나 늘어놓았지만 갑자기 진지한 표정으로 말했다.

"나로서도 [적귀 할]에게는 기대하고 있어. 병사나 국민들이 후우가를 두려워할 때 '우리한테도 적귀 할이 있다'며 마음의 안식처로 삼을 인재가 되어 줬으면 해. 나로서는 아무래도 전장 방면으로는 꽃이 될 수는 없으니까."

"꽃? 매력이나 카리스마 말인가?"

"그래. 후우카에게는 있고 나한테는 없는 꽃을 할이나 가신들이 보충해 준다면 정말로 고맙지. 국민들이 후우가가 지닌 분위기에 끌려들지 않도록."

"윽……."

할버트가 입을 굳게 다물었다.

기대가 무겁다. 자신이 어떻게든 해야만 한다고 생각하던 참에, 국민들의 기대까지 짊어지게 되었으니까. 이길 수 있을지 알 수 없는 상대에게 반드시 이길 것을 기대한다. 그것도 모든 국민들이 말이다. 그것은 너무나도 무거운 짐이다.

'부탁이니까…… 내가 그런 걸 짊어지게 만들진 말아 줘…….'

그러자 소마는 일어서더니 할버트의 어깨에 손을 툭 얹었다.

"그러니까 할버트, 부탁할게."

그런 할버트의 속마음 따윈 깨닫지도 못하고, 소마는 말했다.

"혹시 후우가가 돌격하면 1분 정도 발목을 잡아 줄 수 없을까?"

"…………뭐?"

할버트는 눈을 끔뻑거렸다.

"……고작 1분이면 되나?"

"그야 5분이나 10분, 잘하면 그 이상이나, 혹시 가능하다면 이겨 버리기라도 한다면 더할 나위 없이 고맙겠지만, 그렇게까지 허황된 부탁을 할 수도 없잖아? 승부는 때때로 운에 좌우될 수 있지만, 그것도 절대적이지는 않을 테니까."

"그야…… 뭐."

혼란에 빠진 할버트를 보고 소마는 머리를 긁적이며 말했다.

"아무리 후우가와 두르가 콤비라도 국방군 공군 전부를 상대할 수는 없겠지. 일대일로 쓰러뜨릴 수 있는 녀석이 없어도 열심히 포위하고 두들기면 아무리 그래도 밀릴 거야."

"포위하고 두들긴다니…… 어, 그런 방법이면 되나?"

"승리하는 방법에 집착할 상대가 아니잖아. 문제는 그런 상황을 만들 수 있느냐는 점이지. 앞선 전쟁에서도 가이우스의 돌격을 막아내지 못해서 위험한 상황이 있었으니까. 우리 비장의 물건인 [스스무 군 마크 Ⅴ 라이트(맥스웰식 추진기 경량형)]를 장비한 와이번 기병은 히트&어웨이에 강하지만, 발목을 붙잡는 데 걸맞지는 않아. 그러니까 포위해서 싸우려면 우선 후우가의 발목을 붙잡는 역할로 할과 루비가 열심히 일해 줘야겠어."

"…………."

할버트는 어안이 벙벙했다. 후우가를 상대로 같은 위협을 느꼈는데도, 소마는 자신과 전혀 다른 방법을 생각하고 있었으니까.

할버트는 후우가에게 이길 수 있는 한 사람이 필요하다고 생각했는데, 소마는 할버트도 포함해서 많은 사람이 협력하여 이길 방법을 생각한 것이었다. 약하기에 수단을 가리지 않고 살아남는 길을 찾고 있다. 할버트는 정신이 번쩍 드는 기분이었다.

"내가 반드시 후우가에게 이길 필요는 없는 건가?"

"말했잖아. 이겨 준다면 그보다 더 좋은 건 없다고. 하지만 무리하지는 마. 후우가와 쌍벽을 이룰 영웅이라고 국민들이 여기게 하려면 살아남는 게 최우선이야. 영웅은 국민들 마음속의 지주니까. 그러니까 진창을 뒹굴더라도 루비와 함께 끈질기게 살아남아 줘."

"……간단하게 말해 주시네."

후우가 앞에 서서 살아남는다. 그것은 쉬운 일이 아니었다.

다만 후우가를 이기라고 하는 것보다는 마음이 편했다. 그것만으로…… 오늘 여기에 오길 잘했다는 생각이 들었다. 할버트는 작게 웃고는 손을 팔랑팔랑 흔들었다.

"이야기를 들어 줘서 고마워. 그럼 나는 갈게."

"음~. 이제 됐나? 그보다도 너도 결혼식이 가까울 텐데? 이런 곳에서 어슬렁대도 괜찮아?"

그렇게 묻는 소마를 보고 할버트는 웃으며,

"독신 생활의 마지막 수행 중이거든. 어느 임금님을 위해서라도, 후우가를 상대로 5분은 버틸 수 있도록 강해져야만 하니까."

그렇게 살짝 야유를 담아서 말했다.

할버트가 자신을 돌이켜보기 위하여 수행의 여행을 하던 무렵.

그를 떠나보낸 카에데와 루비는 랜들에 있는 마그나 가문의 저택에 머무르고 있었다. 주어진 장기 휴가는 한 달 정도라서 두 사람은 원정의 피로를 풀고자 느긋한 시간을 보내고 있었다. 그리고 오늘은 마그나 가문의 드레스 룸에서 루비가 결혼식에서 입을 웨딩드레스를 맞추고 있었다.

"어, 어때?"

루비가 입은 것은 새하얀 드레스였다.

심플하지만 청초한 느낌이 드는 드레스에 루비의 타오르는 듯한 빨간 머리카락이 강조돼서 무척 아름다웠다. 사람의 모습으로 변신한 드래곤의 의복은 비늘을 변형시킨 것이라 색깔은 본인의 피부 색깔에서 바꿀 수는 없다. 루비라면 빨강, 나덴이라면 검정이라는 식이었다. 그래서 지금 루비가 순백의 드레스를 입은 것은 일단 비늘 의복을 없앤 알몸 상태에서 다시금 준비된 드레스를 입는 방법이었다.

이 방법이라면 드래곤도 화려한 복장을 즐길 수 있다. 다만 몸과 함께 변형되는 비늘 의복과는 달리 평범한 의류는 드래곤으로 변신하면 갈가리 찢어져 버리니까 평소에는 입지 않는 것이었다. 변신하고 싶을 때는 벗으면 그만일 뿐이지만.

루비는 전신 거울 앞에서 빙글 돌더니 감탄의 한숨을 흘렸다.

"드레스 멋지다……."

"후후, 정말 잘 어울려."

그런 루비의 드레스 차림을 보고, 할버트의 어머니인 엘바가 뺨에 손을 대며 말했다. 그 옆에는 카에데도 싱긋 미소 지으며 서 있었다.

"정말 잘 어울리는 거예요, 루비."

"고마워, 카에데."

수줍은 듯 미소 짓는 루비를 보고 엘바는 만족스레 고개를 끄덕였다.

"머리카락 색깔이 비슷해서 그런지, 이렇게 보면 친딸 같네. 어릴 적부터 알고 지낸 카에데가 며느리로 와 주는 것만으로도 충분히 고마운 일인데 루비까지 와 주다니……. 그 아이는 정말로 행운아구나."

"그, 그렇지 않아요."

"그래. 정말이지…… 그 아이도 참, 이런 귀여운 신부들을 내버려두고 여행을 떠나 버리니까 말이야. 그 사람도 그래. 부추겨서는 내보내다니. 돌아오면 둘 다 할버트한테 잔뜩 투정을 부려. 내가 허락할게."

"아하하…… 그렇게 할게요."

카에데는 쓴웃음 지으며 그렇게 대답했다.

참고로 할버트가 여행을 떠난 뒤, 그레이브는 일의 전말을 알게 된 엘바에게 호되게 혼이 났다. 고민을 들어 주는 건 좋다, 하지만 여행을 보낸 건 과했다, 남겨진 두 사람이 가엾다, 여자 마음을 어쩌고저쩌고. 카에데와 루비가 "저희도 납득한 일이니까요."라고 나서서 일단 엘바의 분노는 가라앉았지만, 그레이브는 한동안 며느리들과의 접촉을 금지당하는 벌을 받았다.

이것이 시아버지로서는 상당한 쇼크였는지 그레이브는 잔뜩 침울해서는 자기 방에 틀어박혔다. 카에데가 쓴웃음을 지은 것은 그 사실이 떠올랐기 때문이었다.

엘바는 루비가 입고 있는 웨딩드레스 옷자락을 붙잡으며 눈을 가늘게 떴다.

"……이 드레스는 있지. 내가 마그나 가문에 시집올 때 입은 거야."

"어, 그랬나요?!"

"우후후, 그래. 우리 집에는 딸이 없었으니까 다음으로 햇빛을 보는 건 언제일까 생각했는데, 네가 입어 줘서 드레스도 기쁠 거야."

"그, 그렇게 소중한 걸 제가 입어도 되나요?! 저, 저 같은 것보다 첫째 부인이 되는 카에데가 입는 편이 낫지 않을까요?!"

놀란 루비가 카에데를 보자, 카에데는 쓴웃음 지으며 말했다.

"폭시아 가문에는 폭시아 가문 나름대로 이런 혼례에 입어야 할 복장이 있는 거예요. 가문 자체는 이미 오라버니가 물려받았지만, 여자가 입어야 하는 전통적인 의상이 있는 거예요. 우리 집안은 원래는 구두룡 제도 연합에서 들어온 가문이니까."

폭시아 가의 신부 의상은 소마가 있던 세계의 일본식 결혼 의상과 무척 닮은 옷이었다. 폭시아 가문에서는 카에데에게 이런 전통 의상을 입어 주기를 바랐기에 엘바의 드레스를 입을 수는 없었다.

"그래서 드레스는 루비에게 양보하는 거예요."

"그래…… 하지만 그쪽도 멋진 옷 같네."

그 의복의 특징을 듣고 루비는 감탄한 듯 말했다.

"후후, 아름다운 거예요. 하지만 엘바 아주머님의 드레스도 멋진 거예요. 그쪽도 입어 보고 싶었던 거예요."

"어머, 그러면 둘 다 입어 보면 되잖니."

엘바는 좋은 생각이 떠올랐다는 듯 손뼉을 짝 쳤다.

"두 사람 다 키는 비슷하니까 피로연 도중에 바꾸는 건 어때? 내가 폭시아 가문 쪽에도 허가를 받을게."

"무척 멋질 거 같지만…… 최근에 루비 쪽이 조금 가슴이 커진 것 같아요."

"그, 그런 눈으로 보지 말라고."

카에데가 빤히 가슴께를 쳐다보자 루비는 허둥지둥 가슴을 가렸다.

원래 드래곤의 인간 형태는 중성적이지만 반려가 되는 기사의 성별에 따라 그에 맞는 성별로 점차 변화한다. 루비는 점점 여자다운 몸으로 변화하고, 기사가 여자였던 파이의 신체는 남성스럽게 변화했다. 그러나 소마와 계약한 나덴은 여전히 굴곡이 적으니까 그 변화에도 개체 차이가 있는 모양이지만.

부럽다는 듯 루비의 가슴께를 보는 카에데의 모습에 엘바는 쓴웃음 지으며 말했다.

"그건 뭐, 안에 채워 넣는 걸로 어떻게 해 볼 수밖에 없겠네."

"세상은 불공평한 거예요."

"카에데가 볼륨으로 한탄하는 걸 나덴이 들었다가는 미쳐 날 뛸 것 같네……."

세 사람이 그런 대화를 나누던 그때였다.

노크와 함께 고용인 하나가 방으로 들어와서,

"마님 여러분을 뵙고 싶다는 분들이 오셨어요."

세 사람에게 전했다. 아무래도 카에데와 루비도 만나고 싶다하여 이 방으로 안내하도록 말했더니, 청년과 열두 살 정도의 소녀 다크 엘프 이인조가 들어왔다.

"어라? 당신들은……."

루비가 그렇게 말하자 다크 엘프 소녀가 꾸벅 머리를 숙였다.

"오랜만이에요, 루비 님. 그리고 처음 뵙겠습니다, 사모님. 저는 신호의 숲의 전사, 수르의 딸인 벨자라고 합니다."

"아, 당신이 벨자 씨군요. 할한테서 들었어요. 그러니까, 그 재해 당시에 할이 구했다는 여자아이라고."

엘바가 그렇게 말하자 벨자는 기운차게 대답했다.

"예! 그때는 정말로 감사했어요."

"우후후, 활기차고 귀여운 아가씨네."

"그래서, 오늘은 무슨 일로 여기 왔어? 수르 님의 용건이니?"

"어— 아뇨, 저는 그저 딸을 데려온 거라……."

루비가 묻자 수르는 쓴웃음 지으며 고개를 가로저었다.

그리고 벨자는 카에데의 얼굴을 빤히 보고 있었다.

"여우 귀…… 혹시 당신이 할 님의 첫째 부인이 되실 카에데 님인가요?"

"예? 아, 예. 그런 거, 인데요? 어째서 제 이름을?"

"이전에 할 님과 루비 님이 신호의 숲에 오셨을 때에 특징을 들었거든요. 그런가요…… 당신이 카에데 님이군요."

그리고 벨자는 갑자기 카에데 앞에 무릎을 꿇고 머리를 숙였다.

"오늘은 부탁드릴 게 있어서 왔어요!"

"부, 부탁?! 저, 저한테 말인가요?!"

"예! 저…… 저는…….'"

벨자는 각오를 다진 듯이 고개를 들더니 카에데의 얼굴을 똑바로 보고 말했다.

"할 님을 모시고 싶어요! 부디 마그나 가문의 가신으로 삼아 주세요!"

일단 진정하고 이야기를 나누자며, 그들은 루비가 옷을 갈아 입는 것을 기다린 뒤에 응접실로 이동해서 차를 마시며 벨자의 이야기를 듣기로 했다.

벨자는 가슴에 손을 대며 이야기를 꺼냈다.

"할 님께서는 제 목숨을 구해 주셨어요. 이 은혜를 갚고 싶어서 저는 할 님께 충성을 맹세하고 싶어요. 다크 엘프는 한번 충성을 맹세한 상대에게는 목숨이 다하는 그때까지 곁에서 지키는 것을 긍지로 여겨요. 그러니 부디, 저를 곁에 두셨으면 해요."

"그러고 보니…… 아이샤 님이 그런 이야기를 한 거예요."

카에데는 소마의 제2정실 후보를 떠올렸다.

분명히 아이샤가 느닷없이 소마의 호위가 된 계기도 충성을 맹세했기 때문이었을 터. 진심이 담긴 눈빛인 벨자를 보고 카에데와 루비는 쩔쩔매고 엘바의 경우에는 "어머나 어머나." "젊다는 건 좋구나." 그러면서 생글생글 미소를 띠고 있었다.

카에데는 식은땀을 흘리며 물었다.

"하지만 그렇다면 할에게 직접 말하는 게 어떤 거예요?"

"요전에 신호의 숲에 오셨을 때에 넌지시 뜻을 전했어요. 하지만 할 님은 어린아이가 하는 말이라고 생각해서 믿어 주시지 않고 '어른이 되면 말이지~.' 라고 하실 뿐이었어요."

"'둔감해!'"

카에데와 루비는 마음속으로 똑같은 생각을 했다.

벨자의 말끝에 넌지시 비치는 어렴풋한 연모. 두 사람은 여자의 진심이 어느 정도인지 전혀 이해하지 못하는 약혼자 때문에 머리가 아팠다. 벨자는 더더욱 몰아붙였다.

"이제 곧 할 님은 결혼하시는 거죠? 그러니까 그 전에 아내가 되실 분들께서는 제 마음을 알아 주셨으면 해서요. 그리고 허락을 받고 싶어요. 제가 좀 더 자란 뒤에는, 할 님 곁에 있어도 된다고."

똑바로 카에데의 눈을 바라보는 벨자. 그것이 진심이라는 것은 눈을 보면 알 수 있었다.

루비는 엘바 쪽을 봤지만 그녀는 싱긋 미소를 띤 채로 아무 말도 하지 않았다. 아무래도 카에데와 루비의 뜻에 맡길 생각인 듯했다.

한편 카에데는 벨자의 속마음을 확인하듯 빤히 바라보고 있었다. 잠시 침묵의 시간이 흐르고, 그 분위기를 더 이상은 견딜 수가 없었는지 루비가 "아~ 정말!" 하며 머리를 부여잡았다.

"뭐야, 이 분위기는. ……카에데는 어떻게 생각해?"

"…………."

그러자 카에데는 벨자의 눈을 계속 바라보며 천천히 물었다.

"당신은 마그나 가문의 가신으로서 할을 모시고 싶다는 이야기긴데, 정말로 그것만으로 만족하나요?"

"그건……."

벨자는 바로 말을 꺼내지는 못했다.

그동안에도 카에데는 벨자에게서 시선을 돌리려고 하지 않았다. 이것은 도저히 얼버무리지 못하겠다고 생각한 벨자는, 솔직하게 자신의 마음을 전하기로 했다.

"……아뇨. 그건 최소한, 그것만큼은 이루었으면 하는 바람이에요. 혹시 할 님께서 전혀 그럴 마음이 없으시다면 가신으로라도 곁에 있고 싶었어요. 하지만…… 사실은…… 가능하다면……."

벨자는 목소리와 용기를 짜내듯이 말했다.

"가능하다면 저는 할 님의 아내가 되고 싶어요. 아내로서 곁에서 모시고 싶어요."

"……역시, 그런 이야기가 되는 거네요."

카에데는 한숨을 내쉬었다. 이야기를 듣고서 이렇게 되리라고는 예상했다.

이 아이에게 자신을 흙더미 안에서 구해 준 할버트는 백마 탄 왕자님이리라. 아마도 평소의 세 배 정도는 더 멋있게 보였을 터.

혹시 자신이 반대 입장이었어도 반해 버렸을 테지, 카에데는 생각했다.

'정말이지, 인 거예요. 할도 참, 가끔씩 멋있는 모습을 보여 줘서 여자들이 그런 마음이 들게 만들어 버리니까요.'

이곳에 없는 약혼자에게 마음속으로 불평을 늘어놓으며 카에데는 머리를 굴렸다.

아이샤를 통해 다크 엘프는 한번 충성을 맹세하면 죽을 때까지 상대를 따른다는 사실을 알고 있었다. 이곳에서 자신이 거부하더라도 벨자의 연심은 오히려 불타오르지 않을까. 게다가 최근까지 배타적이었기에 우호 관계가 적은 다크 엘프와의 인연을 맺는 것은, 마그나 가문으로서는 나쁜 이야기가 아니었다.

마그나 가문에 첫째 부인으로 시집을 올 카에데에게는 거절하기 힘든 이야기였다.

'……최종적으로는 할이 결정할 일이라고는 해도, 막상 맞이하게 될 경우에는 받아들일 수밖에 없는 거예요. 복잡한 심정이지만…… 하지만 그렇게 되면 받아들이기에 족한 인물로 만들 필요가 있는 거예요.'

카에데는 뜻을 다지고 벨자에게 말했다.

"벨자 씨."

"아, 예!"

"지금 몇 살인 건가요?"

"열두 살이에요."

"그렇군요……. 그렇다면 제가 조건을 하나 달았으면 하는 거예요."

"……무슨 조건이죠?"

쭈뼛쭈뼛 묻는 벨자. 그런 벨자에게 카에데가 고했다.

"'봄부터 왕도 파르남의 학교에 다니고 무사히 졸업할 것' 인 거예요."

"하, 학교……라고요?"

눈을 끔뻑이는 벨자를 향해 카에데는 지극히 진지한 표정으로 말했다.

"당신은 할에게 도움이 되고 싶은 거죠? 다크 엘프가 무용에 뛰어나다는 건 알아요. 무술 소양은 높다고 생각하는 거예요. 하지만 할은 루비를 타고 최전선으로 날아가게 되겠죠. 이건 어중간한 사람으로서는 따라갈 수도 없고, 함께 싸우는 게 도리어 거치적거리게 될 경우도 고려할 수 있는 거예요."

"…………."

"바로 그렇기에, 중요해지는 것은 후방에서 지원하는 거예요. 반려가 될 거라면 학문을 닦고 전장 밖에서 할을 지탱해 줄 수 있는 사람이 되었으면 생각하는 거예요."

"할 님을 지탱해 주는…… 그러기 위해서 학교에 가는 거로군 요?"

벨자의 물음에 카에데는 고개를 끄덕였다.

"최종적으로는 할의 판단에 맡기겠지만, 혹시 당신이 왕도의 왕립 아카데미나 사관학교 중 한 곳을 졸업한다면 저는 당신의 뜻을 존중할 거예요."

"……카에데, 그걸로 괜찮겠니?"

잠자코 보고 있던 엘바의 물음에 카에데는 "어쩔 수 없는 거예요."라며 어깨를 으쓱였다.

"지금 왕국에는 유능한 인재의 인기가 넘치는 상태예요. 어느 학교든 졸업할 때까지는 통상적으로 짧아도 4년은 걸려요. 그녀가 학문을 익히고 4년 동안 같은 마음을 계속 유지한다면 맞이하지 않을 이유는 없어요."

"정말로…… 할에게는 과분한 아내구나, 키에데는."

엘바가 싱긋 미소를 띠자 카에데는 어쩐지 낯간지러워서 쓴웃음 지었다. 카에데의 조건을 듣고 생각에 잠겨 있던 뻴자는, 이윽고 묵직하게 고개를 끄덕였다.

"알겠어요. 왕도에서 제대로 배우고, 4년 뒤에는 마그나 가문에 어울리는 숙녀가 되어 할 님 앞에 서고 싶어요. 그때는 부디 잘 부탁드려요."

뻴자는 카에데, 엘바, 루비를 향해 깊이 머리를 숙였다. 그리고 얼른 입학 수속을 하자며 수르를 잡아끌듯이 돌아갔다.

두 사람을 배웅한 뒤, 루비는 카에데에게 물었다.

"4년이면 마음이 변하기도 하겠지, 그런 생각이야?"

"아이샤 씨의 모습을 보기에는…… 아마도 무리라고 생각하는 거예요. 그때는 각오를 다지고 따뜻하게 맞이해 주자고요."

"그러네……. 하지만 이런 이야기를 할도 없이 결정해 버려도 괜찮나?"

"정말로 쓸데없이 멋을 부리는 할의 자업자득인 거예요. 하지만…… 생각해 보면 저 아이는 부하가 되고 싶어 하기도 했어요. 그렇다는 건 혹시 저 아이가 할에게 시집올 경우, 할은 상사와 동료(기수)와 부하를 아내로 거느리게 되는 거예요."

"그건…… 운신의 폭이 좁겠는데. 조금 불쌍할지도."

루비가 그렇게 말하자 카에데는 즐거운 듯 웃었다.

"그 정도는 참아야 되는 거예요. 이렇게 됐다면 할이 앞으로 아무리 출세해도 더 이상 반하게 만드는 여자가 없도록, 상사와 동료와 부하로 단단히 뭉치는 거예요."

"그 이야기, 받아들이겠어."

단단히 악수를 나누는 장래의 첫째 부인과 둘째 부인. 그런 두 사람의 모습을 엘바는 "그 아이도 몹쓸 아이구나~."라며 여전히 싱글싱글 바라보고 있었다.

"엣취!"

카에데와 루비가 벨자와 면회하던 무렵.

할버트는 하늘 위에서 재채기를 했다. 왕도 파르남에서 소마와 만난 할버트는 더더욱 동쪽으로 향하고 있었다. 마침 왕성에서 섬 형태 항모 [히류]가 정박 중인 섬으로 가는 부대가 있었기에, 말은 왕성에 맡기고 그들과 함께한 것이었다.

소마와 이야기를 나누고 후우가에 대한 공포는 무척 가벼워졌다.

'하지만 그렇다고 경계를 게을리 해서는 안 돼. 나는 카에데랑 루비를 지켜야만 하니까.'

그렇게 생각한 할버트는 마음을 새로이 다잡고 자신을 돌이켜 보는 여행을 계속했다.

그리고 자신을 단련하기에는 어디가 가장 적당할지 생각하면, 역시 자신이 대장을 맡은 [드라트루퍼]의 본거지인 [히류]라고 생각한 것이었다. [히류]에 도착한 할버트는 곧바로 훈련 중인 드라트루퍼 대원들 곁으로 향했다.

"응? 대장님?"

"약혼자 분들과 휴가 중이신 게 아니었습니까?"

"결혼 준비를 한다고 그러지 않으셨던가요?"

휴가 중에는 약혼자와 본가로 돌아갔을 터인 할버트가 불쑥 나타났기에 대원들은 여우에 홀린 듯한 표정이었다. 의아해 하는 대원들의 시선에 쓴웃음 지으며, 할버트는 손에 들고 있던 창을 어깨에 짊어지고 가벼운 태도로 말했다.

"이것 참, 본가로 돌아가도 심심하기만 해서 살짝 몸을 움직이러 왔어."

"몸을 움직이러 왔다니, 랜들은 왕국 서쪽에 있지 않습니까? 이 섬은 동쪽 끝이라고요? 몸을 움직이려고 대체 어디까지 온 겁니까?"

할버트의 서투른 핑계는 역시나 훤히 간파당한 모양이었다. 대원들 중에는,

"흐흐~응. 대장님은 결국, 결혼이 무서워져서 도망쳤군요? 그 심정이야 잘 알겠지만 안 된다고요, 대장님. 지금부터 아내들을 소홀히 했다가는 평생 이 사실을 끄집어내어서 고개를 못

들 지경이 될 텐데요?"

잘 안다는 듯 아무렴 하며 고개를 끄덕이는 덥수룩한 수염의 중년 대원도 있었다.

본인이 겪은 일인지도 모르겠지만 정답도 오답도 아닌 이야기이리라. 할버트는 쓴웃음 지으며 칼집을 끼운 창끝 옆면으로 그 중년 대원의 가슴을 가볍게 쿡 찔렀다.

"걱정하지 않아도 약혼자들에게는 허가를 받았어. 그보다도 다들. 나랑 카에데가 없다고 훈련을 농땡이치지는 않았겠지? 동방 제국 연합의 전투에서 해방되었다고. 언제까지고 풀어져 있으면 용서치 않을 거고."

"……얕보지 마시라고요, 대장님."

그러자 할버트보다 연하인 대원이 진지한 표정으로 그렇게 말했다. 그는 드라트루퍼 가운데서는 가장 신입이고 나이도 열여덟로 어려서, 동방 제국 연합 원군이 첫 출진이었다.

"라스타 전투에서는 우리가 어떤 상황에서 투입되는 부대인지를 다시금 인식했습니다. 아득한 상공에서 열세에 몰린 아군 곁으로 강하, 적의 소용돌이 가운데서 분전하여 활로를 개척한다. 그 전투를 경험한 사람이라면 훈련을 게을리 할 일은 없다고요."

"……그랬군."

라스타 전투는 그만큼 아슬아슬한 전투였다.

적의 숫자는 압도적인 반면에 아군은 적어서, 선발 부대로 파견된 드라트루퍼는 정예들임에도 불구하고 열세를 강요당했다. 혹시 와이번 기병대가 공중 폭격용 화약 항아리를 가지고 오지 않았을 경우를 생각하면 오싹했다. 할버트는 대원들을 향해 순순히 머리를 숙였다.

"미안해. 아까 그 말은 잊어 줘."

"아, 아뇨! 저야말로 주제넘은 소리를 했습니다!"

"하하하, 애송이도 그럴싸한 소리를 하게 됐잖아. 뜨거운 밤을 보내고 남자가 된 거 아냐?"

"잠깐, 상스러운 표현은 그만하시라고요!"

중년 대원이 신입 대원에게 어깨동무를 하자 다른 대원들도 웃었다. 온화한 대원들의 분위기에 할버트의 입가도 느슨해졌다. 소마는 할버트가 반드시 후우가에게 이길 필요는 없다고 했다. 그것은 개인의 무용에 의지하는 것이 아니라 부대로, 군으로, 나라로 후우가를 능가하고자 한다는 이야기였다.

자신에게는 이런 든든한 동료들이 있다. 혼자서 싸울 일은 없다.

할버트는 자신의 망설임이 가시는 것을 느꼈다. 그리고 두 자루 창을 교차로 들고 미끄러뜨려 소리를 울리더니 대원들을 향해 말했다.

"자, 모처럼 왔다고. 쓸데없는 이야기는 거기까지 해 두고, 훈련을 하자고!"

"""옛썰!"""

이리하여 할버트는 드라트루퍼 대원들과 함께 땀을 흘렸다.

대략 2시간 뒤.

훈련을 마친 할버트는 수동식 펌프 우물(이라고 해도 항모 위라서 연결된 것은 저수탱크지만) 앞에 상반신을 드러내고 머리부터 물을 뒤집어썼다.

탄탄한 육체에 맺힌 훈련의 땀을 씻어내고 한숨 돌렸을 때, 근처를 지나가던 인물이 말을 걸었다.

"귀공은…… 드라트루퍼 부대의 할버트 대장인가?"

"예?"

갑작스러운 질문에 할버트가 돌아보자, 그곳에 서 있던 사람은 이 섬 형태 항모 [히류]의 함장인 카스토르였다. 드라트루퍼 부대는 육상전 병과라서 엄밀하게는 카스토르와 소속이 다르지만, 이곳 [히류]에 탑승하고 있는 동안에는 실질적인 수장은 함장인 카스토르로 되어 있었다. 할버트는 황급히 경례했다.

"앗, 실례했습니다. 함장님!"

"그렇게 딱딱하게 굴 필요는 없어. 귀공은 휴가 중이라고 들었는데?"

"아, 예. 그렇습니다만, 그게…… 여러 사정이 있어서…….."

모두 똑같은 지적을 하는 통에 슬슬 설명하는 것에 지친 할버트는 아하하, 웃음으로 얼버무렸다. 그 모습에서 건드리지 않았으면 하는 화제임을 헤아린 카스토르는 "흠…….." 하고 잠시 생각하는 모습을 보인 뒤, 할버트에게 말했다.

"그러니까 지금은 한가한 거로군?"

"예? 어, 뭐, 그렇습니다."

할버트가 그렇게 대답하자 카스토르는 히죽 웃었다.

"그렇다면 지금부터 좀 어울려 주지 않겠나?"

"부관들도 휴가 중이라서 말이야. 심심했거든."

카스토르는 할버트를 [히류]의 함장실과는 따로 있는 개인실로 데려가더니 그를 응접용 소파에 앉히고 자신은 선반에서 포도주 병과 유리잔, 안주용 크래커와 견과류를 꺼내어 테이블 위에 놓았다.

아무래도 어울려 달라는 것은 술 상대를 해 달라는 것이었나 보다.

카스토르는 맞은편 소파에 앉으며 물었다.

"할버트 대장은…… 할버트면 되겠나. 할버트는 술은 어떤가? 강한가, 약한가."

"어, 그게, 보통 정도라고 생각합니다."

할버트가 그렇게 대답하자 카스토르는 만족스럽게 고개를 끄덕였다.

"그런가. 뭐, 그게 제일이야. 우리 장모님은 너무 술고래라서, 어울렸다가는 다음 날이 너무 힘들거든."

"아, 예…… 그렇습니까."

카스토르가 잔에 포도주를 따라 주자 할버트는 눈을 끔뻑거렸다.

어째서 자신은 전직 삼공 중 하나이자 현재는 [히류] 함장인 카스토르와 함께 술을 마시게 된 것일까.

'나랑 이 사람은 입장이…… 아니, 그런 식이라면 소마를 상대로 친구처럼 어울리는 쪽이 더 문제인가.'

마그나 가문도 결코 작지는 않지만 그렇다고 해도 할버트는 어찌된 영문인지 이 나라의 높으신 분과 인연이 있다. 카에데 같은 경우에는 그 문제로 머리를 부여잡고 있다지만.

다시금 생각해 보면 왕도 파르남의 라이브 카페 [로렐라이]에서 카에데와 말다툼을 벌이던 참에, 소마 일행이의 눈에 띄면서 운이 다했던(?) 것이리라.

그리고 카스토르는 잔을 기울이며 말했다.

"이럴 때는 본가로 돌아갈 수 있는 녀석들이 부러워진다고. 자업자득이지만…… 나는 붉은 용 성읍으로 돌아갈 수도 없으니까 말이야. 악셀라와 카를에게 폐가 되겠지."

그 나름대로 이유가 있었다고는 해도 결과적으로 소마에게 반기를 들게 된 카스토르는 가문명을 박탈당하고 엑셀에게 맡겨진 신분이 되었다. 그래서 붉은 용 성읍과 가문명 계승을 허락받은 어린 아들 카를이나, 보좌로 실질적인 경영을 맡고 있는 아내 악셀라와 만나러 가는 것은 금지되어 있었다. 카스토르도 이런 처분이 당연하다고 생각하지만 처자식과 만날 수 없다는 사실을 서글프게 여기는 심정은 있었다.

그런 카스토르의 비애는, 한때는 출세욕에 사로잡혀서 전직 육군대장 게오르그 쪽에 붙으려고 했던 할버트로서도 남 일이 아니었다. 그렇게 가족과 떨어져서 사는 카스토르에게, 할버트는 꼭 물어보고 싶은 게 있었다.

"함장님은…… 결혼할 때 어떤 생각을 하셨습니까? 새로운 가족을 가질 때요."

"응? 무슨 일이야, 갑자기."

"아뇨, 저도 이제 곧 결혼을 해서요."

"아~ 그러고 보니 그랬군. 그게, 여우 귀 아가씨랑 레드 드래곤 아가씨였던가. 흐흐~응…… 그런데도 이런 곳에 있는 걸 보면, 결혼이 무서워졌나?"

카스토르가 싱글대는 표정으로 이야기하고, 정곡에 찔린 부분도 있었기에 할버트는 긍정도 부정도 하지 않았다. 카스토르는 껄껄 웃음을 터뜨렸다.

"좋구나, 젊어서. 나도 악셀라와 결혼할 때에는 비슷한 생각을 했지."

"어, 함장님도 말씀입니까?"

"아무런 생각도 없었을 거다, 그렇게 생각하기라도 했나?"

카스토르는 놀리듯 말하고는 술을 쭉 들이켰다.

"생각하는 재주가 있었던 것도 아니고, 끙끙대는 성격도 아니었지만…… 그때만큼은 바보라도 바보 나름대로 이것저것 생각했거든. 내가 악셀라나 태어날 아이들을 지킬 수 있을지, 말이야."

"…………."

카스토르가 자신과 같은 생각을 했다는 사실에 할버트는 놀랐다. 어쩌면 어느 시대든 세상의 남자가 결혼 전에 생각하는 것은 똑같을지도 모른다.

"그래서, 결혼해서 어땠습니까?"

할버트가 몸을 내밀듯이 묻자 카스토르는 잔의 포도주를 단숨에 비우고는 겸연쩍은 듯 웃었다.

"그렇게 단단히 마음을 먹고 결혼해 보니…… 뭐, 금세 자신이 잘못 생각했다는 사실을 깨달았지."

"잘못 생각했다고요?"

"자신이 지키고 싶었던 여자는 생각하던 것보다도 유연하고 강하다는 사실 말이야. 어쩌면 나보다도 더 강할지도 모르지. 지킬 생각이었는데 오히려 내가 보호를 받은 경우도 허다해."

그러더니 카스토르는 텅 빈 잔에 또 술을 따랐다.

"생각해 봐. 자신의 신념을 관철하기 위한 거라고는 해도, 나는 바르가스 가문을 뿔뿔이 흩어 놓고 말았어. 하지만 악셀라는 월터 공 곁으로 돌아갈 때도 '당신이 하고 싶은 대로 하세요.' 라며 내가 하는 일을 지지해 줬어. 그리고 전후에는 카를과 바르가스 가문을 지켜 주고 있지. 그리고 연이 끊어진 지금도 일일이 근황을 보고하는 편지를 보내 줘. 정말로…… 그 녀석은 강해."

"…………."

"너는 어떻지? 네가 지키고 싶은 녀석은, 내가 지켜야만 한다고 마음을 먹어야 할 만큼 약한가?"

그 물음에 할버트는 눈을 감고 두 약혼자를 생각했다.

카에데는 소꿉친구이고 옛날에는 소극적이어서 금세 할버트 뒤에 숨고는 하던 여자아이였다. 할버트는 그런 카에데를 지켜 줘야만 한다고 생각했다.

하지만 어느샌가 입장이 역전되어 상사가 되고 카에데의 지휘로 싸우게 되었다. 게다가 자신이 잘못된 방향으로 가려고 했더니 제대로 충고하며 막아 주는 강한 심지도 있었다. 상황에 따라서는 아직 할버트가 지켜 줘야만 한다는 생각도 있지만, 결코 보호를 받기만 하는 여자가 아니었다.

한편 루비는 귀여운 여자이자 동시에 강력한 레드 드래곤이다.

레드 드래곤 상태인 루비와 싸우기라도 한다면 멀리서 화염 공격을 당해 일방적으로 새카맣게 타 버릴 것이다. 이의 없이 강한 여자다. 다만 정신적으로는 약한 부분이 있다는 것은 안다. 만났을 때의 상처받은 눈빛은 잊지 않았다. 카에데가 약한 것만이 아니라 강한 부분도 있는 여자라면, 루비는 강한 것만이 아니라 약한 부분도 있는 여자였다.

그런 두 사람을 떠올리고 할버트는 깨달았다.

'어라? 양쪽 다 일방적으로 보호를 받는 여자가 아니잖아?'

다시 생각해 보면 자신이 지켜야만 한다고 마음을 먹을 만큼 두 사람은 그저 가냘픈 여자가 아니었다. 오히려 자신이 이렇게 고민할 때에는, 결혼 전의 바쁜 시기임에도 "정말이지, 어쩔 수 없다니까."라며 보내 주었다.

이래서는 보호를 받는 것은 할버트 쪽이었다.

'잘못된 생각이라…… 정말 그러네.'

할버트는 이때 가슴속의 모든 응어리가 내려간 기분이었다.

후우가에 대한 불안은 소마와 이야기해서 풀렸고, 두 사람을 지켜 낼 수 있겠느냐는 불안은 카스토르와 이야기하며 자신이 잘못 생각했음을 깨닫게 되었다. 자신이 이제까지 고민하던 일들은 혼자서 고민할 필요도 없었던 듯했다. 할버트는 쓰게 웃었다.

"……함장님."

"뭐지?"

"결혼이란…… 아내가 생기는 건 좋은 겁니까?"

할버트가 그렇게 묻자 카스토르는 조금 부끄러운 듯 웃었다.

"그야 좋은 거지. 조금 시끄럽다고 느낄 때도 있지만. 아까 말했던 악셀라의 편지에도 과음하지는 않느냐는 둥 옷은 제대로 챙기고 있느냐는 둥, 그런 게 끈질기게 적혀 있으니까. 무슨 우리 엄마냐 말하고 싶더라니까."

"좋은 일 아닙니까. 사랑받고 있다는 이야기겠죠?"

"그야 나도 알지만, 몇 번이고 같은 소리를 들으면 풀이 죽는다고. 뭐, 그런 잔소리를 안 들어도 된다는 게 집으로 돌아가지 못하는 장점이라고 할 수 있을지도 모르겠네."

카르소트가 그렇게 말하면서 웃던…… 그때였다.

똑똑똑.

갑자기 누군가 방문을 두드렸다.

"응? 오늘은 아무도 안 올 텐데."

카스토르는 고개를 갸웃거리며 "들어와."라고 말했지만, 조용하기만 하고 아무도 들어오는 기척은 없었다. 카스토르가 의아해 하며 일어서서 문을 열더니,

"윽?!"

콰앙, 소리가 울릴 정도의 속도로 문을 닫았다. 문 너머에서 무언가 봤는지 카스토르는 어째 식은땀을 뚝뚝 흘리고 있었다.

"저기, 손님은 없었던 겁니까?"

의아하게 생각한 할버트가 물었지만 카스토르는 대답하지 않았다. 대체 무슨 일일까, 그러는 사이에 이번에는 문이 멋대로 열렸다. 그리고,

"정말이지. 갑자기 닫다니 너무하잖아요."

그러면서 한 여성이 들어왔다.

뿔과 꼬리가 달린 푸른 머리카락의 미녀. 할버트는 한순간 월터 공인가 싶었지만 자세히 보니 이상한 점이 있었다. 우선 월터 공의 뿔은 작은 사슴뿔인데 눈앞에 있는 여성의 이마에 난 뿔은 하나였다. 또한 등에는 월터 공에게는 없는 드래곤의 날개가 있었다.

그리고 그런 그녀를 보고 간신히 카스토르는 목소리를 짜냈다.

"아, 악셀라?! 어째서 네가 여기 왔지?!"

푸른 머리카락의 미녀는 엑셀의 딸이자 카스토르의 아내였던 악셀라였다.

악셀라는 엑셀과 그녀의 두 번째 남편인 드래고뉴트(이 인물은 병환 탓에, 드래고뉴트치고는 젊은 나이에 세상을 떠났다고 한다) 사이에서 태어난 딸이었다. 그래서 엑셀과 닮은 외모이면서 드래고뉴트의 특징을 지니고 있었다.

악셀라는 카스토르에게 갖다 붙인 것 같은 미소로 말했다.

"어머? 아내가 남편을 찾아오는 게 이상한가요?"

"어, 아니, 연루되는 걸 피해서 인연은 끊었으니까, 이제 아내는 아니지 않나?"

"심판은 받았잖아요? 그렇다면 다시 연을 맺어도 문제없지 않나요?"

"그런 문제가……. 그보다도 나는 너나 카를과 접촉을 금지당했는데?!"

허둥지둥 말하는 카스토르를 보고 악셀라는 쿡쿡 웃었다.

"예, 당신이 접촉하는 건 그렇죠. 하지만 제가 당신을 방문하는 건 문제없어요."

"허어?! 그런 건가?!"

"그게, 당신은 요전에 구두룡 제도의 선박을 멋들어지게 나포했잖아요. 이걸로 구두룡 제도의 정세가 판명될지도 모른다며 소마 폐하께서는 크게 기뻐하시어, 그 공적으로 당신을 방문하도록 허락해 주셨어요."

"그, 그랬나……. 만날 수 있어서 기뻐, 악셀라."

그러면서 카스토르는 애써 분위기를 갖추려고 했지만, 악셀라는 금세 테이블 위의 병과 마시던 중인 포도주가 든 잔을 알아차렸다. 그 순간에 악셀라는 눈을 가늘게 뜨더니 카스토르의 얼굴을 지근거리에서 바라봤다.

"아직 해가 중천에 떠 있는 시간부터 술인가요? 건강에는 항상 주의하시라고 그만큼 편지로 이야기하지 않았나요?"

"저, 저건…… 부하와 친목을 다지기 위해서 말이지."

"부하와의 친교. 그리고 보니 어머님께 편지를 받았어요. 당신이 부하와 함께 여성과 술을 마시는 가게에 간 모양이라고요. 그건 어떻게 된 걸까요?"

"그것도…… 그게…… 거절할 수가 없어서."

악셀라의 시선을 견디지 못하고 카스토르는 시선을 피하려고 했지만, 악셀라의 손이 카스토르의 얼굴을 단단히 붙잡고 정면으로 고정했다.

"제 눈을 보고 대답하세요. 이상한 짓은 하지 않았죠?"

"안 했어, 안 했다고! ……그야 살짝 눈길이 갔을지도 모르겠지만, 너한테 알려지면 안 되는 일은 절대로 안 했어!"

"……거짓말은 아닌 모양이네요."

악셀라는 어찌어찌 납득한 듯 카스토르를 풀어 주는…… 가 싶더니, 있는 힘껏 카스토르의 얼굴을 끌어당겨 입맞춤했다.

카스토르도 처음에는 깜짝 놀란 모양이었지만, 이윽고 악셀라의 허리에 손을 둘러 끌어안았다. 옆에서 보는 할버트의 얼굴이 새빨개질 만큼 뜨거운 입맞춤이었다.

이윽고 얼굴을 떼더니 악셀라는 온화한 미소를 띠며 말했다.

"또 만나서 기뻐요. 카스토르."

"……나도 그래. 악셀라."

카스토르도 자연스럽게 미소를 띠었다. 편안한 분위기가 두 사람을 감쌌다.

그런 두 사람의 모습을 어안이 벙벙한 표정으로 보고 있던 할버트는 퍼뜩 정신을 차리고, 자신이 방해꾼이 되었다는 사실을 깨달았다. 할버트는 벽을 타고 미끄러지듯 스르륵 문까지 이동해서는 두 사람의 분위기를 방해하지 않도록 밖으로 나가서 문을 살며시 닫았다.

[자, 모처럼 왔으니까 방 청소를 할까요? 빨래가 쌓이지는 않았나요? 더럽다고 부하들이 싫어할걸요?]

[자, 잠깐만. 책상은 너무 건드리지 말고! 빨래는 제대로 내다 놓으니까!]

문 너머에서 그런 부부의 대화가 들렸다. 이래서야 더 이상 두 사람을 방해하면 안 되리라. 할버트는 문에서 떨어져 함 내의 복도를 걷기 시작했다.

'두 사람을 봤더니, 어쩐지 나도 카에데하고 루비를 보고 싶어졌어.'

걷는 속도가 점점 빨라지더니 어느샌가 달리고 있었다.

할버트에게 더 이상 망설임은 없었다.

'돌아가자! 두 사람 곁으로.'

할버트는 여행을 마치고, 사랑하는 사람들이 기다리는 랜들로 돌아갔다.

제2장 ✦ 진저, 씻어내다

———대륙력 1548년 2월 3일, 파르남 성

아직 추운 이날, 성 아래에서 다양한 분야를 학문으로서 연구하는 [진저의 전문학교] 교장 진저 카뮤는 등성하여 국왕 소마와 면회 중이었다.

얼마 전 문을 연 [음악학과]에서 올라온, 어느 연구에 관해서 보고하기 위한 면회였다. 집무실에서 소마에게 자료를 제출한 진저는 응접용 소파에 앉아 긴장하며, 소마가 그 자료를 다 읽기를 기다렸다.

둘만 있는 실내에 팔락팔락 종이를 넘기는 소리만이 울렸다.

이윽고 그 연구 자료를 잡아먹을 듯이 보던 소마는 진저에게 질문을 몇 개 던졌다. 진저가 대답하자 소마는 "으~음." 하고 신음했다.

"그렇군, 흥미롭네. 착안점은 재밌다고 생각하지만…… 나로서는 유용한 연구인지 판단할 수가 없어. 가수인 주나 씨나 마법 전문가의 의견도 듣고 싶어."

"그렇군요. 그러는 편이 좋을 것 같습니다."

"그러니 가까운 시일 내에 그 [노가연(勞歌硏)]이라는 곳의 회장이란 사람도 데리고 다시 한번 와 주겠어? 이쪽도 판단할 수 있는 인재를 모아 둘게."

"알겠습니다."

진저는 일어서더니 꾸벅 머리를 숙였다.

이 자리에서 즉답은 받을 수 없었지만 우선은 한 걸음 전진한 셈이다. 이것으로 전문학교의 연구자에게 좋은 소식을 가지고 돌아갈 수 있다. 진저가 안도하며 가슴을 쓸어내리는 동안, 소마는 서류를 정리해서 옆에 내려놓으며 말했다.

"그나저나 화제를 좀 바꾸겠는데…… 진저."

"아, 예. 무슨 일이신가요?"

"너, 산드리아랑 결혼할 예정은 없나?"

한순간 진저는 무슨 말을 들었는지 알 수가 없어서 어리둥절하고 말았다. 그리고 소마의 말을 이해하며 점점 얼굴에 핏기가 올라 붉게 물들었다.

"으엑?! 갑자기 무슨 말씀이신가요?!"

"어, 아니. 4월에 내 대관식이랑 혼례 의식이 있잖아? 그때 희망하는 가신의 결혼식도 같은 날 진행해서, 왕도 여기저기서 결혼식을 진행하려고 기획 중이거든. 그 결혼식을 올릴 가신을 모집하고 있어."

"어, 어어…… 이야기는 들었습니다."

"너희와 처음 만났을 때 '당신을 놓치고 싶지 않다' 느니 '진저 님 곁에 두어 주세요' 라느니 그랬으니까 당장에라도 결혼식을 올릴 거라 생각했는데…… 그 이후로 아무런 소식도 들리질 않았으니까 말이지. 결혼할 생각이 있는지 물어보고 싶었거든."

의문스럽다는 표정으로 그렇게 말하는 소마. 진저는 말문이 막혔다.

솔직히 말하면 진저도 산드리아와 결혼했으면 좋겠다고 생각했다.

노예상 시절에는 주인과 노예라는 신분을 넘어서 함께 노예들을 교육하거나 우대해 주는 노예 인수처를 찾기도 했다. 그리고 산드리아가 노예에서 해방되고 진저가 [전문학교]의 전신인 [훈련소] 소장으로 임명된 뒤에도, 변함없이 산드리아는 진저를 계속 도와주었다.

두 사람의 인연은 점점 깊어지는 중이라고 생각했다. 자신이 산드리아를 생각하는 만큼 산드리아 역시도 자신을 생각해 준다고, 진저는 자만이 아니라 진심으로 느끼고 있었다.

"사실은 전에…… 저와 결혼해 달라고 말한 적이 있습니다."

진저가 그렇게 말하자 소마는 눈을 동그랗게 떴다.

"뭐야, 프러포즈는 했네. 그래서, 대답은 어땠어?"

"'지금은 거절하도록 하겠어요.' ……였습니다."

"어, 거절당했어? 아, 하지만 '지금은'인가. …… '지금은'?"

지금은. 그렇다면 전혀 그럴 마음이 없지는 않다는 것이리라.

나중에라면 받아들일 여지가 있다고도 해석할 수 있는 표현이었다. 산드리아의 진의를 알 수가 없어서 고개를 갸웃거리는 소마를 보고 진저는 곤란하다는 듯 쓴웃음 지으며 말했다.

"산 씨가 말하기로는 '첫째 부인이 될 수는 없다' 는 모양이에요."

결혼을 제안한 진저에게 산드리아는 조금 곤란하다는 표정으로 이렇게 말했다.

[그 말씀은 무척 기뻐요. 저도 진저 님을 연모하고 있어요. 하지만 저는 원래는 노예이고 가족과의 인연도 끊어졌어요. 소마 폐하의 가신으로 앞으로 출세가 예상되는 카뮤 가문을 생각하면, 유력한 가문의 따님을 아내로 맞이하셔야 해요. 저는 그 후에 첩으로서 곁에 두어 주시기만 해도 괜찮아요.]

……그렇게 어디까지나 카뮤 가문을 생각해서 프러포즈를 거절했다나.

진저를 좋아하기에 족쇄가 되고 싶지 않다는 생각. 그것은 너무나도 순수할 정도의 호의에서 비롯된 생각이었기에 부정하기도 어려웠다. 첩이라도 괜찮으니까 곁에 있었으면 한다는 말은, 어떤 의미로 프러포즈를 받은 것이라고도 할 수 있을 테니까.

진저는 머리를 부여잡고 있었다.

"솔직히 난감해요. 마음은 제대로 받아들여 줬으면서, 이상과는 다른 방법으로 받아들이고 말아서……. 산 씨도 둘째 부인이라면 결혼을 받아들여 줄 거라고 생각하는데, 산 씨와 결혼하기 위해 다른 누군가와 정략결혼을 한다니, 산 씨한테도 다른 상대한테도 실례고요."

"뭐, 귀족 사회에서는 비교적 있을 법한 일이긴 하지. 산드리아의 생각도 지금 시대를 생각하면 타당한 의견이라고 못 할 것도 아니고……. 하지만 복잡하겠네."

소마도 턱 밑에 손을 대며 생각에 잠긴 표정을 띠었다.

소마는 왕비 후보들과 일단 약혼한 다음에 인연을 깊이 만드는 변칙적인 연애밖에 경험이 없지만, 그래도 서로를 사랑하면서 결혼한다는 것은 틀림없었다. 사랑하면서도 엇갈리는 진저와 산드리아를 보니 그냥 내버려 둘 수는 없었다.

"가문의 격이 걱정이라면, 일단 산드리아를 다른 가문의 양녀로 만드는 건 어때? 카뮤 가문과 인연을 맺고 싶은 집안은 많을 테니, 왕가가 주선하면 쉽게 성사될 것 같은데."

"……아뇨, 그런 문제가 아니라고 생각합니다."

진저는 조용히 고개를 가로저었다.

"아마도 산 씨는 '가족에게 팔린 노예' 라는 사실이 콤플렉스가 된 거예요. 이런 자신은 제게 어울리지 않는다며 스스로를 비하하는 거죠."

"그렇군……. 그 콤플렉스를 해소하지 않는 한, 앞으로 한 걸음도 나아갈 수가 없다는 건가."

그렇다면 문제 해결은 어려웠다. 콤플렉스는 본인의 마음속 문제이기에 다른 사람이 외부에서 아무리 행동하더라도 최종적인 해결은 그 사람 본인밖에 할 수가 없다.

결국에는 산드리아가 스스로 매듭을 지을 수밖에 없다.

소마는 머리 뒤에 손을 깍지 끼고 "끄~응." 소리를 내며 의자 등받이에 기대 생각에 잠기더니 진저에게 물었다.

"그 '가족에게 팔렸다' 라는 부분, 구체적으로 들은 이야기는 있어?"

"예. 듣자 하니 원래는 상인 가문의 딸이었는데, 아버지가 악당에게 속아 빚을 지는 바람에 가족과 가게를 지키기 위해 산 씨를 노예상에게 팔았다고 해요. 산 씨의 말로는 고뇌에 찬 결단이었다는지 아버지에 대한 불평불만은 전혀 이야기하지 않았습니다."

"지독한 이야기야. 이 나라에서 벌어진 일인가? 그 악당을 적발하고 싶은데."

"아뇨, 아무래도 산 씨는 외국에서 팔려온 노예인 것 같습니다."

진저는 힘없이 작게 한숨을 내쉬었다.

"그 악당은 그 지방 유력자와 인맥이 있었는지, 어쩔 수 없이 포기할 수밖에 없었다나요. 이 나라에서 벌어진 일이라면 폐하께서 적발해 주시어 산 씨의 명예를 회복할 수 있도록 부탁을 드렸을 테지만, 다른 나라의 일이라면 어떻게 방법도 없겠지요."

"그러네…… 우호를 맺은 나라라도 아니라면 어렵겠지. 유력자와 결부되어 있다면 지나친 내정간섭이라며 나올 것 같고. 참고로 그 나라는 어디지?"

"그란 케이오스 제국입니다. 아무리 그래도 어떻게 할 수는 없겠죠?"

"…………."

산드리아의 출신지가 그란 케이오스 제국이라는 말을 듣고 소마는 생각했다.

'……어라? 이거, 의외로 간단히 해결할 수 있지 않나?'

마리아나 잔느에게 상황을 설명해서 그 악당이라는 녀석을 유력자까지 한꺼번에 적발해 준다면 만사가 해결될 것 같았다. 두 사람은 자신이 모르는 곳에서 국민들이 눈물짓는 일이 벌어졌다는 사실을 알게 된다면 반드시 그 악당에게 정의의 철퇴를 내려 줄 터.

어렵다고 생각했던 일이, 맥이 빠질 만큼 간단한 일처럼 여겨졌다.

하지만 진저의 표정은 여전히 가라앉아 있었다.

'아, 그런가. 진저는 우리가 제국과 우호 관계라는 사실을 모르나.'

제국과의 비밀 동맹은 말 그대로 비밀이기에 그 사실을 아는 사람은 국내에서도 한정되어 있었다.

그 동맹을 모르는 진저는 왕국과 제국 사이에 두터운 연줄이 있다는 사실을 상상도 할 수 없으리라. 그럴 마음만 있다면 당장에라도 소마와 마리아가 직접 회담을 진행하는 것도 가능한데.

소마는 가라앉은 표정인 진저에게 그 사실을 말하려다가…… 그만뒀다.

'확실히 내가 마리아에게 요청하면 제대로 조치를 해 주겠지. 하지만 그러면 되는 걸까? 내가 전면에 나서는 것보다도, 산드리아를 가장 생각하고 있는 진저가 솔선해서 움직여야겠지. 제대로 풀리는 걸 기대할 수 있는 상황이라면 더더욱.'

그리고 소마는 두 사람을 위해서 머리를 굴렸다. 진저의 교우 관계, 제국과의 연줄 등으로 생각이 미쳤을 때, 어떤 사실이 떠올랐다.

　"있잖아, 진저."

　"아, 예. 무슨 일이십니까?"

　"너, 혹시 제국과 연줄이 있는 거 아니야?"

　소마가 그렇게 말하자 진저는 절레절레 고개를 내저었다.

　"그, 그럴 리가요! 저는 왕국에서 나간 적도 없다고요?!"

　"너 자신은 그럴지도 몰라. 하지만 지금 제국에는 네가 아는 녀석이 있어."

　"아는 사람? 누구 말입니까?"

　"필트리 사라센. 기억 안 나?"

　"필트리 님…… 아아, 안즈 씨랑 시호 씨를 아내로 데려간 귀족 말입니까. 아니, 설마 필트리 경이 제국에 있는 겁니까?!"

　필트리 사라센.

　사라센 가문의 가주이기도 한, 피 끓는 멋진 청년으로, 진저가 노예상이었을 무렵에 안즈와 시호라는 미인 노예 자매를 노예에서 해방시키고 아내로 맞이한 인물이었다. 안즈와 시호의 신데렐라 스토리에서 왕자님 역할이었기에 진저도 기억하고 있었다.

　'그러고 보니 필트리 님은 제국으로 간다고 그랬던가. 까맣게 잊고 있었어.'

　떡하니 입을 벌린 진저를 보고 소마는 웃으며 말했다.

"필트리는 지금 제국과의 교섭 창구 역할로 저쪽에 상주하고 있지. 필트리라면 제국 상층부에 통할지도 모르니까 부탁해 보는 건 어떨까? 아내 둘과의 인연을 맺어 준 네 부탁이라면, 그 뜨거운 남자가 거절할 일도 없겠지."

"그, 그렇군요! 부디 부탁드리고 싶습니다! 저는 제국으로 가면 될까요?"

"아니, 연락을 취하는 것뿐이라면 성 안에서도 할 수 있어. 내일 정오에 연락을 취할 수 있도록 해 둘 테니까 또 등성해 줄래?"

"물론입니다! 잘 부탁드립니다!"

진저는 깊이 머리를 숙이더니 흥분이 식지 않은 표정 그대로 돌아갔다.

그런 그를 쓴웃음 지으며 배웅한 소마는 크게 기지개를 켜더니 일어섰다.

"자, 그럼 두 사람의 결혼식이 이루어지도록 사전 준비를 할까."

전면에 나설 생각은 없지만 준비 정도는 해 주자.

소마는 그런 생각을 하며 [방송의 방]으로 갔다.

──다음 날.

[세상에, 그런 일이 있다면 부디 협력하게 해 주시길.]

간이 수신기 너머의 필트리가 그렇게 말하고는 가슴을 턱 두드렸다.

이곳은 파르남 성 안에 있는 국왕 방송의 보옥이 있는 [방송의 방]이고 지금 진저는 제국에 있는 필트리와 국왕 방송을 통해 대화를 나누고 있었다.

옆에서는 소마와 아이샤가 그런 두 사람을 바라보고 있었다.

국왕인 소마가 동석하여, 국보인 보옥의 사적 이용이라는 지적을 당하지 않도록 배려한 것이었다. 진저가 산드리아 건에 관해 이야기하고 협력을 청하자 필트리는 그 자리에서 흔쾌히 승낙했다.

[진저 님은 저와 제 아내 안즈, 시호를 만나게 해 주신, 말하자면 큐피트 같은 분입니다. 어찌 협력을 꺼리겠습니까.]

"큐피트라니…… 저는 그저 노예상이었는데……."

[그만큼 저희는 감사를 드리는 겁니다. 두 아내 모두 아이가 생기고 사라센 가문은 더더욱 평안해졌습니다. 게다가 산드리아 씨께는 아내들이 모두 크게 신세를 졌다고 들었죠. 이 은혜를 갚기 위해서라도 반드시, 산드리아 씨 가족의 사정을 제국 상층부 여러분께 전달해서 잘 해결되게끔 움직여 보겠습니다.]

뜨거운 남자답게 확실히 받아들여 준 필트리를 향해 진저는 머리를 숙였다.

"감사합니다!"

진저의 얼굴에는 미소가 드리워 있었다.

아직 모든 것이 제대로 풀린다고 결정된 것은 아니지만, 일단 해결의 실마리는 붙잡았다. 이것도 노예상 시절에 만든 인연 덕분이었다. 좋아할 수는 없는 일이었지만 도중에 내팽개치지 않기를 잘했다고, 진저는 마음속으로 생각했다.

"이야기는 잘 정리된 모양이네."

그때까지 잠자코 지켜보던 소마가 보옥 앞으로 걸어왔다.

"필트리. 나도 부탁하지. 진저에게 협력해 줘."

[예. 알겠습니다, 폐하.]

필트리는 소마를 향해 경례하며 대답했다.

소마는 고개를 끄덕이고는 진저의 어깨에 손을 툭 얹었다.

"뒷일은 필트리가 잘해 주겠지. 사태에 변동이 있으면 연락할 테니까, 그때는 산드리아와 함께 또 등성해 줘."

"예! 처음부터 끝까지, 정말 감사합니다!"

"부하의 불안을 없애는 것도 상사의 역할이야. 자, 뒷일은 이쪽에서 맡을 테니까 이제 돌아가도 돼."

소마가 그렇게 말하자 진저는 몇 번이고 감사의 말을 건네고 꾸벅꾸벅 머리를 숙이며 방을 나갔다. 진저의 기척이 멀어진 것을 아이샤가 확인한 뒤, 방에 남은 소마는 국왕 방송의 보옥을 향해 이야기했다.

"……그렇게 되었으니, 모쪼록 부탁 좀 드려도 되겠습니까?"

[물론이에요.]

보옥에서는 여성의 목소리가 들렸다.

필트리가 옆으로 물러나더니, 그 대신 그란 케이오스 제국의 황제 마리아 유포리아가 나타난 것이다. 그녀 역시도 국왕 방송에 비치지 않는 위치에서 조금 전까지의 대화를 듣고 있었다. 마리아는 곤란하다는 표정으로 뺨에 손을 댔다.

[우리 나라에서 그런 일이 벌어졌다는 걸 다른 나라의 사람들

이 가르쳐 주고서야 알게 되다니……. 이 나라를 맡은 사람으로서 부끄럽기 그지없어요.]

면목 없다는 듯 꺼낸 마리아의 말에 소마는 조용히 고개를 가로저었다.

"군주라고 해도 나라의 구석구석까지 눈이 닿지는 않습니다. 아마도 이런 일은 저희 쪽에서도 벌어지고 있겠죠. 알아차리지 못했을 뿐."

[……그렇군요. 어떤 사람일지라도 크든 작든 선악의 양면을 가지고 있는 법. 그 가운데 악행을 저지르는 인간이 나오고 마는 것이겠죠. 황제나 국왕의 권력이 있어도 그것들을 미연에 방지하기는 어렵네요.]

"미연에 방지하려고 든다면 철저한 상호 감시 사회를 만들 수밖에 없겠죠. 하지만 그런 식으로 너무 엄격하게 조이면 도리어 국내에 불만이나 불신의 씨앗을 뿌리게 됩니다. 현재는…… 발각된 사안에 엄하게 대처할 수밖에 없겠죠."

[예. 그러니까 이번 일은 내게 맡겨 주세요.]

"마리아 님이 보증해 주신다면 든든합니다. 잘 부탁합니다."

그리고 소마와 마리아는 단단히 고개를 끄덕였다.

──그로부터 대략 일주일 뒤.

이날, 진저와 산드리아는 왕성으로 등성하라는 연락을 받았다.

평소에는 왕성에 용무가 있을 때는 진저만 등성하고 산드리아는 학교를 지키는데, 오늘은 산드리아도 함께 등성하라는 지시였다.

전직 노예인 자신에게는 걸맞지 않은 장소라며 산드리아는 거절하려고 했지만 왕성의 지시이기도 하고,

"괜찮아요. 내가 붙어 있을 테니까 같이 가요."

그렇게 말하며 진저가 토닥여 주기도 해서 산드리아는 비록 떨떠름하지만 등성하는 것을 승낙했다.

위사들이 지키는 성의 정문을 지나서 멋진 성이 눈앞에 우뚝 서 있는 것을 본 산드리아는 자신에게 어울리지 않는다는 기분에 도저히 마음이 진정되지 않아, 옆을 걷는 진저의 소맷자락을 붙잡았다. 그런 산드리아의 모습에 진저는 쿡쿡 웃었다.

"평소의 산 씨답지 않네요. 평소에는 누가 상대라도 당당하면서."

"……진저 님은 의외로 짓궂으시네요."

산드리아는 토라진 어린아이 같은 표정으로 말했다.

"이런 장소는 제게 너무 안 어울려서 주눅이 들어 버리는 거예요."

"나약한 산 씨도 귀엽다고 생각하…… 아얏."

"정말로 짓궂으세요."

산드리아는 뾰로통한 표정으로 진저의 팔을 꼬집었다.

부끄러운지 뺨이 붉게 물들어 있었다. 그런 모습이 귀엽다고 생각하는데 말이지, 그렇게 생각하며 진저는 그런 산드리아를 곁눈으로 보고 있었다.

두 사람이 성 안으로 들어가자 금세 안내 역할이라는 드래고 뉴트 메이드가 나타나서, 두 사람을 앞장서서 걸어갔다. 복도를 걸어가서 무게추 방식의 엘리베이터에 타자 산드리아는 진저에게 물었다.

"저기, 진저 님? 오늘은 저도 같이 오라고 들었는데, 진저 님은 호출된 이유를 알고 계시나요?"

"예, 뭐. 아마도 준비가 됐다는 거겠죠."

"준비……라고요?"

진저는 고개를 끄덕이더니 가만히 위를 올려다봤다.

"제가 할 수 있는 건 여기까지예요. 뒷일은 산 씨에게 달렸겠죠."

"?"

산드리아가 고개를 갸웃거리는 사이에 엘리베이터는 멈추고, 세 사람은 또다시 복도를 걸어갔다.

이윽고 다다른 곳은 [방송의 방] 앞이었다.

"안으로 들어가시지요. 다들 안에서 기다리십니다."

드래고뉴트 메이드는 그러면서 꾸벅 인사를 하고 발길을 돌려 떠났다. 두 사람은 시키는 대로 방으로 들어가자 커다란 국왕 방송의 보옥이 맞이했다.

"커다래……. 저게 국왕 방송의 보옥인가요."

산드리아가 방 중심에 있는, 거대하게 떠 있는 보옥에 시선을 빼앗긴 사이,

"왔군요."

방 안에 있던 인물이 말을 건넸다.

그곳에 있던 것은 온몸에 시커먼 옷을 입은 키 큰 남자.

이 나라의 재상 하쿠야 쿠온민이었다. 하쿠야는 두 사람에게 인사하더니,

"폐하께서는 대관식 및 혼례 의식 준비로 여념이 없으신 상황이라, 이번에는 제가 대신해서 지켜보게 되었습니다."

……그렇게 말했다.

'지켜본다? 뭘 말인가요?'

산드리아가 그런 생각에 잠긴 사이, 보옥 옆에 놓인 전신 거울 같은 것이 빛을 발하고 상을 맺더니 어느 인물을 비추었다.

그것은 백은색 갑옷을 입고 그야말로 여장군다운 차림을 한 미소녀였다. 산드리아는 갑자기 나타난 미소녀를 보고 놀라서 진저의 소맷자락을 붙잡았다.

이것은 국왕 방송의 간이 수신기인데, 일반적인 국민은 그 존재는 알지라도 실물은 본 적이 없는 경우가 대부분이었다. 산드리아가 놀라는 것도 무리는 아닐 것이다.

그 소녀는 세 사람을 향해 인사를 했다.

[안녕하십니까, 하쿠야 경. 그리고 진저 씨와 산드리아 씨였던가요. 처음 뵙겠습니다. 저는 그란 케이오스 제국 황제 마리아 유포리아의 동생인 잔느 유포리아라고 합니다.]

갑자기 서쪽의 초강대국을 다스리는 황제의 동생이라는 인물이 등장했기에, 산드리아는 한순간 무슨 일이 벌어지고 있는지 이해할 수 없었다.

'잔느 님...... 아아, 확실히 잔느 님이세요.'

산드리아는 아름다운 그 용모가 기억에 있었다.

산드리아는 그란 케이오스 제국 출생으로, 한 번뿐이지만 잔느를 본 적이 있었다. 어릴 적, 아직 선대 황제 폐하가 살아 계셨을 무렵에 황제 폐하의 가족이 국왕 방송에 나오는 것을 관중들 속에서 가족과 함께 봤었다.

그때부터 아름답다고는 생각했지만 이렇게까지 아름답고 의젓하게 성장했느냐며 산드리아는 놀랐다.

그리고 그런 잔느가 산드리아를 바라보며 말했다.

[이번에는 다망하신 언니를 대신해서 제가 이번 일을 맡게 되었습니다. 그리고 산드리아 씨.]

"아...... 예. 무슨 일이신가요."

갑자기 이름을 불려서 당황한 산드리아를 향해 잔느는 깊이 머리를 숙였다.

[이곳에 계시지 않은 언니를 대신해서, 저는 당신에게 사죄를 드려야 합니다.]

"어......."

[당신이 노예로 전락한 경위는 들었습니다. 당신의 아버님께서 사기꾼에게 속아 빚을 지고, 가게와 가족을 지키기 위해 당신을 팔아야만 했다고.]

잔느가 이야기하는 자신의 처지.

어째서 황제 폐하의 동생인 잔느가 그런 사실을 알고 있을까, 산드리아는 생각했다. 그리고 퍼뜩 깨닫고 진저를 바라보자 그는 진지한 표정으로 고개를 끄덕였다. 그리고 잔느는 다시 한번 머리를 숙였다.

[또한 그 사기꾼은 그 지방의 유력 귀족과 연줄이 있어서 피해자는 어쩔 수 없이 포기해야만 했다죠. 이런 폭거를 용납해 버려서는 제국의 위에 서는 이로서 실격입니다. 저희의 감독 불찰로 당신에게도, 다른 분들에게도 폐를 끼치고 만 것, 언니도 괴롭게 생각하고 있습니다. 정말 죄송합니다.]

"세, 세상에…… 마리아 님이나 잔느 님께서 사과하시지 않으셔도 됩니다."

잔느가 머리를 숙이자 산드리아는 머릿속이 혼란스러웠다.

이 상황이 무슨 상황인지 누군가 설명해 줬으면 좋겠다. 자신의 처지는 이미 받아들이고 말았는데, 이제 와서 그 사실에 사과를 받았다. 그것도 황제 폐하의 동생인 전하께서 직접. 혼란에 빠진 산드리아에게 잔느는 말했다.

[또한, 이제 와서 새삼스러운 말씀이지만, 그 사기꾼과 유착한 귀족은 이미 우리가 구속하여 여죄를 추궁 중입니다. 악행을 저지른 자들의 경우에는 이쪽의 법에 따라 엄격하게 처리하겠습니다.]

"아, 예……."

[귀족의 경우에는 가문명 단절과 사유재산 몰수가 확정되어 있습니다. 몰수한 이 재산으로 충분할지는 모르겠지만, 피해자분들께 보상도 진행하겠습니다.]

자신이 노예로 팔리게 된 원흉이 심판받는다.

그 사실을 산드리아는 어딘가 다른 세상 일처럼 느끼고 있었다. 원흉들에게 원한도 있었다. 가족의 손으로 팔려서 노예로 전락한 슬픔도 있었다.

하지만 그것은 이미 먼 과거의 일이라고 생각했다. 왜냐면…….

산드리아는 화면을 보고 있는 진저를 뜨거운 눈빛으로 바라봤다.

'진저 님과 만날 수 있었으니까…….'

왕국으로 팔리고 자신의 처지를 불쌍히 생각해 준 진저의 할아버지에게 인수되어 노예로서 중히 대우받았다.

그리고 할아버지의 사후, 산드리아는 진저와 만날 수 있었다.

그 후로는 그야말로 차례차례, 멋진 일들의 연속이었다.

진저는 다정한 사람이라 자신들을 소중히 다루어 주었다.

그런 진저가 현재 국왕인 소마 폐하가 신설한 [진저의 훈련소] 소장으로 발탁되었다. 진저는 계속 함께 있어 달라며 산드리아를 노예에서 해방해 주었다. 그리고 둘이서 사이좋게 오늘까지 훈련소를 꾸린 것이었다.

노예로 전락한 사실은 불행이었을지도 모른다. 하지만 지금 산드리아는 충분히 행복했다. 가슴속은 진저를 향한 마음으로 충분히 채워졌다.

그 사실을, 잔느에게서 사죄를 받으며 산드리아는 재확인했다.

[그리고…… 당신과 만나고 싶다는 인물이 있습니다.]

그러더니 잔느가 한 인물을 불러들였다.

산드리아와 같은 라쿤의 귀와 꼬리를 가진 수인족 중년 남성이었다. 침통한 표정으로 화면에 선 그 남자를 보고 산드리아는 눈을 크게 뜨고 중얼거렸다.

"아버지……."

[산드리아…….]

서로를 부른 뒤, 잠시 침묵의 시간이 이어졌다.

아버지는 노예로 팔아 버린 딸에 대한 죄책감으로 말이 나오시 않았고, 딸은 그런 아버지에게 무어라 말을 건네면 좋을지 알 수가 없었기 때문이었다.

그저 말도 없이 서로를 가만히 바라보는 두 사람.

그런 얼어붙은 시간을 움직이듯 진저는 산드리아의 허리를 툭 밀었다.

"진저 님?"

"산 씨가 생각하는 걸, 그대로 말로 하면 되는 거예요. 그걸 위해서 준비한 시간이니까요."

"………….."

진저가 그렇게 재촉하자 산드리아는 뜻을 다진 듯 한 걸음 앞으로 나섰다.

"저기…… 가족들은 잘 지내나요? 어머니랑, 동생들은."

[아! 그, 그래, 잘 지내고 있어. 가게도, 네 덕분에 간당간당하지만 버틸 수 있었지. 그 탓에 네가 심하게 고생하고 말았어……. 미안하구나…….]

사죄한 아버지는 머리를 숙이지 않고 위로 들었다.

아래로 향하면 눈물이 떨어질 것만 같았기 때문이었다. 고생한 딸을 상대로, 눈물로 용서를 청하는 것은 비겁하다고 생각했으니까.

산드리아도 그것을 알고 뺨을 타고 눈물이 흘러내렸다.

[정말로…… 미안하다……!]

"……알고 있어요. 아버지는 가족들만이 아니라, 종업원이랑 그들의 가족을 지켜야만 하는 입장이었으니까요. 제가 팔리지 않았다면 다른 누군가가 팔려나갔을 테죠."

그리고 산드리아는 계속 눈물을 흘리며 싱긋 웃었다.

"저는, 이 나라에 와서, 진저 님과 만날 수 있어서 행복해요. 앞으로도 더욱, 더욱 행복해질 거라고 생각해요. 그러니까 이제, 자신을 책망하지 마세요."

자신은 행복하다. 노예였다는 사실 따위는 관계없다. 지금 진저 곁에 있을 수 있다는 사실이 행복한 것이다. 이 행복을 멀리 떨어진 아버지에게도 전하고 싶었다.

[산드리아…….]

산드리아의 아버지는 뒤로 돌아 눈가를 훔치더니 진저에게 깊이 머리를 숙였다.

[진저 님. 딸을 희생양으로 삼은 제게 이런 소리를 할 자격 따윈 없다는 사실은 충분히 알고 있습니다. 하지만 부끄러움을 무릅쓰고 말씀드립니다. 부디…… 딸을 행복하게 만들어 주십시오.]

"……예. 물론입니다, 아버님."

진저는 기운차게 고개를 끄덕였다. 그리고 진저는 산드리아의 뺨에 손을 대더니 반대쪽 손으로 얼굴에 번진 눈물을 닦아 주었다.

"산 씨, 더더욱 행복해질 거라고 그랬죠?"

"……예."

"저는 지금 충분히 행복해요. 이 이상 행복해지려면 이제 산 씨를 아내로 맞고, 아이를 낳고, 가족을 늘리는 것밖에 없다고 생각하는데…… 어떤가요?"

"……후후, 그러네요. 그러면 더더욱 행복할 거라 생각해요."

"제 구혼을 받아 주겠어요?"

그렇게 묻는 진저.

가진 인맥을 구사하여 자신을 위해 이렇게까지 해 준 진저를 보고, 산드리아는 가슴이 벅찼다. 진저는 눈물만이 아니라 산드리아가 품고 있던 슬픔 그 자체를 닦아 준 것이었다.

이미 산드리아를 속박하던 '노예였다는 사실에 대한 부담감'이라는 사슬은 없다.

산드리아는 뛰어들 듯이 진저에게 안겨들었다.

"예, 서방님. 저를 더더욱 행복하게 만들어 주세요."

그것은 더 이상 없을 만큼, 자신의 마음에 솔직한 말이었다.

♟ 제3장 ✦ 폴링

"……뭐, 뭐야? 이거."

내 이름은 나덴 데랄.

성룡 산맥 출신의 용이자, 이 나라의 임금님인 소마의 제2측실 후보야. 하지만 왕국 백성들한테는 아침의 날씨 예보를 발표하는 [날씨 아가씨] 쪽으로 더 유명하지만.

그런 나는 오늘 리시아, 아이샤, 주나, 로로아까지 다른 약혼자들과 함께 왕성 안의 한 방에 모여 있었다. 방 안에는 교단과 교탁이 하나씩, 그리고 마주보듯 책상이 다섯 개 설치되어 있었다.

그리고 교탁 뒤에 있는 칠판에는 이런 의미의 말이 큼지막하게 적혀 있었다.

[제2회 신부 육성 강좌]

……뭐? 신부 육성 강좌?

약혼자들만 모였다는 것은 아마도 지금부터 이 신부 강좌인지 뭔지를 받게 된다는 소리일 테지만, 대체 뭘 하려는 걸까. 그보다도…….

'그보다도 제2회는 또 뭔데?! 내가 모르는 사이에 이미 제1회를 했다고?!'

대체 어느새 이런 강좌가 열렸을까. 어쩌면 내가 이 나라로 오기 전 이야기인가? 멍하니 서 있는데 누군가 내 어깨에 손을 툭 얹었다.

"으악…… 아, 로로아?"

돌아보니 약혼자들 가운데 가장 겉보기 연령이 가까운 로로아가 어리둥절한 표정으로 서 있었다.

"와 그라는데, 나뎃찌? 이런 데 우두커니 서가."

"아니, 이게 대체 무슨 상황인지를 이해할 수가 없어서……."

"뭐기는…… 아, 그러고 보니 나뎃찌는 이번이 처음이었나."

어쩐지 납득한 표정으로 고개를 끄덕이는 로로아.

들은 이야기에 따르면 로로아도 다른 세 약혼자들과 비교하면 가입이 늦었다는 모양인데, 말을 들어 보니 제1회는 경험했다는 소리일까.

그러더니 로로아는 장난꾸러기처럼 웃었다.

"으흐흐, 각오 단디 해라. 이 강좌는 상당히 충격적이이까."

"추, 충격적?"

"많은 걸 알게 된다고~. 달링의 이~런 거라든가 저~런 거라든가 ♪"

"소마의?"

이 신부 강좌라는 걸로 소마의 대체 뭘 알게 된다는 걸까.

로로아의 나~쁜 표정을 보기에는 상당히 외설스러운 '비밀' 같은 느낌이 들었다. 시, 신경 쓰여……. 나는 히죽히죽하는 로로아에게 좀 더 자세한 이야기를 물어보려고 했지만,

"냐하하…… (딱콩) 아야!"

갑자기 날아든 손날이 로로아의 머리를 가볍게 때렸다.

로로아의 등 뒤에는 리시아가 어이없다는 표정으로 서 있었다.

소리를 들어 봐도 그다지 안 아팠을 텐데도 머리를 손으로 누르며 과장스럽게 반응하는 로로아를 보고 리시아는 한숨을 내쉬며 말했다.

"정말이지, 로로아도 참. 처음인 나덴한테 무슨 소릴 불어넣는 거야."

"아니아니, 시아 언니. 내가 한 말에 거짓말은 없다 아이가?"

"그렇다고 해도 표현 방법이라는 게 있잖아? 무슨 외설스러운 느낌을 내는 거야."

"그래요, 로로아 씨. 그렇게 말하고 싶어지는 기분도 알겠지만요."

이미 자리에 앉아 있던 주나가 그러면서 쓴웃음을 띠고 있었다.

쓴웃음마저 아름답게 보이다니…… 역시 주나 씨는 치사하다고 생각한다. 어른스러우면서 한없이 여성다운 행동에, 게다가 쭉쭉빵빵. 인간 형태는 열네 살 정도로 야성적이고 밋밋한 체형인 나와는 정반대인 스펙에 콤플렉스를 느끼고 만다.

최근에는 루비랑도 몸매에서 차이가 벌어지고 있으니까.

아아, 신께서는 어째서 (주로 가슴둘레의 의미로) 부유한 자와 가난한 자를 만드셨을까……. 아니, 내 입장에서 보면 그 신이란 티아마트 님이구나. 성스러운 '어머님' 께는 몸매 차이 따윈 하찮은 걸지도.

"아, 오신 모양이네요."

그리고 또 한 사람의 쭉쭉빵빵……이 아니지, 아이샤가 말했다. 리시아와 로로아도 자리에 앉았기에 나도 비어 있던 왼쪽 끝자리에 앉았다.

방문이 열리고 나와 비슷한 형태의 꼬리가 있는 푸른 머리 미녀가 들어왔다. 어째선지 오늘은 박사 모자를 쓰고 안경을 착용한 그 미녀는, 동방 제국 연합의 라스타니아 왕국에서 함께 싸웠던 국방군 총대장 엑셀 월터였다.

500년을 살았다는데도 20대 중반으로 보이는 미녀. 게다가 쭉쭉빵빵. 솔직히 나는 이 사람이 거북했다. 라스타니아 왕국에서는 등 위에서 소마랑 알콩달콩했던 (엑셀이 일방적으로 놀렸을 뿐이지만) 기억이 있다 보니 좋은 인상이 없는 것이었다. 이 사람이랑 엮이면 자연스럽게 경계하고 만다.

그런 엑셀은 교단에 서서 가져온 물건을 교탁에 내려놓더니 우리를 둘러보고 말했다.

"……다 모인 것 같네요. 그럼 두 번째 [신부 육성 강좌]를 시작할까요."

엑셀은 나를 흘끗 보더니 싱긋 미소 지었다.

"우선은 나덴 씨가 이번에 처음 참가하니까, 다시금 이 강좌의 개요를 이야기할게요. 이 강좌는 현재 국왕이신 소마 폐하께 시집을 가서 왕비가 될 여러분에게 원만한 부부, 가정 생활을 위한 비법을 전수하는 강좌예요. 아내의 자세, 남자의 심리, 남편을 북돋우는 방법 같은 정신적인 내용부터 부부 생활을 원활

하게 하기 위한 밤의 '노력'에 관한 내용까지 가르치도록 하겠
어요."

"아, 그런 기획이구나…… 아니, 밤의 '노력'?!"

밤의 노력이라니…… 그, 그런 거구나.

드래곤은 자손 번영을 위해서 기사와 함께 싸우는 계약을 맺
는 것.

그러니까 나도 나 나름대로 지식은 확실히 있지만…… 그것
을 이 자리에서 모두와 함께 배우라는 거야?! 소마랑 '할' 때를
대비해서?!

"어, 정말로 하는 거야?"

놀리는 건가 싶어서 주위를 둘러보니 다른 약혼자들은 부끄
러운 듯 고개를 돌리거나 쓴웃음을 띠고 있었다. ……아무래도
정말로 배우는가 보다.

그러자 엑셀은 진지한 표정으로 내게 말했다.

"후사를 만드는 것은 국가적인 중대사예요. 이에 실수가 있어
서 부부 사이에 골이 생기면, 그것을 이용하려고 드는 무뢰배가
나타날지도 몰라요. 그러니까 부끄러울지도 모르겠지만 이 강
좌를 반드시 받도록 하세요."

"으으…… 알았어……."

그렇게 논리정연하게 말해서야 반론의 여지가 없었다. 국왕
에게 시집을 가는 거니까 그 정도의 각오는 필요하겠지. 내가
저항을 그만두자 엑셀은 쿡쿡 웃었다.

"후후. 뭐, 그렇게 어렵게 생각할 일은 아니에요. 폐하와 더욱

러브러브한 관계가 되는 방법을 배운다고 생각하면 충분해요. 그렇죠, 리시아 공주님?"

"어, 나?!"

갑자기 이야기를 돌리자 리시아가 깜짝 놀라서 소리 높였다.

"리시아 공주님은 한발 앞서 폐하와 맺어지고, 이미 시안 군과 카즈하 양이라는 두 자식도 태어났어요. 이것으로 이 나라의 왕족 부족도 다소나마 해소되겠죠. 자, 여러분. 리시아 공주님께 박수~ ♪"

짝짝짝짝…….

"잠깐, 부끄러우니까 다들 그만해!"

모두가 축복과 선망의 감정이 뒤섞인 박수를 보내자 리시아는 부끄러운 나머지 얼굴을 새빨갛게 물들였다. 뭐, 구경거리가 된 기분이겠지.

참고로 지금 이야기에 나온 시안과 카즈하 말인데, 오늘은 소마와 카를라가 돌봐 주고 있다는 모양이다. 그리고 엑셀은 얼굴을 손으로 뒤덮은 리시아에게 물었다.

"그래서, 리시아 공주님? 폐하와 행위에 이르렀을 때, 이 강의는 도움이 되었나요?"

"도움은…… 되었다고 생각해. 무척."

리시아는 이 강좌의 유용성을 인정했다. 도, 도움이 됐구나.

어떤 식으로 도움이 되었는지 궁금하지만, 아무리 그래도 그건 남은 약혼자 넷이서 한꺼번에 캐물어도 안 가르쳐 주겠지.

엑셀은 만족스럽게 고개를 끄덕이더니 손뼉을 짝 쳤다.

"자, 이걸로 이 강좌의 유용성을 이해했을 테죠. 여기서 제대로 배우고 실천해 주세요. 자, 강의에 들어가기 전에 우선은…… 나덴 씨."

"아, 예."

갑자기 내 이름을 불렀다.

엑셀은 가져온 물건 가운데 하얀 노트 한 권을 꺼내더니 내게 건넸다. 노트의 표지에는 [극비]라든지 [반출엄금] 같은 수상쩍은 글자가 가득했다.

내가 의아해 하며 노트를 보는 사이, 엑셀은 쿡쿡 웃으며 말했다.

"이 노트에는 제가 폐하를 술에 취하시도록 해서 알아낸, 당신들에 대한 폐하의 거짓 없는 평가가 실려 있어요. 물론 나덴 씨를 어떻게 생각하는지도요."

"뭐?!"

나는 노트를 찬찬히 봤다.

이 노트에 소마가 나를 어떻게 생각하는지 적혀 있다는 거야?!

그보다도 은근슬쩍 말이 나왔는데, 술에 취하게 만들어서 알아냈다니 엄청 야비한 짓이지? 주위를 둘러보니 다들 잘 알겠다는 표정으로 끄덕끄덕 고개를 끄덕이고 있었다.

'어, 뭐, 이것도 소마와 우리 나라를 위한 일이니까.' by 리시아

'이렇게라도 하지 않으면 폐하의 본심은 들을 수 없으니까요.' by 아이샤

'야비한 행동이라는 건 알지만요…….' by 주나

'뭐, 대의를 위해가는 어쩔 수 없는 일이이까.' by 로로아

……뭘까. 모두의 마음속 목소리(변명)가 들린 것 같았다.

"어머. 나덴 씨는 이 노트, 필요 없나요?"

"……필요해."

필요한지 여부를 묻는다면…… 당연히 필요하다. 나도 소마가 어떻게 생각하는지는 궁금한걸. 그러니까…… 미안해, 소마.

엑셀은 자신의 하얀 노트를 손에 들고 이야기를 계속했다.

"이 하얀 노트에 적힌 여러분의 평가는 이전 그대로이지만, 여기에 새로이 나덴 씨의 평가가 추가되었어요. 상대가 자신을 어떻게 생각하는지 안다는 것은 부부 생활에서 무척 중요한 일이에요. 그럼 우선 나덴 씨를 폐하께서 어떻게 생각하시는지 발표할게요."

"어, 이 자리에서 읽는 거야?"

"다들 지난번에 경험했어요. 다른 분들에 대한 평가는 나중에 읽으면 되겠죠."

"……아, 알았어."

모두 공표되었다면 참을 수밖에 없다. 나에 대한 평가를 공표한다니 부끄럽지만, 나도 소마가 모두를 어떻게 평가하는지는 신경 쓰이니까.

엑셀은 노트의 내용을 읽기 시작했다.

"그럼 나덴 씨에 대한 평가예요. 소마 폐하께서 이르시길,

[나덴은 겉모습은 어리지만 확실한 여자아이이야. 리시아가 출산할 때에 허둥대던 나를 제대로 혼내 주기도 했고. 전장에 나

설 때의 파트너로서뿐 아니라 사생활에서도 정말 의지하고 있어. 나녠은 용이니까 그럴 마음만 있다면 혼자서도 살아갈 수 있고 어디로든 자유롭게 갈 수 있어. 그런 자유롭고 자립하는 그 모습은, 내가 전에 있던 세계의 여성상과 가까운 부분이 있어. 그리운 느낌이 들거든.]

······그렇다고 하시네요."

"······으으~."

부끄럽네. 모두의 앞에서 소마에게 칭찬을 받으니, 기쁘기는 하지만 얼굴에 불이 나는 것 같았다. 리시랑 주나는 흐뭇하게, 아이샤랑 로로아는 좋겠다~ 하는 표정으로 나를 바라보고. 엑셀은 이야기를 계속했다.

"그리고 나녠 씨에 관해서 무언가 생각하는 바는 없느냐, 그런 질문에는 이렇게 대답하셨어요. [아침에 날 깔고 앉아서 깨우는 건 좀 그만했으면 좋겠다. 그런 행동도 귀엽지만 이불 속으로 잡아당겨서 끌어안고 또 자고 싶어지니까.]라고 그러시네요."

"얼른 일어나지 않는 소마 잘못이잖아! ······게다가 잡아당기고 싶다면 그래도 나는 딱히 웅얼웅얼."

부끄러운 소리를 꺼낼 뻔하다가 뒷부분은 웅얼웅얼이 되어 버렸다. 그런 내 반응을 보고 로로아가 "좋겠다."라며 등받이에 잔뜩 몸을 기대면서 말했다.

"깔고 앉아서 깨운다니 내도 해 보고 싶다. 내 체중 정도까지라면 괜안치 않을까?"

"그, 그건 저희가 무, 무겁다고 말하는 건가요?"

아이샤가 당황한 듯 말했다. 뭐, 겉보기만으로도 큰 키에 적당히 근육도 있고 은근히 글래머한 아이샤가 우리 가운데는 제일…… 그럴 테지.

살이 찐 건 아니지만. 로로아는 날름 혀를 내밀었다.

"몸매 좋은 팀한테 처음으로 우위에 선 거 같네. 그제, 나뎃찌."

"……부정할 수는 없네."

작기 때문에 가능한 일도 있다. 물론 커야 할 수 있는 일도 있겠지만, 그건 나한테 없는 걸 억지로 조르는 셈이겠지. 부러워하는 리시아, 아이샤, 주나의 표정을 보고 나는 아주 살짝 스스로에게 자신이 생긴 기분이었다.

그러자 엑셀이 짝짝, 손뼉을 쳤다.

"예예. 거기까지 하세요. 지금은 강의 중이에요."

""""""예.""""""

"그렇게 다른 사람을 부러워하지 않더라도, 폐하께서는 제대로 여러분을 보고 계세요. 그 사실은 명심해 주세요. 자, 나뎃씨에 대한 평가도 발표했으니까, 지금부터는 부부의 행위에 관한 수업을 시작하죠."

그리고 엑셀의 [신부 강좌]가 시작되었다.

그 내용은…… 입에 담는 것도 꺼려질 법한 외설스러운 내용도 많았지만, 그게…… 배울 점이 무척 많았다고 생각한다. 수업이 끝난 뒤에 나누어 준다는, 소마가 우리와 하고 싶은 【자주 규제】가 실려 있다는 '검은 노트'라는 걸 들은 다음부터는 더더욱 수업에 집중하게 되었고.

……다만 딱 하나, 궁금한 점이 있었다. 엑셀의 강의 중 이 부분.

"부부 사이에서 키스는 서로의 인연을 확인하는 중요한 것이에요. 무턱대고 해 버렸다가는 특별한 느낌이 사라져 버리지만, 이때다 싶을 때에는 하겠다는 마음을 가지세요. 제대로 조르는 것도 기억해 두고."

무척 생생한 이야기에 나는 두근두근하며 듣고 있었는데, 다른 약혼자들은…….

"아이가 태어난 뒤부터는 자연스럽게 하게 되더라."

"해 달라는 느낌을 자아내면, 해 주시네요."

"저는…… 술의 힘이 없으면 힘들어요."

"내는 내가 먼저 하는데~."

의외로 간단히 받아들였다. ……그보다도, 잠깐만.

'말도 안 돼?! 혹시 소마랑 키스한 적이 없는 건 나뿐이야?!'

엑셀의 강의가 끝나고 예의 검은 노트를 받은 뒤에 나는 다른 약혼자들에게 자세히 이야기를 듣기로 했다. 그를 위해서 우선 내가 아직 소마랑 키스한 적이 없다는 이야기를 하자 네 사람은 일제히 놀란 표정을 지었다.

"뭐어?! 나넷찌는 아직 안 했다고?!"

로로아가 눈을 동그랗게 뜨고서 말했는데, 믿을 수 없는 건 내 쪽이었다.

"나는 다들 평범하게 하고 있다는 게 신기해. 아이까지 낳은 리시아는 그렇다고 쳐도, 아이샤랑 주나랑 로로아는 언제 했어?"

"저는 나덴 씨와 합류한 성룡 산맥과의 국경 근처 마을에서 요. 리시아 님의 후의로 폐하와 하룻밤을 함께 잤을 때에요. ……우훗."

아이샤는 그때를 떠올렸는지 칠칠치 못한 표정을 띠었다.

아아…… 그때구나.

티아마트 님께도 사정이 있었다고는 하지만, 소마와 떨어져서 초췌하던 아이샤를 배려하여 리시아가 단둘만 있도록 배려해 줬을 때에 했구나.

리시아를 생각해서 직접적인 행위에는 미치지 않았다고 그랬는데, 재미는 봤단 말이지. 얕볼 수 없네.

"저는…… 톨기스 공화국이었네요. 노블베프의 온천 여관에서 폐하께서 현기증이 나시는 바람에 간호할 때…… 그게…… 빈틈투성이였던지라 그만……."

주나가 부끄러운 듯 머뭇머뭇하며 말했다. 나는 추위에 약한 종족이라 한랭한 톨기스 공화국에는 동행하지 못했다. 그 사이에 그런 이벤트가 벌어졌다니…… 어쩐지 분했다. 옷을 껴입고서라도 따라갔어야 했나.

"내는 반에서 열린 [위령제] 때 했네. 아미도니아 사람들 앞에서 한 연설에서 '로로아 공주를 평생에 걸쳐서 지키겠다.'라고 그래가, 감격한 나머지 '딱' 했다."

로로아가 자랑하듯 가슴을 펴고 말했다. …… '딱'?

"어쩐지 의성어가 이상하지 않아? '쪽' 같은 게 아니고?"

"아니~ 너무 감격했더니 기세가 넘치가, 있는 힘껏 이빨이 서로 부딪쳤다."

"실수해 뿌릿네." 그런 소리를 하면서도 로로아는 즐거운 듯 웃고 있었다.

실패했다는 경험도 로로아의 마음속에서는 새콤달콤한 추억으로 승화해 버린 거겠지. 정말이지, 질투도 나고 부럽다.

그러자 리시아는 미안하다는 듯 말했다.

"미안해, 나덴. 전혀 알아차리지 못해서. 본래라면 제1정실인 내가 왕비들에게 명백하게 불공평하다는 느낌을 주지 않도록 조정해야 했는데."

"리시아 탓이 아니야. ……소마가 나한테 한 번도 안 해 줬을 뿐이지."

"제 생각이지만, 그 한 번도 안 했다는 게 원인인 것 같아요."

주나가 생각에 잠긴 표정으로 말했다. 무슨 뜻이지?

"여성에게 퍼스트 키스는 추억에 남는 거예요. 폐하께서도 그걸 알고 계시니까 신중해지시는 거라 생각해요."

"아, 확실히 한 번 한 뒤에는 비교적 저항하지 않으시게 된 것 같네요. 아무리 그래도 사람들의 시선을 무시하고 언제 어디서든 그러는 건 아니지만요."

아이샤도 동의했다.

다시 말해 소마는 내게도 퍼스트 키스는 소중할 거라 생각해서, 기회를 살피는 와중에 계속 그 기회를 놓쳤다는 걸까. 으~음…… 소중하게 여겨 준다는 건 기쁘지만, 어쩐지 답답해지고 만다.

로로아와 리시아도 음음, 고개를 끄덕였다.

"달링도 꽤나 늦깎이다."

"그러네……. 나랑 약혼한 뒤에도 한동안은 손을 대려고 하지도 않았는걸. 루나리아 정교황국의 성녀가 소마를 정신적으로 흔들지 않았다면 결혼 전에 손을 대지도 않았을 테지. 아이가 생기는 것도 더욱 늦어졌을 거야."

"뭔데, 그라믄 루나리아 성녀님 만만세 아이가."

로로아가 농담 같은 느낌으로 말했기에 다들 쓴웃음 지었다.

확실히 성녀를 보내 왕국의 우위에 서려던 정교황국이 결과적으로 소마와 리시아가 선을 넘게 만들어서 왕국의 후계자 탄생에 중요한 역할을 했다니 얄궂은 이야기네……. 아니, 지금은 그런 거야 아무래도 상관없는 이야기고.

"으으…… 나는 어쩌면 좋냐고."

"나덴 씨는 표현은 좀 그렇지만 폐하의 이동 수단이기도 하잖아요? 날씨를 예측할 때처럼 단둘이 되는 시간도 많지 않나요?"

아이샤가 그렇게 말했지만 나는 고개를 가로저을 수밖에 없었다.

"그럴 때는 용 상태로 소마를 등에 태우잖아? 고개를 쭉 뻗어서 키스하려고 해도 머리 크기가 너무 차이나서 코끝으로 건드리는 것밖에 못 해."

"그것도…… 그러네요."

"뭐, 일단 앞으로 단둘이 되었을 때, 나덴이 원하는 타이밍에 해 버리면 될 거라고 생각해. 소마도 설마 거절하지는 않겠지."

리시아가 도와주려는 듯 그렇게 말을 꺼내 주었다.

……그러네. 소마가 나를 배려해서 안 해 준다면 내가 먼저 할 수밖에 없어! 기다리고 있어 봐야 사냥감이 먼저 다가오지는 않는다. 사냥하러 가야지.

"나, 노력해 볼게."

성룡 산맥에서 동물을 상대로 사냥하던 시절의 심정으로 그렇게 선언했더니 다들 살짝 기겁했다. 눈이 대형 육식동물의 눈빛으로 변했나 보다.

소마가 기겁해도 곤란하니까 조금은 조절해야겠네.

그리고 며칠 뒤. 그 기회가 찾아왔다.

오늘은 일주일 동안의 날씨를 조사하기 위해서 소마와 왕국 각지를 날아다니는 날이었다.

"그럼 갈까, 나덴."

[맡겨 둬.]

용의 모습으로 변한 나는 소마를 등에 태우고 하늘을 헤엄쳤다.

그리고 정해진 지점에서 상공에 멈춰서 내가 용의 수염을 나부껴 날씨를 관측하고 소마가 그 결과를 종이에 적는 작업을 반복했다.

'…………'

항상 하는 그런 작업 중에도 나는 어디서 소마에게 키스할지 생각하고 있었다.

어디 산 정상에 내려서서 할까, 어디 아름다운 호숫가에 내려서서 할까, 아니면 어디 작은 섬에 내려서서 할까…….

시야 아래를 흘러가는 지표면의 풍경을 보며 나는 애타게 그런 생각에 잠겼다.

그랬더니 태도가 상당히 들떠 있었는지 소마도 미심쩍어 했다.

"왜 그래? 어쩐지 오늘은 붕 떠 있는 거 아니야?"

[……그야 여긴 하늘 위니까.]

"오, 그럴싸한 소리를 하네."

소마는 감탄한 듯 웃어 주었다. ……어찌어찌 얼버무릴 수 있었네.

마음을 다잡고 작업을 재개, 그리고 여기가 마지막 지점이었다.

[……엿새 뒤는 맑음, 이레 뒤도 맑겠네.]

"좋아, 완료. 이걸로 전부 다 돌았네……. 후아~."

내가 가르쳐 준 일주일 동안의 날씨를 마저 기록한 소마는 졸린 듯 하품을 하더니 눈이 뻑뻑한지 미간을 눌렀다.

[괜찮아? 어쩐지 평소보다 더 졸려 보이는데.]

"아…… 시안은 잠을 잘 자는데 카즈하는 밤에 좀 심하게 울어서. 리시아하고 카를라랑 교대로 살피던 탓에 잠이 좀 부족해."

[임금님이니까 메이드한테 맡겨도 되잖아? 그러다가 소마가 쓰러지면 나라의 문제가 된다고.]

"그렇기는 하지만…… 리시아는 유모한테 안 맡기고 자기가 돌보고 싶어 하니까. 리시아만 고생하는 거도 그렇고, 나 스스로도 아버지로 육아에 참가하고 싶어. 졸리지만…… 뭐, 지금은 아이들의 얼굴을 보는 것만으로도 행복하니까."

[………….]

그러면서 웃는 소마를 보고 나는 가슴 안쪽에서 어쩐지 답답한 감정이 치미는 것을 느끼고, 어쩐지 가만히 있을 수가 없었다.

아이들의 얼굴을 보는 것만으로 행복하다……. 그것은 부모로서 무척 올바른 일이라고 생각한다. 하지만 소마는 시안과 카즈하의 아버지인 것과 동시에 나의 기사, 나의 왕, 나의 반려인 존재이기도 한 것이다. 리시아와 꾸린 가족이 주는 행복만으로 만족하지 않았으면 좋겠다.

……알고 있다. 이건 질투다.

소마는 시안이랑 카즈하만이 아니라 나도 제대로 봐 줬으면 좋겠다. 본래라면 이런 기분은 가슴 안쪽에 가라앉히고 꺼내지 않는 것이 미덕일지도 모른다.

하지만, 설령 그것이 미덕일지라도…… 이 어두운 기분은 계속 품고 있어서는 안 될 것 같다.

리시아랑 아이들을 매정하게 대하고 싶지는 않으니까.

더 이상 내가 나답지 않게, 소마에게 사랑받는 내가 아니게 될 것 같으니까.

그러니까 소마에게는 이 기분을 올곧게 전하기로 하자.

[시안이랑 카즈하는 귀엽다고 생각하지만, 아이들만 바라보는 건 쓸쓸해.]

"어?"

어리둥절해 하는 소마에게 나는 얼굴을 쭉 가져다 대며 말했다.

[나도 제대로 봐 줘.]

"아…… 미안해. 그럴 생각은 아니었는데……."

소마는 내 질투심을 받아들이고 사죄하더니 내 코끝을 쓰다듬어 주었다.

"그러네. 아이들은 내 목숨보다도 소중하다고 느끼지만, 그렇다고 나덴이랑 보내는 시간을 소홀히 해서도 안 되는구나. 나덴만이 아니라 리시아랑, 아이샤랑, 주나 씨랑, 로로아랑 보내는 시간도."

[그래. 소마는 가족 모두를 행복하게 해 줄 책임이 있으니까. 혹시 누군가를 울리기라도 한다면…….]

"한다면?"

[후훗, 이렇게 해 버릴 거야.]

나는 사람의 모습으로 변했다. 아직 하늘 높이 있는데도 말이다. 갑자기 작아지는 나를 보고 소마가 놀라서 소리쳤다.

"잠깐만, 나덴?! 이런 장소에서 변신을 풀면!"

"위험하니까 손 놓지 마, 소마."

나는 사람의 모습이 된 손으로 소마의 손을 단단히 붙잡았다.

그리고 완전히 사람 모습으로 변한 뒤, 우리는 중력에 이끌려서 아래로 떨어졌다. 소마는 지표면에 등을 향한 상태로, 나는 그런 소마의 오른손을 오른손으로 붙잡은 상태로 낙하했다. 점점 빨라지며 몸 주위를 공기가 흘러가는 것을 느꼈다. 내게는 아무것도 아닌 높이와 속도였지만 소마에게는 터무니없는 체험이었나 보다.

"×O$&아#!!"

소마는 무어라 형용할 수 없는 소리를 내지르고, 붙잡은 내 손을 비어 있는 쪽으로 손으로 찰싹찰싹 때렸다. 아마도 항복 표시겠지. 나는 그런 소마의 손에 손을 겹치고는 얼굴을 바싹 가져다 대고 바람 소리에 지지 않도록 큰 소리로 말했다.

"괜찮아—! 내가 함께 있으니까—!"

"갑자기, 스카이다이빙, 하게 됐는데, 태연할 수 있겠냐—!"

"할버트네한테는 잔뜩 시켰으면서—!"

"미안해, 할! 다음에, 드라트루퍼의 급료를 올리라고 말해 둘게—!"

그런 대화를 나누는 사이에 소마도 점점 이 상황에 익숙해진 듯했다.

아니, 도리어 담이 커졌다고 할까. 나와 손을 잡고서 원을 만들며 지표면을 볼 여유도 생긴 모양이었다.

"익숙해진다는 건 무섭네. 점점 즐거워져."

"그야 내 등에 타고서 항상 하늘을 날아다니는걸."

"부탁이니까 지상에 닿기 전에는 용의 모습으로 돌아가 줘."

"알았어. 하지만 지금은 사람 모습으로밖에 할 수 없는 일을 하자."

소마를 꾹 끌어당기자 몸이 회전하고 풍경이 뒤집혔다.

가속하며 지표면을 향해 거꾸로 떨어지는 우리. 그리고,

나는 놀라서 허둥대는 소마에게 얼굴을 가져다 대고 입술을

포갰다.

아무리 그래도 이런 자세로는 오래 밀착할 수 없었기에 가벼운 느낌으로 끝나 버렸지만, 소마는 새빨개져서는 눈을 크게 떴다.

"지, 지금 여기서 하는 거야?!"

"하지만 듣자 하니 나만 아직 안 했다고 그러잖아."

"그렇다고…… 으읍."

또 확 끌어당겨서 입술을 포갰다. 그런 일을 반복하는 사이에 지상이 가까워졌기에, 나는 용의 모습으로 변해서 소마를 등에 태웠다.

간신히 자유낙하에서 해방되어 녹초가 된 표정의 소마에게, 나는 웃음을 꾹 삼키며 물었다.

[그래서, 어때? 나랑 퍼스트 키스를 한 감상은?]

"……키스는 안정된 상황에서 했으면 좋겠다고 생각했어. 이런저런 의미로."

[아하하하하!]

얌전한 표정으로 그럴싸한 소리를 하는 소마를 보고 나는 웃어 버렸다.

[후후. 두 번 다시 하늘에서 키스하고 싶지 않다면, 앞으로는 제대로 챙겨 줘.]

"……명심해 둘게."

이것으로 틀림없이, 내게도 소마에게도 잊으려야 잊을 수 없는 추억이 되었을 터. 후훗, 다른 약혼자들한테 이야기하면 어

떤 표정을 지으려나.

　용의 모습으로 변한 나는 콧노래를 흥얼거리며 날아오르는 것
이었다.

제4장 ✦ 마음을 관철하다

——대륙력 1548년 2월 15일, 지냐의 던전 공방

이날 나는 아이샤와 함께 왕도 근처에 있는 지냐의 던전 공방을 방문했다. 프리도니아 왕국, 그란 케이오스 제국, 톨기스 공화국까지 세 나라가 공동으로 개발 중인 [천공기], 바로 드릴의 개발 상황을 시찰하기 위해서였다.

오늘은 실제로 드릴을 돌려 보고 테스트를 한다나.

이 드릴에는 왕국에서는 오버 사이언티스트인 지냐와 하이 엘프 메루라, 제국에서 황제 마리아와 장군이자 잔느의 동생인 트릴 유포리아, 공화국에서 대장장이 타르가 관여하고 있다. 그들 넷에 더하여 이 자리에는 지냐의 약혼자 겸 감시 역할인 루드윈 및 타르의 동포인 쿠, 레폴리나도 있었다.

참고로 이 드릴 개발에서 리더를 맡고 있는 사람은 트릴이었다.

드릴 개발 제안자는 트릴이고 제국에서 연구하던 실적도 있었기에, 다른 사람들도 이번에는 이를 보좌하는 쪽으로 돌렸다. 나는 트릴에게 이야기를 건넸다.

"자, 그럼…… 트릴 님."

"트릴이라고 하면 돼요. 제국의 공주라고 해도 성가시다며 쫓겨난 입장인걸요."

"그럼 트릴. 시험과 해설을 시작해 줘."

"알겠어요. 위험할지도 모르니까 이 시험용 드릴, [돌파 군 12호기] 앞뒤로는 나오지 마시고요."

"그 이름에도 딴죽을 좀 걸고 싶은데 말이지."

이름이 너무 적당하다든지 11호까지는 어떻게 되고 12호가 있는지…….

그런 트릴이 가리킨 시험용 드릴은 모두가 상상하는 원추형이 아니라 지하철 공사 등에 이용되는 터널 굴착기 같은 판자 형태의 드릴을 장비하고 있었다. 로망이라면 원추형 쪽이겠지만 이쪽이 실용적이겠지.

듣자 하니 타르가 이 형상을 제안했다는 모양이다.

"원추형으로는 끝부분이 물러서 파내는 사이에 날이 나가 버려. 날이 나가서 끝부분이 평평해지면 관통력이 떨어지니까, 처음부터 면으로 만들어서 칼날 몇 개로 깎아 내는 구조로 했어."

"우꺄꺄. 이상야릇한 모양이라고 생각했는데 다 의미가 있구나."

타르의 해설을 들은 쿠가 감탄한 듯 말했다.

"그렇지. 이 녀석을 소형화해서 내 곤에 달 수는 없을까?"

"그렇게 할 바에야 뾰족한 창날이라도 붙이는 게 빨라. 무기에서 중요한 건 순간적으로 관통할 수 있는 순발력이니까. 반면에 천공기는 단단한 물건을 지속적으로 깎기 위해 내구력을 중

시한 형상이야. 무기에는 적합하지 않아."

"흐~응…… 모양새가 원통형이니까 끝에 달면 곤이라고 생각한 상대를 놀라게 할 거라 생각했는데 말이지. 우끼끼, 아쉽네."

쿠는 어깨를 으쓱였지만 말만큼 아쉬워 보이지도 않았다. 그때그때의 분위기에 따라서 사는 구석이 있으니까, 그저 떠오른 걸 입에 담았을 뿐이겠지.

우리는 시험용 드릴의 측면에서 조금 떨어진 장소로 이동했다. 드릴은 제국에 있던 무렵에는 많은 것들을 부쉈다고 그러니까 떨어져 있어도 살짝 불안했다.

"폐하, 제 뒤로 오세요."

아이샤가 등에 진 대검의 칼자루에 손을 대며 드릴과 내 사이에 섰다.

부서진 파편이 날아온다든지 그럴 때에는 베어 버릴 생각이겠지. 지냐도 트릴도 전과가 있으니까 기꺼이 받아들이고 뒤로 피난했다.

"이제 시작할게요."

그러더니 트릴이 손을 들었다.

백의를 입은 연구원 하나가 무언가 스위치 같은 것을 눌렀다.

붕, 웡―. 위―잉―. 위이이이, 위이이이이이이이잉……!!

기괴한 소리를 터뜨리며 드릴 끝부분이 회전하기 시작했다.

처음에는 느릿느릿했지만 점점 회전 속도가 증가하고, 금세 끝부분에 박힌 무수한 칼날이 보이지 않을 만큼 고속으로 회전했다.

그대로 대략 1분 정도 지났을까.

"……안정된 것처럼 보이네."

내가 그렇게 말하자, 트릴은 어떠냐는 듯 키와 비교하면 큰 가슴을 출렁 젖혔다.

"예. 이것도 지냐 언니 덕분이에요."

그러면서 트릴은 지냐의 왼팔에 안겨들었다. 연하이기는 하지만 트릴 쪽이 풍만했기에 끌어안긴 지냐는 그대로 폭 파묻혔다.

"첫째 과제가 장치에 비축된 마력의 안정적인 공급 방법이었는데, 지냐 언니가 제공해 주신 마력 비축 장치 덕분에 만사가 해결되었어요. 아아, 맥스웰 가문의 기술은 이 어찌나 훌륭한지. 비바, 맥스웰 가문이에요!"

"후텁지근해. 그리고 내 머리 위에 드릴 머리카락을 얹었잖아."

뺨을 마구 비벼대는 데다가 트릴의 특징적인 드릴 모양 사이드 테일이 머리 위에 얹혔기에 지냐는 살짝 짜증이 난 모양이었다.

하지만 트릴은 지냐에게 달라붙어서 떨어지지 않았다.

"아아, 제가 남자였다면 반드시 지냐 언니를 아내로 맞았을 텐데."

……어쩐지 엄청난 소리를 하는구나.

왕국이 자랑하는 오버 사이언티스트 일족인 맥스웰 가문의 엄청난 팬이라는데, 이건 이미 팬이 아니라 숭배가 가까운 느낌이었다. 아무리 그래도 지냐를 아내로 맞았을 거라는 말에, 약혼자인 루드윈도 더 이상 잠자코 있을 수는 없었나 보다.

"그만하십시오, 트릴 님. 지냐는 제 약혼자입니다."

루드윈이 지냐의 손을 잡아당겨 둘을 떼어 놓았다.

지냐는 간신히 풀려났다는 듯 루드윈의 등 뒤로 숨었다. 그런 루드윈을 상대로 트릴은 불만스레 입술을 삐죽였다.

"루드윈 님은 지냐 언니와 소꿉친구라고 그러는데, 언니가 개발하는 물건이 얼마나 훌륭한지를 이해하지 못했다고요. 저라면 언니의 생각을 제대로 이해할 수 있는데."

"……확실히 제 머리로는 지냐가 얼마나 굉장한지 이해하기 어렵습니다. 하지만 제게는 오랫동안 지냐와 함께했다는 자부심이 있습니다."

기본적으로 진지한 루드윈은 트릴에게 정면으로 반론했다.

"당신이 지냐가 얼마나 굉장한지 알고 있다면, 저는 지냐가 얼마나 엉망인지 알고 있습니다. 집에만 박혀 있고, 연구 말고는 무관심해서 일반 상식엔 어둡고, 체면도 신경 쓰지 않고. 여자인데도 차림새를 신경 쓰지 않고, 빨랫감은 쌓이고, 가만히 두면 식사하는 것도 잊어서 쓰러지기도 하고. 결혼 생활이 너무 불안하죠."

"루 오빠. 아무리 나라도 그렇게까지 말하면 좀 상처 받는다고?"

지냐가 불만스레 입술을 삐죽였지만…… 루드윈도 참, 이제껏 정말로 고생했구나. 아무리 그래도 이렇게나 엉망이어서야 트릴도 질린 모양이었다.

"그, 그래도 언니의 기술은 굉장하니까 괜찮아요!"

"당신은 그것이 얼마나 굉장한지 이해할 수 있겠죠. 하지만 저는 어렴풋하게밖에 이해하지 못합니다. 하지만 기술을 이해하지 못하고, 엉망인 부분을 보고서도 저는 지냐가 곁에 있어 주었으면 합니다. 아내가 되어 주었으면 합니다."

"루 오빠……."

루드윈의 망토를 꼭 붙잡은 지냐가 뺨을 물들이며 황홀한 표정을 띠고 있었다. 항상 시원스러운 그녀에게서는 보기 드문 표정이었다. 역시나 저렇게까지 진지하게 얼마나 사랑하는지를 이야기하면 저런 표정이 될 법도 한가.

그것이 트릴로서는 달갑지 않았는지 루드윈과 눈빛으로 불꽃을 튀기고 있었다.

……그보다도 어째서 삼각관계 같은 느낌이 된 거지? 게다가 남자 하나에 여자 둘인데도 중심이 지냐라는 기묘한 삼각관계.

뭐, 제국과의 우호 관계를 생각해도 이 이상 우리 나라의 국방군 부대장과 프리도니아 왕국 주재 대사의 사이가 험악해져도 곤란하니까 못을 박아 둘까.

나는 살짝 임금님 모드가 되어 무서운 분위기를 풍기며 트릴에게 말했다.

"트릴 님. 우리 가신의 약혼에 관해 이러쿵저러쿵한다면……."

"뭐, 뭘 할 생각인가요?"

"지금 트릴의 언동을 숨김없이 마리아 님 및 잔느 경에게 보고하지. 잔느 경한테도 '트릴이 제국의 수치가 될 것 같으면 말해 주십시오. 목에 밧줄을 걸고서라도 데려올 테니.' 라고 그랬으니까 말이야."

"그, 그것만큼은 싫어요!"

트릴이 이번에는 큰 체구인 루드윈 뒤로 숨었다. 자연스럽게 먼저 숨어 있던 지냐와 거리가 가까워져서, 지냐가 귀찮아했다.

"기껏 지냐 언니의 지도를 받을 수 있게 되었는데, 제국으로 돌아가야만 하다니 절대로 사양이에요! 부디 그것만큼은 용서해 주세요!"

"그렇다면 우리 가신의 결혼에 풍파를 일으킬 법한 짓은 자중해 줘."

"알겠습니다, 예요!"

살짝 노려보는 시선을 더하자 트릴이 척 경례했다.

이것 참. 그런 우리의 대화를 쿠가 싱글싱글 즐거운 듯 보고 있었다.

"……뭐야."

"아니, 형님도 할 때는 하는구나 싶어서."

"지금 왕성은 내 대관식과 혼례 의식 준비로 야단법석이야. 게다가 거기에 맞추어 왕도 각지에서 가신들의 결혼식 계획도 진행되고 있어. 그때 결혼할 커플도 좀 부족한 상황이고. 이러다가 루드윈과 지냐의 결혼에 찬물이라도 끼얹어서야 안 되지. 또 일이 늘어난다고."

"……그건 꽤나 사적인 원한 아닌가?"

"부정하진 않을게."

안 그래도 최근에는 바빠서 개인 시간도 못 내고 있으니까. 사실은 시안과 카즈하의 육아에도 더 참가하고 싶은데. 아아, 육아휴무 제도가 필요해!

그런 생각을 하는 사이, 쿠가 어쩐지 생각에 잠긴 표정을 띠었다.

"결혼식이라……."

뭔가 꾸미는 듯한 느낌인데, 뭐, 지금은 내버려 둬도 되겠지.

지금은 그런 것보다도 눈앞의 [돌파 군], 드릴이다.

우리가 바보 같은 이야기를 나누는 동안에도 제대로 계속 돌고 있었다.

그리고 대기 중이던 토 속성 마법사가 사전에 준비해 둔 거대한 암반을 [돌파 군] 앞으로 옮기더니, [돌파 군] 쪽을 앞으로 움직였다.

지금은 토 속성 마법사의 중력 조작 마법으로 돌파 군을 움직이고 있지만 실제로는 라이노사우루스 같은 대형 동물이 뒤에서 밀어서 움직이게 된다나.

그리고 암반에 닿은 [돌파 군]은, 계속 회전하며 암반을 으득으득 깎아 내기 시작했다. 암반에 닿아도 회전이 멈추지 않는 파워는 굉장했다. 다만 깎아 내는 속도는 무척 느리게 느껴졌다. 착실하게 계속 깎고는 있지만 전진 속도는 코끼리거북이 걸어가는 속도가 연상될 정도로 느릿느릿한 수준이었다.

"그럭저럭…… 그런 느낌일까. 조금 더 빨리 전진할 수는 없나?"

"그 부분이 앞으로의 과제겠죠."

연구팀이면서도 살짝 동떨어져 있던 메루라가 말했다.

"현 시점에서는 파내는 속도는 이게 한계겠죠. 깎아 내는 속도를 올리지 않고서 전진하는 속도를 올리면 장치가 부서져 버려요. 그러니까 좀 더 술식을 개량하든지 해서 축의 회전 속도를 올릴 필요가 있겠네요."

"가능하겠나?"

"시간은 아직 더 걸리겠지만요. 하지만, 해낼게요."

술식의 전문가인 메루라가 보증해 준다면 맡겨도 되겠지.

다행히도 제대로 안정된 회전은 가능한 모양이니까.

"회전 기구 자체는 안정된 거겠지. 드릴 이외의 사용 방법도 생각해 보고 싶은데."

"우꺄, 그런 거라면 형님. 나는 전에 형님이 이야기한 '레저 스키'라든가, 그게 신경 쓰였거든. 회전하는 장치를 만들 수 있다면 리프트라는 걸 만들 수 있어서, 그 '레저 스키'라는 게 가능해지는 거잖아?"

쿠가 눈을 반짝이며 그렇게 말했다. 그러고 보니 전에 그런 이야기도 했구나.

확실히 레저 스키가 가능해진다면, 눈과 온천이 많은 공화국으로서는 왕국이나 제국에서 관광객을 끌어들여 외화를 벌 수도 있겠지.

나도 가족이랑 같이 스키 여행을 가 보고 싶네. ······하지만 말이야.

"그러려면 이걸 톨기스 공화국에 넘겨야 된다는 말이지······."

"무슨 소리야, 형님! 이 장치는 세 나라가 공동 개발하는 거니까 당연하잖아. 왕국이 독점한다니, 그런 건 용납 못 한다고!"

쿠가 어처구니없다며 화를 냈지만 나는 그것을 달래며 말했다.

"아니, 그건 물론 알고 있어. 다만 이 장치에 사용되는 소재 가운데 취급하기 어려운 게 있거든……. 잘못하면 그걸 둘러싸고 분쟁이 일어날지도 몰라. 특히 루나리아 정교황국 같은 곳 말이야."

그 소재란 물론 마력을 저장해 두는 구조의 근간인 [저주 광석]이었다.

근처에 존재하면 마법을 없애 버리는 (실제로는 마법의 에너지를 흡수해 버리는) 성질을 가진 이 저주 광석은, 마법은 신들이나 정령의 은총이라고 칭송하는 경향이 있는 이 세계에서 기피하는 물질이다.

그런 경향은 루나리아 정교황국이나 가란 정령 왕국 같은 독자적인 신앙을 가진 나라에서 특히 심해서, 혹시 그런 저주 광석을 이용하려고 한다는 사실이 알려진다면 무척 성가신 일이 벌어질 것이다.

왠지 이 대륙 남동쪽에서 자주 채굴되는 모양이라 우리 나라의 채굴량은 많다. 아마 공화국 동쪽에서도 캘 수 있겠지. 자국에서 사용하는 정도는 정보를 통제할 수 있겠지만, 다른 나라와도 정보를 공유하게 되면 언젠가는 제3국에도 정보가 새어나갈 우려가 있다.

그렇게 되었을 때에 대륙의 인류 국가 가운데 어디까지가 사용을 지지하느냐, 그에 따라 앞으로의 전망이 변하게 된다. 정교황국이나 정령 왕국과 관련된 사람들의 반발을 초래할 가능성이 예상되는 가운데, 과연 제국과 공화국은 협조 노선을 유지해 줄까?

그런 측면을 생각한다면 아무래도 교섭이 필요했다. 그래서 나는 쿠에게 말했다.

"이 장치는 확실히 톨기스 공화국에 큰 혜택을 주겠지. 나라가 이익을 얻게 된다면 공화국 내의 북상 정책 지지자를 억누르는 쪽으로도 이어질 테니까, 부디 이 기술을 도입해 줬으면 좋겠다고 생각해."

"형님……."

"다만 그러기 위해서는 그 소재의 취급 등에 관해서도 더욱 논의할 필요가 있어. 그러니까 쿠, 왕국과 제국과 공화국이 함께 논의할 자리를 만들고 싶어. 나와 마리아 님, 공화국 측의 대표는 너로 하면 될까?"

그렇게 묻자 쿠는 가슴을 턱 두드렸다.

"그럼! 드릴 개발의 교섭에 관해서는 아버지한테서 일임받았으니까. 나는 머리가 좋지는 않지만 이 장치가 공화국의 미래를 여는 존재라는 건 알아. 그러니까 이 녀석을 공화국으로 가져가기 위해서라면 어떤 협력도 아끼지 않겠어."

올곧은 눈빛으로 쿠는 그렇게 단언했다.

만났을 무렵에는 그저 붕 떠 있어서 우스꽝스러운 느낌이었는데, 어느샌가 이런 든든한 분위기를 자아내기 시작했다. 괄목 상대라는 말이 딱 이 상황이다. 율리우스 때도 느꼈는데, 살아 있는 한 시간은 사람을 성장시킨다.

나도 지지 않도록 열심히 해야지……. 그런 생각을 하고 있었는데,

"우꺄꺄. 나로서는 '레저 스키'라는 게 어떤 건지 궁금해서 참을 수가 없거든. 어쩐지 재밌을 것 같은 말이니까."

쿠가 악동 같은 표정으로 그렇게 말했다. ……도무지 안정되지를 않는 성장이네.

살짝 기가 막혔지만, 나는 쿠와 악수를 나누었다. 그런 쿠의 모습을, 타르와 레폴리나가 진지한 눈빛으로 보고 있었다는 사실은 깨닫지 못했다.

그로부터 며칠 뒤.

이날, 왕도 파르남의 장인 거리에 있는 타르의 공방은 떠들썩했다.

"이봐~. 타르~. 모루 줄질은 끝났어. 어디에 두면 돼?"

"으으~. 꽤 무겁네요~."

쿠와 레폴리나가 무거운 모루를 둘이서 들고 들어왔다. 조금 전까지 공방 밖에서 이 모루를 손질한 것이었다.

두 사람의 목소리를 듣고 타르는 화로 안의 재를 긁어서 청소하던 작업을 멈추더니, 얼굴에 묻은 그을음과 땀이 섞인 것을 닦으며 자기 근처를 가리켰다.

"······이쪽 화로 근처로 부탁할게."

"알았어."

쿠와 레폴리나는 시키는 장소에 모루를 영차, 하고 내려놓았다.

세 사람은 지금 타르의 공방을 대청소하는 중이었다.

최근에는 드릴 개발을 위해서 공방을 비웠기에, 타르는 휴일인 오늘은 공방 안 청소와 도구 손질을 해야겠다고 생각했다. 그때 찾아온 쿠가 사정을 듣고 레폴리나를 끌어들여서 타르를 돕겠다며 나선 것이었다.

공화국에 있던 무렵부터 쿠는 타르에게 좋은 모습을 보여 주고 싶어서 자주 공방 청소를 도왔기에 도구 손질 방법도 익숙했다. 그런 쿠에게 억지로 어울리는 경우가 많았던 레폴리나도 마찬가지였다.

타르는 하루 종일 걸릴 거라 생각했지만 인원이 늘어나며 해가 지기 전에는 모든 작업이 끝났다. 도와준 답례라며 타르는 둘에게 미리 타서 식혀 둔 홍차를 둘에게 대접했다. 계절은 아직 봄이 되기 전이라서 춥지만 셋 다 땀투성이가 되어 일을 한터라 차가운 차가 각별히 맛있게 느껴졌다.

"오늘은 고마워. 쿠 님, 레폴리나."

컵으로 입가를 가리며 타르는 부끄러운 듯 둘에게 인사를 했다.

"우꺄꺄, 우리는 괜찮아. 그렇지, 레폴리나?"

"예. 쿠 님께 휘둘리는 데는 이미 익숙해졌으니까요."

아직 기운이 있어 보이는 쿠와 달리 레폴리나는 살짝 토끼 귀를 늘어뜨리고 있었다. 그런 대조적인 둘의 모습에 쓴웃음을 지으며 타르는 쿠에게 물었다.

"그래서 쿠 님, 용건을 아직 안 들었어. 오늘은 왜 나한테 왔어? 딱히 공방 청소를 도우러 온 건 아니잖아?"

"우꺄? 아, 그랬지 그랬지!"

쿠는 지금 떠올랐다는 듯 무릎을 탁 쳤다.

아, 정말로 용무가 있어서 왔나…… 타르는 아주 살짝 눈을 동그랗게 떴다. 쿠 같은 경우, 그저 갑자기 떠올라서 놀러왔다는 경우도 충분히 있기 때문이었다. 그보다도 이전까지의 쿠였다면 틀림없이 그쪽이었으리라.

하지만 오늘의 쿠는 진지한 표정으로 타르에게 물었다.

"그 드릴 개발에 관해서 자세히 듣고 싶어졌거든. 개발 상황은 어때?"

"……순조로워. 문제가 생겨도 지냐 님이나 트릴 님이 논의하면 금방 돌파구가 보이고. 그 두 사람은 정말로 머리가 좋아. 그리고 내가 두 사람이 요구하는 퀄리티의 부품을 만들고 메루라 경이 술식을 제공하면 그만이야."

"그만이라니…… 그것도 말만큼 간단하지는 않을 것 같은데 말이지."

쿠는 탄식하며 어깨를 으쓱였다.

지냐와 트릴이 천재임은 틀림없을 테지만, 그런 천재의 요구에 부응하고 있는 타르 역시도 초일류 장인임은 틀림없으리라. 쿠는 만족스럽게 웃었다.

"우꺄꺄, 정말로 우리 타르 님은 대단하시네. 타르가 없었다면 우리 나라는 드릴 개발에 관여하지 못했을 거야. 같이 왕국에 와 줘서 정말 다행이야."

"……그래."

타르는 무뚝뚝하게 대답했지만 그녀의 뺨은 어렴풋이 붉게 물들어 있었다. 칭찬을 받아서 기쁜 심정이 아주 없지는 않은 것이리라. 그런 타르의 모습을 레폴리나는 온화한 표정으로 보고 있었다.

그러자 쿠는 무릎에 손을 대고 일어서며 공구함에 들어 있던 수동식 드릴을 손에 들었다. 그것을 빙글빙글 돌리며 쿠는 작게 한숨을 내쉬었다.

"그렇다면 문제는, 우리 나라가 개발된 드릴을 응용할 수 있느냐는 점이야. 그런 인재가 있느냐 없느냐…… 그에 따라 미래가 바뀌어."

""쿠 님?""

평소와 다른 쿠의 분위기에 타르와 레폴리나는 불안을 느꼈다.

항상 낙천적이고 경박한 쿠와는 마치 다른 사람 같았다. 걱정하는 두 사람 앞에 쿠는 이 대륙의 지도를 펼치더니 히죽, 사냥감을 발견한 짐승 같은 눈빛을 띠며 말했다.

"북쪽에서 후우가 만난 뒤로 나는 계속 생각했어. ……톨기스 공화국의 미래를 말이야."

"공화국의 미래……."

"…………."

뜻밖에도 진지한 이야기에 타르는 놀랐지만, 동방 제국 연합에서 함께 후우가를 봤을 때 이미 그런 이야기를 들었던 레폴리나는 잠자코 귀를 기울였다.

"앞으로 북쪽에서는 후우가가 이끄는 [말름키탄]이 대두하겠지. 그 녀석은 그만한 야망과 그것을 이룰 실력을 가진 사내야. 그리고 동쪽에는 형님의 [프리도니아 왕국]이 있고 서쪽에는 마리아 황제의 [그란 케이오스 제국]이 있어. 아마도 앞으로는 이들 3개국을 중심으로 대륙이 움직일 거야."

쿠는 지도를 가리키며 말하고, 그리고 남쪽의 톨기스 공화국을 가리켰다.

"그런 가운데 우리 나라는 어떻게 하느냐. 왕국, 제국과 의료 동맹을 맺고 드릴을 공동 개발하는 등등 우호적인 관계를 구축하고 있어. 하지만 그것만으로는 안심할 수 없다고. 혹시 후우가의 [말름키탄]이 [동방 제국 연합]을 삼키고 [루나리아 정교황국]과 [용병 국가 제므], 이들 두 나라와 손을 잡든지 쳐들어가서 멸망시키든지 한다면 후우가의 엄니는 공화국까지 닿게 돼. 왕국이나 제국도 언제까지고 평안할 거라 단정할 수는 없을 테지."

쿠는 자리에 풀썩 앉더니 꼰 다리 위에 팔꿈치를 얹고 신음했다.

"그렇게 되었을 때, 과연 우리 나라는 이를 극복할 수 있을까? 겨울은 눈이나 얼음으로 갇혀서 외적이 접근할 수 없지만, 그것만으로는 승산이 희박해. 애당초 그 눈이랑 얼음이 식량 생산력을 떨어뜨려서 우리 나라의 발전을 저해하고 있으니까. 그렇다고 북상 정책으로 얼지 않는 토지를 확보하는 것도 현실적이지 않아. 한랭한 기후와 난기류 탓에 공군이 없는 우리로서는 탈취한 땅을 지키는 것도 어려워."

드래곤이나 와이번이 꺼릴 만큼 춥고 난기류가 상공에서 휘몰아치는 톨기스 공화국은 공군이 접근할 수 없고, 겨울이 되면 길도 눈으로 막히기에 외적도 쉽게 들어올 수 없다.

하지만 그것은 뒤집어서 보면 이쪽 역시 공군을 보유하지 못하고, 겨울이 되면 본국과의 보급선이 끊어지기에 다른 나라로 쳐들어가기 어렵다는 의미이기도 했다.

공화국의 낡은 세대는 아직 [북상 정책]을 국시로 생각하는 자도 많지만 무리가 있는 그런 꿈에서는 빨리 깨어나야만 한다고 쿠는 생각했다.

"공화국의 미래를 생각할 때 중요한 것은 [북상 정책]을 대신할 새로운 길이야. 나는 이번 드릴 개발이 그 돌파구가 되지는 않을까, 그렇게 생각해."

"새로운 길, 말인가요?"

레폴리나의 말에 쿠는 힘차게 고개를 끄덕였다.

"우리 나라 녀석들은 손재주가 좋아. 겨울에는 눈으로 갇힌 집 안에서 아기자기하게 만들던 장식품 같은 건 무척 정교해서, 그런 걸 만들어 내는 기술력은 대륙 최고라고 해도 되겠지. 나는 이걸 더욱 살리고 싶어. 드릴에 타르가 장인의 기술로 만든 부품을 빠뜨릴 수 없듯이, 제국과 왕국에 공화국을 빠뜨릴 수 없는 나라로 만드는 거야."

다시 말해, 쿠가 생각하던 것은 [기술 국가]이었다.

정교한 부품을 만드는 기술은 때때로 무엇보다도 강력한 외교 카드가 된다.

공화국이 제조하는 부품이 왕국과 제국에 빠뜨릴 수 없는 요소가 된다면, 양쪽을 상대로 이런저런 편의를 노리는 것도 기대할 수 있다.

또한 드릴이 개발되어 겨울철에도 쓸 수 있는 길이 생기면 식료품도 많이 사들일 수 있고, 이를 위한 자금 조달에도 도움이 된다.

"기술력 향상은 결과적으로 공화국을 풍요롭게 만들겠지. 그러려면 그 기술을 만들어 내는 타르 같은 장인을 나라가 보호할 필요가 있어. 그러려면 공화국 녀석들의 의식도 차차 바뀌어야만 해."

공화국 국민은 높은 기술력을 가지고는 있지만 장식품 등의 제작은 겨울철의 심심풀이 정도로밖에 생각하지 않았다. 우선은 그런 의식을 바꾸어야만 기술 향상을 기대할 수 있다.

"아버지하고도 상담할 생각이지만, 훌륭한 물건을 만들어 낸 장인은 칭찬하고 조악한 물건을 함부로 만든 장인은 단속한다. 그렇게 해서 국민들 사이에 더욱 좋은 물건을 만들자는 의식을 심어 놓고 조금씩 기른다. 그것이 공화국이 앞으로 나아가야 하는 길이야."

주먹을 쥐고 그렇게 호소하는 쿠를 보고 타르도 감탄한 듯 고개를 끄덕였다.

"좋은 발상이라고 생각해. 기술은 보물이니까."

"쿠 님, 제대로 멋진 말을 하시게 되셨군요."

레폴리나의 경우에는 눈물마저 글썽일 정도였다. 쿠는 부끄러운 듯 웃었다.

"나도 왕국에 놀러 갔던 건 아니라고? 형님의 정책을 제대로 보고, 흡수할 수 있는 부분은 흡수하고 있단 말이지. ……그렇기에 과제도 알 수 있었지만."

쿠는 곤란하다는 표정으로 머리를 벅벅 긁었다.

"다른 나라보다 뛰어난 기술을 기르기 위해서 필요한 건 응용력이야. 우리는 그게 부족해."

"어, 응용력, 이라고요?"

"그래. 형님은 국왕 방송의 보옥을 이용해서 방송 프로그램이라는 걸 만들었어. 연설을 위해서만 사용하던 것을 국민의 오락에 이용하다니, 이 세계의 그 누구도 생각하지 못했잖아? 그렇게 가진 것을 응용하는 능력이, 앞으로는 반드시 필요할 거야. 드릴의 회전 기구로도 형님은 이런저런 사용법을 생각하고 있겠지."

"……그럴지도 모르겠네."

타르도 생각에 잠긴 표정으로 고개를 끄덕였다.

"지냐 님이나 트릴 님이라면 다양한 이용법을 떠올릴 수 있을 거야. 하지만 나로서는 그런 걸 생각해 낼 수는 없어."

"그래. 나한테도 무리야. 그러니까 형님네만큼은 아니더라도, 그런 걸 생각할 수 있는 인재를 마련할 필요가 있지. 그것도 대량으로, 말이야."

"마련한다고 해도 어떻게 방안은 있나요?"

레폴리나가 그렇게 묻자 쿠는 히죽 웃었다.

"지금은 없어. 하지만 시간을 들이면 마련할 수 있겠지."

"예? 무슨 뜻인가요?"

"우리 나라에서 머리가 좋을 것 같은 녀석이나 젊고 의욕이 있는 녀석을 계속 왕국이나 제국으로 보내서 배우도록 하는 거야. 내가 형님한테서 이것저것 배우는 것처럼 말이지. 그리고 그 녀석들이 공화국으로 돌아와서 가르치면, 공화국에도 응용력이 있는 녀석이 늘어날 거야."

쿠의 생각은 왕국이나 제국에 유학생을 파견하는 것이었다.

물론 쿠의 아버지이자 공화국 원수인 고우란 타이세의 허가가 필요하겠지만, 쿠는 반드시 설득하겠다는 생각이었다.

그런 쿠를 보고 레폴리나는 감탄한 듯 말했다.

"허~…… 굉장하네요. 쿠 님. 그런 생각을 하시다니."

"오오, 좀 더 칭찬해 줘도 된다고?"

칭찬을 받은 쿠는 부끄러운 듯 우꺄꺄 웃었다.

"뭐, 미래의 국가 원수니까. 내 시대가 되어서 쓸 만한 녀석이 없어지는 것도 곤란해. 종족이나 연령이랑은 관계없이 쓸 만한 녀석은 모조리 등용해야 하니까."

"……멋지다고 생각해."

타르도 솔직하게 감탄한 모양이라 쿠는 더더욱 기분이 들떴다.

"우꺄꺄, 다시금 반했나?"

"……금세 까불기는. 어째서 그런 이야기가 되는데?"

"그야 타르는 미래의 국가 원수 부인이 되어 줬으면 하니까."

"…………."

쿠가 직설적으로 호의를 전하자 타르는 말을 잃었다. 말투는 평소 그대로 가벼운 느낌이었지만 눈은 똑바로 타르를 보고 있었다.

"나는 언제든지 진심이라고? 지금 당장 그럴 수는 없겠지만, 공화국으로 돌아가면 반드시 타르를 아내로 맞이할 생각이야. 타르는 공화국 장인의 대표로 활약해 줬으면 하니까. 나랑 같이 걸어갔으면 좋겠고."

"…………."

"뭐, 대답을 재촉하진 않을게. 생각해 봐."

그러더니 쿠는 "웃차." 하고 일어서서 공방을 나갔다.

남겨진 타르와 레폴리나는 멍하니 쿠가 나간 문을 바라봤다. 그리고 먼저 정신을 차린 레폴리나가 타르에게 물었다.

"도련님, 진심인 것 같은데…… 어떻게 할 거예요?"

"어?! 어떻게 하냐고 그래도…… 레폴리나는 괜찮아?"

정신을 차린 타르는 레폴리나에게 되물었다.

"레폴리나도 쿠 님을 좋아하는 거 아냐?"

표정을 엿보듯 묻자 레폴리나는 고개를 끄덕였다.

"확실히 쿠 님을 사모하고 있어요. 하지만 쿠 님은 장래의 공화국 원수가 되실 분이에요. 쿠 님께서 아내로 맞겠다고 그러시면 모를까, 제가 먼저 아내로 삼아 달라고 할 수는 없어요. 그러니까 솔직히, 타르 씨가 부러워요."

"레폴리나……."

걱정스러워 하는 타르를 보고 레폴리나는 쿡쿡 웃었다.

"타르 씨와의 관계를 확실히 정하지 않은 상태에선 쿠 님도 의리를 지키고자 다른 여성을 보지는 않으시겠죠. 타르 씨가 받아들이든 거부하든, 그때서야 절 봐 주실 거라고 생각해요. 제가 먼저 아내로 삼아 달라고는 못 하겠지만, 아내로 삼아 주시도록 어필할 수는 있으니까요. 저는 어떤 형태이든 쿠 님 곁에 함께 할 수 있다는 것만으로 만족하니까요."

"…………."

타르가 아무 말도 못 하는 사이, 레폴리나도 일어서서 입구의 문에 손을 댔다.

"이제 남은 건 타르 씨가 어떻게 하고 싶은가, 그거예요. 저는 두 번째라도 상관없으니까 두 분을 응원할게요. 하지만 혹시 타르 씨가 쿠 님의 프러포즈를 거절한다면, 저는 상심한 쿠 님을 위로하며 첫 번째로 선택을 받고자 움직이겠어요."

"……레폴리나는 자신의 마음을 솔직하게 말할 수 있구나."

"저는 진심으로 쿠 님을 따라가고 싶으니까요."

그러더니 레폴리나는 그 말을 실천하듯 쿠를 뒤따라 공방에서 나갔다. 남겨진 타르는 자신의 가슴에 손을 대며 자문했다.

'내…… 바람은…….'

◇ ◇ ◇

아직 내가 열 살 정도이던 겨울날의 일이다.

어릴 적의 나는 겨울이 싫었다. 톨기스 공화국의 겨울은 눈과 얼음에 갇힌다. 문을 열면 항상 내 가슴 높이까지 눈이 쌓여 있어서 밖으로 나가는 것을 가로막았다.

이 계절의 어른들은 난로 앞에 웅크려서 장식품 제작 같은 부업을 했다.

이런 눈과 얼음 안에서는 농사일도 못하고 배를 띄워서 낚시도 할 수 없다. 그렇다고 다른 할 일도 없었다. 어쩐지 음울해서 우울해졌다.

나는 대장장이였던 할아버지가 쇠를 두드리는 것을 멍하니 바라봤다.

이 계절의 대장간은 농가에서 맡긴 농기구 수리로 무척 바빴다. 가을 끝에 주문을 받아 농한기 동안에 수리해서 봄이 되면 돌려줘야 한다. 그래서 할아버지는 활활 타는 화로 앞에서 한겨울임에도 얇은 옷에 비지땀을 흘리고 있었다.

깡, 깡, 깡…….

쇠를 두드리는 소리를 들으며 화로 안에서 일렁이는 불길을 본다. 쇠를 두드리는 할아버지는 멋있다고 생각한다. 하지만 이렇게 매일 같은 광경만 보고 있으면 아무리 그래도 질려 버린다.

'……심심하네.'

그런 생각을 하며, 나는 이번 겨울에만 몇 번째인지 모를 한숨을 내쉬었다.

부오—!

그때였다. 밖에서 커다란 짐승의 울음소리가 들렸다.

이 소리는 누마스일까. 누마스는 크고 털북숭이인 생물로, 쌓인 눈에도 지지 않고 척척 나아갈 수 있어서 주로 군용으로 사육되는 대형 짐승이다.

내가 기세 좋게 문을 열자 눈앞에 그 누마스의 발이 있었다. 올려다볼 만큼의 거구가 갑자기 눈앞에 나타났기에 떡하니 입을 벌리고 말았다.

"우꺄꺄. 오즈미 공방이라는 데가 여기가 맞나?"

그러자 머리 위에서 그런 활기 찬 목소리가 쏟아졌다.

한순간 눈앞의 누마스가 말한 건가 싶었지만, 금세 누마스 위에서 나와 같은 또래의 설원족(雪猿族) 남자아이가 빼꼼 고개를 내밀었다.

"휘두르다가 부숴 버린 아버지의 검을 좀 부탁하고 싶은데—."

아무래도 목소리의 주인은 이 남자아이였나 보다.

"마……맞는데……."

내가 간신히 그렇게 대답하자, 그런 남자아이 뒤에서 이번에는 나보다 조금 연상 정도인 백토족 여자아이가 고개를 내밀었다.

"참~ 도련님. 갑자기 누마스를 타고 나타나니까 깜짝 놀라 버렸잖아요. 게다가 아버님께서 사육하시는 군용 누마스를 멋대로 끌고 나왔으니까, 또 혼날 거라고요?"

"우꺄꺄. 뭐, 어때. 이런 눈밭에서 걷기는 힘들잖아?"

백토족 여자아이가 나무라도 설원족 남자아이는 전혀 신경 쓰는 기색이 없었다. 아마도 신분의 차이가 있는 거겠지. 남자아이 쪽이 높은 느낌이 드니까.

그리고 남자아이는 누마스 위에서 훌쩍 뛰어내렸다.

"우꺄?!"

하지만 남자아이의 키는 나랑 별반 차이가 없었기에, 쌓여 있던 눈에 폭 가슴까지 파묻혔다. 그러자 남자아이는 고집이 생기기라도 했는지 "흐랴아!" 같은 식으로 기세를 높이며 가슴으로 눈을 척척 가르며 다가왔다.

그리고 남자아이는 내 앞에 서더니 씨익 웃으며 말했다.

"나는 쿠. 위에 있는 애는 레폴리나야. 너는?"

"……타르."

"타르라고 하는구나. 잘 부탁해, 타르."

그러더니 자신을 쿠라고 한 남자아이는 내 손을 붙잡고 붕붕 흔들었다. 내가 밖으로 나오는 것을 가로막던 눈을 신경도 쓰지 않고 척척 가르며 다가온 남자아이.

──이것이 나와 쿠 님과 레폴리나의 첫 만남이었다.

"……아침."

휴가를 받았음에도 평소 습관 그대로 새벽에 깨어 버렸다.

아니나 다를까, 창밖은 아직 어두웠다. 침대에서 몸을 일으키며 조금 전까지 꾸던 꿈을 떠올렸다. 어릴 적, 쿠 님이랑 레폴리나와 만났을 무렵의 꿈이었다.

그날부터 쿠 님과 레폴리나는 자주 우리 집에 와서 놀게 되었다.

하지만 집에서 할 수 있는 놀이는 얼마 없어서, 놀러 왔다고 해도 쿠 님은 금세 나를 밖으로 데리고 나갔다. 셋이서 누마스를 타고 많은 곳에 갔다.

쿠 님은 저런 막무가내 같은 성격이라, 나와 레폴리나도 끌고서 위험한 장소에 들어갔다가 눈사태에 말려들 뻔했다든지, 야생 동물에게 쫓겼다든지, 그것을 알게 된 어른에게 혼이 났다든지, 꽤나 불합리한 꼴도 당했지만.

그립네. 그런 옛날의 쿠 님과 지금의 쿠 님을 비교해 봤다.

'쿠 님은…… 역시 변했다고 생각해.'

이 나라에 와서 다양한 세계를 접하고 시야가 넓어진 것 같다.

동방 제국 연합으로 가는 원군을 따라간다든지, 그런 무모한 짓을 저지르는 부분은 변함이 없지만 이러쿵저러쿵하며 원수의 자식이라는 사실을 자각하고 나라에게 도움이 되는 일, 나라를 위협하는 존재 등에 관해서 제대로 식별하고 있다. ……성장했다고 생각한다.

'하지만 변함이 없는 부분도 있어.'

쿠 님은 언제든 앞을 가로막는 벽을 부수려고 한다.

어릴 적에 눈을 헤치며 내 앞에 나타났듯이, 지금은 드릴을 사용해서 눈과 얼음에 갇힌 것처럼 보이는 공화국의 미래에 새바람을 불어넣으려고 한다.

그런 쿠 님이기에, 레폴리나도 저렇게나 휘둘리면서도 연모하며 어디까지든 따를 생각이겠지.

나도…… 그런 쿠 님에게 도움이 되었으면 좋겠다고 생각한다.

싸울 수 없는 나는 레폴리나처럼 전장까지 따라가지는 못하지만 적어도 앞으로 돌진하는 쿠 님의 뒷모습을 바라보고 싶다.

그리고 쿠 님이 눈을 헤치고 나를 밖으로 데려가 줬듯이, 쿠 님의 앞길을 막는 벽이 있다면 이번에는 내가 부수고 싶다.

힘은 없으니까 그 대신 가진 기술을 모두 사용해서.

"……좋아."

나는 결의를 다지고는 아침 식사를 하고 공방을 뒤로했다.

——그리고 열흘 뒤.

"이봐— 타르~. 나 왔어~."

"타르 씨~?"

이날, 타르는 중요한 용건이 있다며 쿠를 공방으로 호출했고 레폴리나도 함께 왔다. 오늘은 화로에 불을 붙이지 않았는지, 대낮에는 태양이 머리 위에 떠서 오히려 방으로 빛이 비치지 않아 어스름했다. 두 사람은 그런 공방 안으로 들어섰다.

"정말이지, 타르 녀석. 몰래 뭘 하는 거지?"

"…………."

요새 타르의 낌새가 이상했다.

지금은 어쩐지 바쁜 모양이라 쿠가 공방을 방문해도 자리를 비운 경우가 많았다. 무언가 하는 모양이지만 쿠가 물어도 "아직 비밀."이라며 내용을 가르쳐 주지는 않았다. 아직, 이라고 하니 언젠가는 가르쳐 줄 생각인 것 같았기에 잠자코 있기는 했지만 궁금하기는 했다.

그리고 이상한 일이라면 하나 더 있었다.

일주일 정도 전에 쿠가 애용하는 무기인 곤을 타르가 빌려 가겠다고 온 것이었다. 원래 타르가 제작한 무기라서 관리하고 싶다니까 넘겼는데 아직 돌려주지는 않았다. 오늘은 그 곤을 돌려 주려고 호출한 것일까.

쿠가 그런 생각에 잠긴 사이, 타르가 공방 안쪽에서 나왔다.

그녀의 양손에는 천으로 감긴 무척 긴 물건이 들려 있었다.

"쿠 님, 레폴리나. 어서 와."

"오, 타르. 그건 점검하러 가져갔던 내 곤인가?"

쿠가 가벼운 태도로 그렇게 물은 참에, 타르는 조금 미안하다는 표정으로 고개를 가로저었다.

"미안해, 쿠 님. 점검이라는 건 거짓말."

"우꺄? 점검하진 않았다는 건가? 어째서?"

"내가 한 건 점검이 아니라 개조니까."

그러더니 타르는 긴 물건에 감긴 천을 걷었다.

그러자 그곳에는 형태가 바뀐 쿠의 곤이 나타났다.

금으로 된 지네를 장식한 중심 부분에 변화는 보이지 않았다.

하지만 양쪽 끝은 홈이 두 줄기 파인 금속으로 바뀌어 있었다.
소마가 보면 곤이라기보다도 삼국지 계열 액션 게임에 나오는
낭아봉(狼牙棒) 같다고 생각했을지도 모른다.

"이, 이건 뭐야?!"

형태가 바뀐 애용하는 무기를 보고 쿠는 놀라서 목소리를 높
였다.

그런 쿠에게 타르는 금으로 된 지네의 머리 부분을 가리켰다.

"거기에 있는 버튼을 눌러 봐."

"어, 이거 말이야?"

쿠가 시키는 대로 버튼을 누르자, 세상에나 곤의 양쪽 끝에 있
는 금속 부분이,

위이~잉! ……그런 소리를 내며 고속 회전을 시작했다. 너무
나도 엄청난 모습에 멍해져 버린 쿠와 레폴리나에게, 타르는 어
쩐지 득의양양한 태도로 말했다.

"쿠 님이 있었으면 좋겠다고 그랬던 드릴을 달아 봤어."

"……아니…… 아니아니아니아니아니!"

쿠는 다시 한번 버튼을 눌러서 회전을 멈추고는 타르에게 따
지고 들었다.

"아니, 요전에 물었을 때는 못 한다고 그러지 않았어?"

"정말 큰일이었어. 곤으로 휘두른다면 원추형이 아니라 원통
형이 좋을 것 같았으니까, 지냐 님이랑 트릴 님이랑 논의해서
이런 형상이 되었어. 끝부분에 무수한 칼날을 뿌리는 형상은 효
율이 나쁘니까 목공용 수동식 드릴에 가까운 두 줄기 홈을 이용

해서 계속 파내는 형상으로 바꿨어. 그 드릴 부분은 메루라 님의 부여 마법으로 강화되어 있으니까 상당히 튼튼해."

그리고 타르는 허리에 손을 대고 가슴을 펴며 말했다.

"굳이 이름을 붙인다면…… [천공곤(穿孔棍)]."

담담하게 그 천공곤에 관해서 설명하는 타르를 보고 쿠는 미간을 누르며 말했다.

"아니, 기대 이상의 완성도이고 만들어 준 건 기쁘지만 말이야. 설마 내 바람을 그대로 형태로 만들어 줄 거라고는 생각하지 않았다고. 타르는 꽤나 고집쟁이잖아? 이런 바보 같은 요구는 퇴짜를 놓을 거라 생각했으니까."

"……이건…… 내 각오니까."

타르는 살며시 천공곤을 만지며 진지한 표정으로 말했다.

"쿠 님이 하고 싶은 일, 바라는 일, 이루고 싶은 일…… 나는 그것을 받쳐 주고 싶어. 설령 남들이 터무니없다고, 무모하다고 그러는 일도 나는 부정하지 않겠어. 내 기술이 미치는 범위에서는 반드시 이루어 내겠어."

"타르…… 너……."

쿠는 타르에게 손을 뻗었다. 그러자 타르는 그 손을 잡고 자신의 가슴께에 댔다.

"쿠 님이 앞을 향하며 꿈을 관철하듯, 나는 바로 뒤에서 그것을 떠받칠게. 이것이 나의, 관철하고 싶은 마음이니까."

"그건…… 나랑 약혼해 주겠다는 건가?"

쿠가 묻자 타르는 작게 고개를 끄덕였다. 쿠는 더없이 감격해서는 타르를 끌어안으려고 했지만, 그 직전에 "잠깐만." 하며 타르가 손을 내밀어 막았다. 갑자기 제지를 당했기에 헛발을 짚은 쿠에게 타르는 말했다.

"하나만, 조건을 말해도 돼?"

"그, 그럼! 내가 할 수 있는 일이라면 뭐든 말해!"

"그럼……."

그러자 타르는 레폴리나 곁으로 다가가더니 그녀의 손을 붙잡았다.

"어, 타르 씨?"

"같이 와."

그리고 타르는 레폴리나와 손을 잡으며 쿠 앞에 서고, 그리고 말했다.

"약혼한다면 레폴리나랑 같이 했으면 좋겠어."

""어…… 어어어어어어?!""

이 말에는 쿠도 레폴리나도 놀라서 눈을 부릅떴다.

"저, 저기, 타르 씨? 어째서 갑자기 그런 이야기를……."

"나는 기술 측면으로는 쿠를 도와줄 수 있지만, 그 밖에는 서투른 것도 많아. 무기는 만들 수 있어도 함께 싸우지 못하고, 낯을 가리는 성격이니까 사교성을 요구해도 곤란해. 레폴리나라면 그럴 때에 쿠 님에게 도움이 되어 줄 수 있잖아?"

곤혹스러워 하는 레폴리나를 보고 타르는 득의양양하게 흠, 콧김을 내뿜었다.

"내가 할 수 없는 걸 할 수 있는 사람을 언젠가 아내로 맞이할 필요가 생길지도 몰라. 그렇다면 나는 레폴리나가 좋아."

"타르 씨……."

"아, 아니. 그런 걸 멋대로…… 나는 타르랑……."

쿠는 끼어들려고 했지만 타르는 그의 코앞으로 손가락을 척 내질렀다.

"쿠 님은 어디서든 무모하게 굴어. 동방 제국 연합에서도 그 랬다고 들었어."

"그, 그건 그렇지만……."

"내가 아무리 걱정해도 전장에서는 쿠 님의 힘이 될 수 없어. 하지만 레폴리나라면 쿠 님을 지키고 함께 싸워 줄 수 있어. 레 폴리나가 쿠 님 곁에 있어 준다면, 나도 조금은 안심하고 돌아 오길 기다릴 수 있어. 나는 안에서, 레폴리나는 밖에서 쿠 님을 돕는 거야. 쿠 님도 레폴리나를 싫어하지는 않잖아?"

"그야 싫어할 리가 없지만…… 하지만, 그렇다고 해서……."

말끝을 흐리는 쿠를 타르는 더더욱 다그쳤다.

"전에 쿠 님은 소마 왕의 여동생에게 '시집을 오지 않겠느냐' 고 그랬지."

"그건, 네 마음을 끌고 싶었을 뿐이야!"

"알고 있어. 쿠 님은 항상 여자아이에게 구애하고는 내 쪽을 흘끗흘끗 봤어. 질투하길 바란다는 건 어쩐지 모르게 알 수 있 었어."

정곡이었다. 자신의 의도를 꿰뚫어 봤다는 말에, 쿠는 쥐구멍 에라도 들어가고 싶은 기분이었다. 그런 쿠를 타르는 똑바로 마주 보며 말했다.

"하지만 쿠 님은 레폴리나한테는 한 번도 구애하지 않았어. 가장 가까이서, 나보다도 오랫동안 알고 지낸 귀여운 여자아이인데. 그건 쿠 님도 레폴리나의 마음을 깨달았기 때문이겠지? 그럴 생각도 없는데 구애했다가는 레폴리나가 상처받고 말아. 그러니까 한 번도 구애하지 않았어."

"…………."

"쿠, 쿠 님……?"

또다시 정곡이었다. 쿠의 생각을 정확하게 꿰뚫어 보고 있었다. 쌀쌀맞은 태도를 취하면서도 계속 쿠를 보았던 타르이기에 그럴 것이다.

"레폴리나는 계속 쿠 님을 생각했어. 그리고 쿠 님은 그런 레폴리나가 싫지 않아. 나도 레폴리나는 좋아. 그러니까…… 따돌리고 싶지는 않아."

"아— 정말이지, 알았어! 항복이야, 항복!"

쿠는 양손을 들었다. 그리고 겸연쩍은 듯 레폴리나 쪽을 봤다.

"저기…… 그렇게 되었으니까…… 레폴리나도 내 아내가 되어 주겠어?"

"쿠 님…… 예! 부족한 사람이지만 잘 부탁드려요오오!"

레폴리나는 더없이 감격했으리라. 웃으며 커다란 눈물을 뚝뚝 흘렸다.

타르는 그런 레폴리나의 등을 살며시 쓰다듬어 줬다. 그렇게까지 자신과의 약혼을 기뻐해 주는 레폴리나와, 레폴리나를 맞이하면서까지 자신을 지켜 주고 싶다는 타르. 그런 멋진 여자아이들에게 둘러싸여, 쿠도 뜻을 다진 모양이었다.

"우꺄—! 이렇게 됐다면 남자답게, 둘 다 한꺼번에 돌봐 줘야 되지 않겠냐고."

"그건 아니야. 우리 두 사람이 쿠 님을 돌보는 거야."

"훌쩍…… 그래요. 타르 씨의 말이 맞아요."

두 사람이 그렇게 딴죽을 걸어, 마지막까지 멋이라고는 못 부리는 쿠였다.

♟ 제5장 ✦ 검은 호랑이 우체부

— —대륙력 1548년 3월 1일 밤, 파르남 성

"부르심을 받고 왔습니다."

이날, 국왕 직속의 첩보 공작 부대 [검은 고양이]의 리더인 카게토라는 소마의 호출을 받고 파르남 성의 집무실로 왔다. 여전히 검은 호랑이 마스크와 검은 갑옷의 뒤숭숭한 복색으로, 방문으로 들어오지 않고 테라스의 유리문 쪽에서 들어오는 카게토라를 보고 소마는 이마를 누르며 한숨을 내쉬었다.

"……평범하게 입구로 들어올 수는 없나?"

"이런 모습으로는 다들 수상쩍게 여기겠지요. 또 메이드를 기절하게 만들어도 곤란하오니."

"새삼스러운 이야기지만 눈에 안 띌 생각이 없는 모습이네."

어둠에는 녹아들지도 모르겠지만 카게토라의 복장은 빛이 있는 곳에서 보면 엄청날 정도로 존재감을 발했다. 하지만 카게토라는 조용히 고개를 가로저었다.

"여차하면 다른 사람의 인식은 부여 술식으로 어떻게든 됩니다. 그보다도 오늘은 어째서 본인을 부르셨습니까? 무언가 중요한 임무가 있다고 하시었는데."

"……그래. 너한테만 맡길 수 있는 일이야."

소마는 진지한 표정을 띠더니 집무용 책상의 커다란 서랍을 열고 안에서 무언가 사각형 물건을 꺼냈다. 그것은 금속제 케이스였다.

15센티미터×20센티미터×40센티미터 정도의 직육면체로, 표면에 장식 같은 것은 없지만 윗면 뚜껑 부분에는 큰 자물쇠가 달려 있었다. 심플한 디자인과 높은 방어 의식을 보면 자못 중요한 물건이 들어 있으리라는 사실을 엿볼 수 있었다.

소마는 그런 금속제 상자를 카게토라에게 건넸다.

"이걸 엘프리덴 가문의 장인어른께 전달하고 싶어. 물론 이렇게 부탁하는 거니까 카게토라가 직접 전해 줘. 장인어른께 건넬 때까지 개봉은 엄금이야."

"……선대 국왕 알베르토 님께 말씀이십니까."

카게토라는 금속 상자를 찬찬이 봤다.

엄중하게 봉인된 상자. 보내는 사람은 현(잠정) 국왕. 받는 사람은 선대 국왕.

그리고 운반을 굳이 검은 고양이 부대의 리더에게 부탁한다는 신중함. 이래서는 마치 국가를 뒤흔들 법한 위험물이 들어 있는 것 같지 않나.

대체 이 상자 안에는 무엇이 들어 있는 것일까.

"내용물에 관해서는 여쭈어도 괜찮겠습니까?"

"안 돼. 가르쳐 줄 수는 없어."

그러더니 소마는, 이번에는 밀랍으로 봉인된 편지를 카게토라에게 건넸다.

　"그리고 이 상자와 함께 이 편지도 아버님께 전해 줘. 안에는 편지와 함께 이 상자의 열쇠도 들어 있어. 그리고 아버님께 그 자리에서 편지를 읽으시도록 부탁하고, 아버님께서 끝까지 읽으시는 것을 기다려 그분의 지시를 따라 줘."

　"……알겠습니다."

　카게토라는 머리를 숙이더니 금속 상자와 편지를 건네받았다.

　의문이 가득한 배송이기는 하지만 다름 아닌 이 젊은 왕이 하는 일이다. 틀림없이 무언가 뜻깊은 의도가 있으리라 생각하고, 카게토라는 그 이상 아무것도 물으려 하지 않았다. 그저 받은 의뢰를 정확하게 달성하는 것뿐이었다.

　카게토라가 왔을 때와 마찬가지로 테라스를 통해 돌아가려던…… 그때였다.

　똑똑, 누군가 집무실 문을 노크했다.

　카게토라는 몸을 숨기려고 했지만 소마가 "잠깐." 하며 제지했다. 그리고는,

　[나야. 들어가도 돼?]

　여성의 목소리가 들렸다. 그것은 리시아의 목소리였다.

　소마가 "들어와."라고 말하자 문이 열리고 리시아와…….

　"?! 마님 아니십니까!"

　"오랜만이네요. 카마…… 카게토라 님이었던가요."

　선대 왕비인 엘리샤가 함께 들어온 것이 아닌가.

여전히 기품이 있고, 손주를 봤음에도 아름다운 용모의 귀부인이었다.

소마의 이야기에 따르면 초산으로 갓 태어난 쌍둥이를 돌보는 것은 큰일이라며 도우러 달려와 주었다고 한다. 그런 리시아와 엘리샤의 품에는 각각 카즈하와 시안이 안겨 있었다. 리시아는 방 한구석에서 어리둥절한 카게토라를 흘끗 보더니 온화한 미소를 띠며 작게 인사했다.

그 모습을 보고 마스크 안쪽에 숨겨진 카게토라의 눈에 뜨거운 것이 복받쳤다.

'말괄량이였던 그 공주님께서…… 어머니가 되셨군요…….'

이 자리에는 왕가의 공주님 3대가 모두 모여 있었다. 그 광경에 카게토라는 그만 눈가를 누르고 싶어졌지만 동요가 드러나서는 안 된다며 필사적으로 참았다.

카게토라가 남모르게 갈등하는 동안에 소마는 리시아에게 물었다.

"이제 시안이랑 카즈하한테 젖은 다 줬어?"

"응. 오늘도 잔뜩 먹고, 둘 다 푹 잠들었어. 시안 쪽은 어머님께서 재워 주셨지만 카즈하 쪽은 흥분했는지 좀처럼 자려고 하질 않더라."

"후후후, 정말로 카즈하는 어릴 적의 리시아랑 닮았구나. 너도 말괄량이라서 큰일이었어. 침대에서 금세 빠져나오려고 한다든지."

"어, 어머님. 그렇게 철이 들기 전의 이야기를 하시면 제가 곧

란해요…….”

엘리샤가 예전 이야기를 꺼내자 리시아는 뺨을 붉혔다.

소마는 그런 두 사람의 대화에 쓴웃음을 지으며 아이들의 얼굴을 들여다봤다. 리시아 품속의 카즈하도 엘리샤 품속의 시안도 무척 평온한 표정이었다.

“아아, 정말이지…… 정무만 없었다면 하루 종일 보고 싶을 만큼 귀엽네.”

“이것 참, 바보 같은 소리 하지 마. 소마는 임금님이니까 제대로 해야지.”

“후후후, 리시아도 참, 내가 옛날에 하던 것과 똑같은 말을 하는구나.”

벌써부터 팔불출이 된 소마를 리시아가 나무라고, 그 모습이 과거 자신들과 겹쳐 보였는지 엘리샤가 쿡쿡 웃었다.

그런 가정적인 분위기에 카게토라가 가만히 서 있었더니 리시아는 그를 흘끗 봤다. 그리고 그의 곁으로 다가갔다.

“저기…… 카게토라 님.”

“……무슨 일이십니까.”

“이 아이를, 안아 주지 않겠어요?”

그러면서 카게토라를 향해 카즈하를 내밀었다.

이 제안에 카게토라는 드물게도 당황한 모양이었다.

“아니, 그건…… 본인 같은 자가 안아선 이 아이를 무섭게 만들어 버릴 터이니…….”

“괜찮아요.”

리시아는 어디까지고 똑바로 카게토라를 보고 있었다.

"당신은 제가 경애하는 사람과 무척 닮았어요. 어머님께 들었어요. 그 사람도 옛날, 제가 카즈하 정도였을 무렵에 안아 주었다고 해요. 그리고 자기 아이처럼 귀여워해 주었죠. 그러니까…… 제 딸이 당신을 싫어할 리가 없어요."

"공주님……."

카게토라는 수갑(手甲)을 벗더니 쭈뼛쭈뼛 카즈하를 받아들었다.

근육 때문에 두꺼워진 거친 팔이지만 카게토라는 고양잇과 수인족이기에 폭신폭신한 털로 덮여 있었다. 그런 팔에 안긴 카즈하는 한순간 간지러워 했지만 금세 마음을 놓은 듯한 표정으로 새근새근 잠들었다.

갓난아기는 아직 이 세계를 알지 못하여 항상 민감하다.

그런 민감한 부분으로 이해했으리라. 이 팔은 반드시 자신을 지켜주는 존재임을. 잠시 후, 카게토라는 리시아에게 카즈하를 돌려줬다.

"귀중한 경험을 하게 해 주시어 참으로 감사합니다."

"후후, 앞으로도 소마가 잔뜩 폐를 끼칠지도 모르겠지만 부디 무리하지 마시고 몸조심하세요."

카게토라를 걱정하는 리시아를 보고 소마는 조금 불만스러운 모양이었다.

"폐라니, 너무하네."

"어머, 카게토라 님에게 질투하시나요? 사위님."

"……부정은 못 하겠네요. 어머님."

엘리샤가 생글생글 웃으며 딴죽을 걸자 소마는 체념한 듯 어깨를 으쓱였다.

리시아도 "정말이지."라면서도 미소를 띠었다.

그런 따듯한 분위기에 마스크 아래의 입가가 느슨해지는 것을 느끼며, 카게토라는 "그럼 실례하겠습니다."라며 테라스 창문을 동해 밤의 어둠 속으로 사라졌다.

──다음날 저녁.

카게토라는 산골짜기에 홀로 있는 선대 국왕 알베르토의 옛 영지에 도착했다.

알베르토의 저택에 도착하여, 그의 이상한 풍모에 살짝 압도당한 기색인 메이드가 안내한 곳은 거실이었다. 3월로 들어섰다고는 해도 산골짜기는 아직 서늘해서 큰 난로에는 빨갛게 불을 붙여 두었다. 알베르토는 이미 거실에 있었고 카게토라를 미소로 맞이했다.

"오오, 카마…… 카게토라 공. 잘 오셨소."

"예. 알베르토 님께서도 건강해 보이시는군요."

카게토라가 경례하자 알베르토는 그의 어깨를 툭툭 두드렸다.

"됐네, 됐어. 나는 이미 은퇴한 몸이야. 지금은 이제 주군과 가신이라는 장벽은 걷고 오랜 친구로 대해 줬으면 하네."

"아뇨……. 실례되는 말씀입니다만, 저와 당신은 그다지 면

식이 없었다고 생각합니다."

"……변함이 없네. 여전히 성가신 성격이야."

어디까지나 딱딱한 카게토라의 태도에 알베르토는 한숨을 내쉬며 살며시 오른손을 내밀었다.

"그렇다면 지금부터 친구가 되어 주게. 마치 '옛날부터 알고 지낸 것 같은 태도' 로 대해 준다면 나도 기쁘겠어."

"……예. 그러시다면 기꺼이."

카게토라는 알베르토의 손을 잡더니 굳건히 악수를 나누었다. 알베르토는 카게토라를 난로 근처에 놓여 있는 소파에 앉히고, 자신은 작은 테이블을 사이에 두고 마주 보는 위치에 앉았다. 그리고 무릎 위로 손을 깍지 끼고서 카게토라에게 물었다.

"그래서, 오늘은 무슨 용건으로 나를 찾아오셨나?"

"예. 제 주군, 소마 폐하로부터 당신께 전해 드릴 물건을 가지고 왔습니다."

카게토라는 소마에게 받은 금속 상자를 알베르토에게 건넸다.

그리고 품속에서 이 역시도 소마로부터 받은 편지를 꺼내서는, 금속 상자를 "호오, 이건 무엇인고."라며 흥미진진하게 살펴보는 알베르토에게 건넸다.

"그리고 주군으로부터 편지도 받았습니다. 주군께서 말씀하시길, 본인 앞에서 개봉하여 읽어 주었으면 하신다고. 이 금속 상자의 열쇠도 동봉되어 있을 터입니다."

"흠, 알겠네."

알베르토는 편지를 받아들고는 밀랍으로 봉인된 부분을 열어, 안의 편지를 꺼내서 읽기 시작했다. 알베르토는 이따금 "흠흠."이라든지 "그렇군……." 같은 말을 하며 계속 읽고, 간신히 끝까지 읽었는지 그 편지를 접었다.

그리고 봉투 안에서 이 금속 상자의 열쇠로 여겨지는 물건을 꺼냈다.

열쇠를 집어 들며 알베르토는 카게토라 쪽을 봤다.

"편지에는, 그대가 이 자리에서 내 명령에 따르도록 명령해 두었다고 적혀 있던데?"

"예, 주군께서도 그렇게 명령하셨습니다."

"흠…… 그 말, 확실히 기억해 두도록 하게나."

그러더니 알베르토는 금속 상자에 잠겨 있는 자물쇠에 열쇠를 꽂았다.

달칵, 돌리자 상자 뚜껑이 천천히 열렸다. 카게토라는 그 안에 대체 어떤 중요한 물건이 들어 있느냐고, 긴장감을 가지고 지켜봤다…… 하지만.

"?"

안에 들어 있던 것은 포도주 한 병이었다.

'이건…… 대체 어떻게 된 거지.'

카게토라는 눈을 동그랗게 떴다. 무척 중요한 물건이 들어 있을 법한 상자를 들려 보내고는, 실제로는 알베르토 님에게 포도주를 한 병 보내었을 뿐이라니. 주군이 자신을 놀린 걸까, 카게토라가 그렇게 생각하기 시작한 바로 그때였다.

"아니?! 이 포도주는?!"

포도주의 상표가 시야에 들어왔을 때, 카게토라는 마스크 아래의 눈을 크게 부릅떴다.

그런 카게토라의 반응을 보고 알베르토는 싱글싱글 웃었다.

"어라, 이상하군. 그대는 이 포도주가 무엇인지 모를 터인데."

"……아뇨…… 아무것도 아닙니다. 제 착각입니다."

"이 포도주는 말이야, 우리 딸 리시아가 태어났을 때 내 오랜 친구에게 받은 물건이야. 어떠한 때에도 리시아를 지켜 주겠노라고, 리시아가 태어난 그 해에 만든 포도주를 말이야. 친구는 자주 '공주님의 혼례 의식 날에, 나는 이 술로 곤드레만드레 취하겠지.' 라고 그랬지. 그 친구도 지금은 이제는 없다만……."

그러면서 알베르토는 메이드를 부르더니 유리잔 두 개와 무언가 적당한 요리를 가져오도록 명령했다. 그리고 알베르토는 소파에 등을 기대며 다시 한번 편지로 시선을 떨어뜨렸다.

"그 친구는 아무래도 이 포도주를 사위님에게 맡긴 모양이야. 하지만 사위님은 좋은 포도주를 구분할 수는 없으니 아까우니까 내게 마셔 달라고 그러는군. 혼례 의식 날에 곤드레만드레 취해도 곤란하니까, 혼례를 미리 축하하면서. '혼자서 마시는 것도 그러실 테니 『마침 그쪽으로 심부름을 보낸 자』와 잔을 나누면 좋겠죠.' ……라는데. 어울려 주겠나, 카게토라 공?"

"아뇨, 그런 포도주를 제가 마시다니……."

"내 명령에 따르도록 명령해 두었다, 그렇게도 적혀 있는데 말이지?"

"윽……."

카게토라는 사양하려고 했지만 주군의 명령이라면 거절할 수 없었다.

카게토라가 갈등하며 이를 악물고 있는 사이, 메이드들이 자그맣게 술자리를 펼쳤다. 그리고 알베르토는 끝을 내겠다는 듯 카게토라에게 잔을 내밀었다.

"마침 엘리샤도 왕성으로 가서 시간이 남아돌던 참이야. 어떤 가? 지금은 없는 친구를 함께 그리며, 또한 '우리' 딸의 혼례를 축하하며 함께 포도주를 비우지 않겠나."

"……예."

이윽고 체념했는지 카게토라는 잔을 받아들었다.

"알겠습니다. 하지만 이 정도 양의 포도주로는 곤드레만드레 취하지는 못하겠군요."

"허허허, 안심하게. 우리 집 창고에는 이와 같은 해에 만든 포도주가 잔뜩 보관되어 있어. 여하튼 리시아가 태어난 기쁨에 대량으로 구입해 버렸으니까 말이야."

아무래도 알베르토가 친구에게 선물받은 물건은 그중 한 병이었나 보다.

"그런 낭비를…… 마님께서 들으시면 화내시지 않겠습니까?"

"실제로 엄청 혼났지. 한동안은 리시아를 안아 보지도 못하게 했어."

"……크크큭, 당신이라는 분은…… 앗핫핫핫핫!"

카게토라는 평소의 태도에서는 상상도 할 수 없을 만큼 크게 웃음을 터뜨렸다. 그에 이끌려 알베르토도 웃기 시작하고, 저택에 남자 둘의 웃음소리가 울려 퍼졌다.

그날 밤, 이 저택에서는 큰 술판이 벌어진 모양이지만 날이 밝았을 무렵에는 알베르토만이 거실에 잠들어 있었을 뿐, 손님의 모습은 이미 사라졌다고 한다.

아마도 이미 다른 임무로 향한 것이리라.

카게토라, 그야말로 그림자처럼 불가사의한 남자였다.

♟ 제6장 ✦ 천금 같은 결혼 축하

──대륙력 1548년 3월 3일

뎅그러—엉 ♪ 뎅그러—엉 ♪

울려 퍼지는, 경사스럽고도 기쁜 일을 축하하는 종소리.

"축하드립니다—!"

"두 분께 어머니 드래곤의 축복이 있으시기를!"

끊이지 않는 민중의 박수와 축하의 목소리.

이날, 새로이 두 쌍의 부부가 탄생했다. ……다만 그 장소는 프리도니아 왕국이 아니라 동방 제국 연합의 한 나라인 라스타니아 왕국이었다.

"티아 공주님! 결혼 축하드려요!"

"율리우스 님, 부디 공주님을 행복하게 해 주세요!"

"아름다워요! 로렌 병사장님!"

"지르코마 님도 축하하네!"

봄의 도래를 느끼게 하는 따뜻한 이날, 라스타니아 왕국에서는 율리우스와 티아 공주, 지르코마와 로렌 병사장의 합동결혼식이 열렸다.

이 나라에서 유일한 공주님의 결혼식이기도 하여, 소규모 국가라 그다지 국민이 많지 않음에도 중심 도시 라스타에는 국민 전원이 모이지 않았을까 싶을 정도로 수많은 사람들이 모여 있었다.

"로렌 병사장님도 마침내 다른 사람의 아내가 되어 버리셨구나……."

"젠장, 지르코마! 우리 아름다운 로렌 병사장님을 뺏어 가기는! 울리기라도 했다가는 그냥 넘어가지 않을 테니까!"

로렌은 라스타니아 왕국 병사들 사이에서 인기가 있었기에, 환호성에는 살짝 지르코마에게 질투하는 녀석들의 목소리가 섞여 있었다. 하지만 그것은 극히 일부였다.

압도적 대다수의 축복을 들으며 율리우스와 티아 공주, 지르코마와 로렌 병사장의 신랑신부 두 쌍이 모인 민중을 향해 손을 흔들었다. 그 모습을 등 뒤 높은 곳에서, 티아 공주의 부모인 현 라스타니아 국왕 부부도 무척 기뻐하며 지켜보고 있었다.

이윽고 신랑신부 두 쌍은 민중들이 양옆으로 서 있는 길을 걸어갔다.

거리를 일주하여 자신들의 결혼식을 보러 와 준 사람들 모두에게 그 화려한 모습을 선보이기 위해서였다. 그러자 오늘의 주역 중 하나인 로렌은 익숙지 않은 드레스에 당황했는지 다리를 헛디뎌서 넘어질 뻔했다. 그것을 지르코마가 팔을 뻗어 부축했다.

"미, 미안합니다! 지르코마 님!"

로렌은 얼굴을 새빨갛게 물들이며 지르코마에게서 펄쩍 떨어졌다.

그리고 실크 장갑을 낀 손으로 두 뺨을 가렸다.

"으으…… 부끄럽습니다. 이런 하늘하늘한 옷차림에 익숙하지 않은 터라 꼴사나운 모습을 보이고 말았습니다. 간신히 당신의 아내가 될 수 있었는데, 공주님처럼 여성스럽게 행동하지 못하는 스스로가 싫어지네요."

부끄러운지 그런 말을 하는 로렌을 지르코마는 무척 귀엽다고 생각했다.

흥분해서는 마음을 억누를 수가 없었던 지르코마는 그런 로렌을 안아 들었다. 갑자기 공주님처럼 안아 들자 로렌은 눈을 휘둥그레 떴다.

"어어, 지르코마 님?!"

"나는 평소의 늠름한 당신을 좋아합니다. 그리고 오늘의 화려한 당신을 보고 다시금 반했습니다. 나는 대륙에서 가장 행복한 사람입니다. 로렌 님."

"지르코마 님…… 예. 아, 하지만 이제 '님'이라고 부르지는 마십시오. 서먹서먹한 말투도 말이죠. 저는 이제 당신의 아내이니까요."

"……알았어, 로렌. 그렇다면 너도 날 '님'이라고 부르지 마."

"예! 당신."

지르코마의 품속에서 만면의 미소로 대답하는 로렌.

로렌의 행복해 하는 얼굴을 보고 티아 공주도 기쁜 듯 율리우스를 향해 미소 지었다.

"로렌 병사장, 무척 행복해 보여요."

"그러네……. 지르코마도 같은 기분이겠지. 평소에는 남들 앞에서 여자를 끌어안을 남자가 아닌데, 로렌 님이 슬퍼하지 않기를 바라서 당황한 것 같아."

율리우스가 평소처럼 냉정한 표정으로 그렇게 말하자 티이는 그의 얼굴을 살피듯 흘끗흘끗 봤다.

"하지만…… 저러는 거, 무척 부러워요."

"……할게."

기대감을 미처 감추지 못하는 티아의 표정을 보고 율리우스는 체념한 듯 탄식하더니 지르코마와 마찬가지로 티아를 안아 들었다. 다만 역시나 부끄러운 심정이 더 웃돌았으리라.

율리우스는 표정이 여전히 무뚝뚝했다. 티아는 그런 율리우스의 목에 나긋나긋한 팔을 두르고 숨결이 닿을 정도로 얼굴을 가져갔다.

"율리우스 님의 그런 점, 저는 정말 좋아해요."

"그런 점, 이라니?"

"다정하면서도 그걸 순순히 드러내지 못하는 서투른 점이요."

"……잘도 그런 말을 하네."

율리우스는 이마로 티아의 이마를 가볍게 콕 찔었다. 전혀 아프지는 않았지만 티아는 찔은 이마를 양손으로 누르며 입술을 삐죽 내밀었다.

"율리우스 님은 좀 더 솔직하게 행동하시는 편이 멋지다고 생각해요."

"나는 이런 성격이 잘 맞아. 일을 할 때도, 적당히 존경받고 적당히 두려움을 살 정도가 편해."

"으음, 그래서는 다른 사람들에게 율리우스 님의 좋은 점이 전해지지 않잖아요."

"티아가 나를 이해해 주고 있어. 그것만으로 충분해."

율리우스가 살짝 미소를 띠자 그것을 본 티아는 가슴이 두근두근 뛰었다.

"그런 식으로 저를 자연스레 두근거리게 만드는 율리우스 님의 그런 점, 치사해요."

"……그건 서로 마찬가지야."

"율리우스 님도 제게 두근두근하는 건가요?"

"그래. 티아는 눈을 떼면 어디서 미아가 될 지도 모르니까 말이야."

"으으~."

불만스러워 하는 티아 공주를 보고 율리우스는 또다시 희미하게 미소를 띠는 것이었다.

──며칠 뒤.

율리우스는 라스타에 있는 왕의 저택 집무실에서 정무에 필요한 서류를 작성하고 있었다.

본래라면 이는 라스타니아 국왕이 해야 할 안건다. 하지만 율리우스 쪽이 적절하고 신속하게 처리할 수 있기에, 평소부터 정무는 율리우스가 처리하고 국왕은 그것을 확인한 다음에 승인의 도장을 찍을 뿐이었다.

앞선 마나미를 무사히 넘긴 공적을 바탕으로 동방 제국 연합 내의 논공행상 결과, 라스타니아 왕국의 국토는 두 배 정도 넓어졌다. 원래 국토가 작았기에 국력 상승 정도는 미미했지만, 국토가 늘어나며 사람도 늘고 그에 따라 정비해야 하는 사항도 늘어서 일은 계속 증가했다.

이만한 양이라면 율리우스가 아니고서야 처리하지 못하고, 또한 티아 공주가 율리우스와 결혼하며 차기 국왕이 되는 것으로 결정되었기에 찬탈의 위험도 없이 안심하고 맡길 수 있는 것이었다. 다시 말해서 율리우스는 이 세계에 소환된 당시의 소마 같은 상황에 놓인 것이었다.

신경질적인 면이 있는 율리우스에게도 정무가 조잡하게 쌓여 있는 상황은 마음에 걸리는지, 기꺼이 하고 싶다는 생각은 없지만 묵묵히 작업을 소화하고 있었다.

똑똑똑…….

그때 누군가 집무실 문을 두드리고 가련한 소녀의 목소리가 들렸다.

[율리우스 님, 티아예요.]

"들어오도록 해."

율리우스가 말을 건네자 문이 열리고 전날 율리우스의 아내가 된 티아가 들어왔다. 손에는 차가 준비된 쟁반이 들려 있었다.

"수고하세요. 조금 쉬지 않겠어요?"

"……그러네. 잠시 쉴까."

율리우스는 깃펜을 내려놓더니 티아와 함께 다도용 테이블로 이동했다. 율리우스의 컵에 차를 따르며 티아는 그에게 미안하다며 사과했다.

"미안해요, 율리우스 님. 원래는 아버님이 하실 일인데……."

"마음 쓸 것 없어. 아버님보다 내가 서류 작업에 잘 맞는 것뿐이야."

티아가 타 준 차의 향기를 맡으며 율리우스는 별일 아니라는 듯 말했다.

"하지만 저희는…… 그게…… 신혼인데, 벌써 일이라니."

"어쩔 수 없겠지. 왕가가 느긋하게 있어서는 나라가 정체되어 버리니까."

"그건 그렇지만요……. 로렌 병사장네 부부는 좀 더 달~콤한 느낌인 모양이라고요? 그게, 매일 밤……이라는 느낌인지 수면이 부족하다고 그랬어요."

"……뭐, 셋은 낳아 달라느니 그런 소리를 했으니까 말이지."

아무래도 지르코마와 로렌 병사장 부부는 사이좋게 지내는 듯했다. 두 사람은 한동안 휴가를 받았기에 신혼 생활을 마음껏 만끽하고 있으리라.

그런 두 사람이 부러운지 티아는 토라진 듯 입술을 삐죽였다.

"저도, 이젠 아이를 낳을 수 있는 나이인데."

"……조금만 기다려 달라고 그랬잖아."

신혼이기는 하지만 율리우스는 아직 티아에게 손을 대지는 않았다. 그것은 티아가 아직 만 16세(올해로 열일곱 살)라는 연령이기 때문이기도 했다.

이 세계의 결혼치고는 적령기이기는 하지만 동생인 로로아보다도 연하이고, 또한 행동에서도 어린아이 같은 느낌이 남아 있는 티아 공주를 바로 어떻게 하겠다는 생각이 들지가 않는 것이었다.

적어도 앞으로 1년 정도는 지금 이대로의 관계를 바랐다.

율리우스는 손을 뻗어 티아의 뺨을 다정하게 쓰다듬었다.

"초조할 필요 없어. 앞으로는 계속 함께 있는 거니까. 함께 보내는 시간 가운데 언젠가 내 아이를 낳아 준다면 기쁠 거야."

"율리우스 님……."

서로를 바라보는 두 사람. 어쩐지 달콤한 분위기가 된…… 그때였다.

쿵쿵, 누군가 문을 거칠게 두드렸다. 율리우스가 "들어와라."라고 명령하자 젊은 병사가 인사도 대충하고 방으로 뛰어 들어왔다.

"크, 큰일입니다! 율리우스 님!"

"소란스러운데. 대체 무슨 일이 있었지?"

율리우스가 묻자 병사는 소리쳤다.

"프, 프리도니아 왕국의 로로아 님으로부터 결혼 축하의 물품이 도착했습니다!"

““뭐야?!””

그 광경에 율리우스도 티아도 나란히 숨을 삼켰다.

병사가 안내한 곳은 저택 현관이 아니라 라스타를 둘러싼 방벽의 남문이었다.

문을 나선 그들을 맞이한 것은, 그 문 근처에 있는 언덕 위까지 이어진 긴 짐마차의 행렬이었다. 짐마차라고는 해도 가지각색이라 말이 끄는 것도 있고 라이노사우루스 같은 대형 짐승이 끄는 것도 있었다.

호위하는 모험가 역시도 많아서, 이제는 상단을 넘어선 대상단이라는 느낌이었다.

그런 광경에 그들이 멍하니 서 있는 사이, 선두의 마차에 타고 있던 회색 머리카락의 신사풍 남성이 이쪽으로 걸어왔다.

“율리우스 라스타니아 님과 그 반려이신 티아 님을 뵙습니다.”

남자는 두 사람 앞에 서더니 공손하게 집사 같은 인사를 했다.

“그렇다만…… 응? 그대의 얼굴, 어디선가 본 기억이 있군.”

“예. 저는 세바스찬 실버디어라고 합니다. 이전에는 반에서 [은빛 사슴 가게]라는 의류점을 경영하였습니다. 그때부터 공녀 로로아 님과 가깝게 지냈습니다.”

“의류점? 나는 그런 가게에 간 적이 없을 터인데…….”

로로아와 인연이 있다고 하니 공성 안에서 스쳐 지나갔을까.

율리우스는 세바스찬의 얼굴을 가만히 바라봤다. 온화해 보이는 신사로 보여 좀처럼 방심할 수 없는 남자 같은데…… 무척 예전이지만 어디선가 본 것 같은 느낌이었다.

의류점 같은 곳이 아니라 조금 더 살벌한 장소에서…….

"[은빛 사슴 가게]…… 실버디어……?! 설마 당신은 그【은사슴】인가?!"

"흠, 그립군요. 그렇게 불리던 시기도 있었습니다."

세바스찬은 과거를 그리워하듯 온화한 표정으로 말했다.

【은사슴】…… 그것은 율리우스와 로로아의 조부 헬먼 장군의 조력자로서, 특히 척후의 명수로 이름 높았던 남자의 존칭이었다. 은색 머리카락으로 산이 많은 아미도니아 공국의 험로를 훌쩍훌쩍 나아가는 모습에서 그런 이름이 붙었다고 한다. 율리우스는 어릴 적 헬먼 조부님이 등성할 때 함께 따라온 모습을 본 적이 있었다.

하지만【은사슴】은 10년 정도 전에 은퇴했을 터.

그런 이가 공도에서 의류점을 운영하며 로로아와 친하게 지냈다. 율리우스는 감이 딱 왔다.

"헬먼 조부님은 어지간히도 로로아가 귀여웠던 거로군."

"글쎄, 무슨 말씀이신지요."

시치미 떼는 세바스찬의 모습에 율리우스는 한숨을 내쉬었다.

헬먼의 딸이기도 한, 율리우스와 로로아의 어머니가 죽은 뒤로 아버지 가이우스 8세는 더더욱 왕국에 대한 복수에 몰두했다. 율리우스는 무인이기에 아버지에게 소외당한 적은 없을 터이나, 문관의 사고방식을 가진 로로아는 가족 내에서 고립될 수 밖에 없었다.

실제로 율리우스도 가이우스도 로로아의 진언에는 귀를 기울이지 않고, 로로아도 두 사람보다는 문관인 콜베르 등등을 따랐다. 그런 로로아를 걱정하여 헬먼 조부님은 자신의 오른팔인 【은사슴】을 파견했을 것이다. 여차할 때 손녀를 지킬 수 있도록…….

항상 엄한 표정인 노장도 손녀에게는 인자했나 보다.

"로로아는 그 사실을 알고 있나?"

"저로서는 무슨 말씀이신지 전혀 모르겠습니다."

"……허투루 볼 수 없는 자들이로군."

여전히 시치미 떼는 세바스찬을 보고 율리우스는 쓴웃음을 지었다.

"그래서, 이 짐마차의 행렬은 대체 뭐지? 우리한테 보내는 결혼 축하 물품이라고 들었는데."

"예. 이것들은 전부 로로아 님께서 율리우스 님, 티아 님 앞으로 보낸 결혼 축하 물품입니다. 실려 있는 물건을 간단히 말씀드리면, 나무와 돌과 철입니다."

"뭐? 나무와 돌과 철?"

결혼 축하로? 로로아 녀석, 대체 무슨 생각이야?

율리우스가 의아해 하는 사이, 세바스찬은 품속에서 무언가 편지를 꺼냈다.

"두 분 앞에서 읽어 드리도록 로로아 님으로부터 편지를 받았습니다."

세바스찬은 로로아가 보낸 편지를 낭독했다.

[오빠, 귀여운 새언니, 결혼 축하한다. 기운차게 알콩달콩하고 있나? 오빠, 새언니는 조그마이까 너무 이상한 플레이를 강요하믄 안 된다.]

"로로아 녀석, 처음부터 무슨 소릴 하는 거야."

율리우스는 갑자기 이상한 소리부터 하는 로로아 때문에 머리가 아프기 시작하는 느낌이었다.

이상한 플레이라고 그러자 티아가 새빨개져서는 고개를 숙여 버렸고. 다음에 만날 기회가 있다면 머리를 한 대 쥐어박자. 그 때는 이미 왕비일 테지만, 국왕인 소마에게 사전에 언질을 해 두면 국제 문제가 될 일도 없으리라.

세바스찬은 헛기침을 한 번 하더니 낭독을 재개했다.

[자, 두 사람한테 보내는 결혼 축하 선물인데, 달링한테도 논의해가 뭐가 좋을지 이야기한 결과…… 역시 신혼 생활에 필요한 건 【집】이라는 결론이 나왔다. 그라이까 결혼 축하로 목재랑 석재랑 철을 잔뜩 보내기로 했다. 오빠, 보낸 걸 조립해가 최대한 멋진 【집】을 만들믄 된다. 그럼 이만~. 로로아가.]

"집의 재료인가요? 하지만 이만한 양이면 성도 만들 수 있겠어요."

언덕까지 이어지는 상단을 보고 티아가 멍하니 말했다.

로로아의 편지를 액면 그대로 받아들인 티아의 반응에 율리우스는 쓴웃음 지었다.

"티아, 우리는 왕족이야. 왕족에게 【집】이란 【나라】가 아닐까?"

"아, 그렇군요! 그렇다면 로로아 님은 이 물자를 이 나라에 보내신 거네요?"

"그렇겠지. 어느 것이든 지금 이 나라에는 부족한 물건이야."

라스타니아 왕국은 지금 마나미의 피해에서 복구 중인 단계였다.

그때까지 자신들의 영지에 더하여 새로이 증가된 영지도 복구해야만 한다. 동방 제국 연합에 소속된 각국으로부터 의연금을 전달받고 있다. 하지만 애당초 그 돈으로 구입할, 복구를 위한 물자 자체가 부족했다. 영지가 두 배로 늘어도 이 나라가 소국이라는 사실은 변함이 없어서, 행상인들은 더욱 씀씀이가 큰 나라로 가 버리기 때문이었다.

부족한 만큼 물자의 가격은 상승한다.

결국에 복구 자재를 만족스럽게 구입할 수가 없어서 일단 방벽이랑 의료 시설 등의 중요성이 높은 시설부터 순차적으로 복구할 수밖에 없었다.

그렇기에 로로아는 돈이 아니라 물자를 보내 준 것이리라. 그것도 지원 물자라면 다른 나라에서 불공평하게 느낄 테니까 어디까지나 오빠에게 보내는 결혼 축하 선물로. 한꺼번에 전 국토를 복구할 수 있을 정도는 아니지만 이것으로 무척 편해질 터.

율리우스는 세바스찬에게 감사의 말을 전했다.

"이만한 물자를 여기까지 보내는 건 큰일이었을 테지?"

"그렇군요. 물자를 모으는 것보다도 통과하는 동방 제국 연합의 각국과 교섭하는 게 귀찮았다는 모양입니다. 소마 폐하께서도 무척 힘을 써 주셨다고."

"또 큰 빚을 졌군⋯⋯."

"빚⋯⋯! 그래요, 어쩌죠!"

그러자 티아가 뺨에 양손을 대며 큰소리로 말했다.

"왜 그래? 갑자기 소리를 지르고."

"율리우스 님, 이건 저희한테 보내는 결혼 축하 선물인 거죠? 그리고 로로아 님도 이제 곧 소마 님과 결혼하신다고 하고요. 저희도 무언가 보내야만 한다고 생각하는데, 이런 멋진 선물에 걸맞은 물건이라니, 과연 이 나라에 있을까요?"

아무래도 티아는 답례를 걱정하는 모양이었다. 확실히 국토도 작고 복구 도중인 이 나라에 프리도니아 왕국으로 보낼 수 있을 법한 물건은 없는 것처럼 여겨졌다.

"괜찮아, 티아."

하지만 율리우스는 걱정스레 떨고 있는 티아의 머리를 살며시 쓰다듬었다.

"로로아네 결혼 축하라면 내가 준비할 수 있어."

"저, 정말인가요?! 하지만 이 나라에 그런 물건이?"

머리 위에 물음표를 띄운 티아에게 율리우스는 미소 지었다.

"준비할 수 있다고. 다름 아닌 이 나라니까 말이야. ⋯⋯세바스찬."

"예. 무슨 일이십니까?"

"물자 반입이 끝나면 왕국으로 돌아가겠지? 지금 가져 올 테니까, 돌아가는 김에 로로아와 소마에게 결혼 축하 선물을 전해 줄 수 없을까."

"알겠습니다."

세바스찬은 다시금 공손하게 인사를 했다.

율리우스는 저택으로 한 번 돌아가서는 책상에서 머릿속에 생각했던 물건을 꺼내 다시 세바스찬이 기다리는 성문으로 돌아왔다. 그리고 가져 온 물건을 세바스찬에게 건네더니 그것을 소마에게 전달하도록 부탁했다. 율리우스가 건넨 물건을 보고 티아는 고개를 갸웃거렸다.

"……그런 물건이 이 선물에 걸맞은 건가요?"

"그래. 이거면 충분해."

어리둥절한 티아의 머리를 쓰다듬으며 율리우스는 호언장담했다.

"이건 소마가 무슨 일이 있어도 원하는 물건일 테니까 말이야."

그리고 2주일 뒤. 왕도에 있는 파르남 성의 집무실에서 소마는 로로아와 세바스찬이 지켜보는 가운데, 율리우스가 보낸 결혼 축하 선물을 훑어보고 있었다.

훑어본다고 한 것은 율리우스가 보낸 물건이 종이다발이었기 때문이다.

끝까지 읽은 소마는 후우, 한숨을 내쉬더니 그 종이다발을 책상 위에 내려놓았다.

"역시 율리우스네. 내가 이걸 바란다는 사실을 알아차린 것도 그렇지만, 사전에 준비해 두었다는 게 굉장해. 무서울 정도의 혜안이야."

"달링. 오빠가 보낸 결혼 축하 선물이란 게 뭔데?"

로로아가 그렇게 묻자 소마는 팔짱을 끼며 대답했다.

"이건 율리우스의 수하가 말름키탄의 동향을 조사해 기록한 거야."

"달링이 경계한다는 후우가인가 그 사람이 있는 곳 말이가?"

소마는 고개를 끄덕이더니 일어서서 벽에 걸려 있는 이 대륙의 지도 곁으로 걸어갔다. 그리고 동방 제국 연합 안에 있는 말름키탄을 바라봤다.

"말름키탄에서는 앞서 후우가와 무츠미 공주의 혼례가 진행되었다고 해. 그리고 그와 같은 시기, 말름키탄 내에 잠복하고 있던 반대파의 잔당 구축에 성공했다나. 다시 말해 후우가는 말름키탄 국내 장악을 마쳤다는 뜻이야."

소마는 지도에 있는 말름키탄 위에 손을 얹었다. 지금은 아직 손이 비어져 나와 버릴 정도로 국토가 작지만, 이 손가락처럼 후우가의 야망은 나라를 비어져 나올 것이다.

"지금부터 그 녀석의 시선은 본격적으로 '밖'을 향하게 될 거야."

후우가는 말했다. 우선은 국내를 장악하고, 그것이 끝나면 동

방 제국 연합 내의 각국에 지원을 요청해서 마왕령으로 뛰어들 겠다고. 드디어 그 계획이 움직이기 시작한 것이다.

앞으로 더더욱 후우가의 동향에서 눈을 뗄 수가 없게 되리라.

소마는 책상으로 돌아가더니 종이다발 위에 손을 툭 얹었다.

"이건 율리우스가 말름키탄의 동향에 대해 독자적으로 조사한 보고서야. 나도 검은 고양이 부대를 파견해서 첩보 활동을 하고는 있지만, 동방 제국 연합은 국가의 집합체라서 연락을 취하기 어렵고 활동도 상당히 제한되어 있어. 하지만 라스타니아 왕국은 동방 제국 연합 소속이니까, 율리우스에게는 상당한 정보가 들어오는 모양이야."

"그걸 오빠는 가르쳐 줬다는 기가?"

"그래. 예를 들면 후우가 동방 제국 연합 내의 국가와 어떤 교섭을 나누었는지 등등은, 검은 고양이들로서도 조사하기 어려우니까. ……율리우스는 이런 정보를 이번만이 아니라 정기적으로 보내 주겠다고 해. 우리 결혼 축하 선물로."

후우가에 관한 정보는 뭐든 필요했다.

그야말로 로로아가 부탁해서 보낸 물자 이상의 것을 지불해서라도.

그 사실을 알면서 이것을 결혼 축하 선물로 보내었으니 율리우스는 얕잡아볼 수 없었다.

"그야말로 천금 같은 결혼 축하야."

♛ 제7장 ✦ 마주할 때

──대륙력 1548년 1월 말

동방 제국 연합으로 파견한 원군 장병들이 귀국하고 뒤처리도 끝나서 한숨 돌렸을 무렵의 일이었다. 왕도에 눈이 내릴 만큼 싸늘하던 이날 저녁.

파르남 성 안에 있는 세리나의 개인실을 방문한 코마인은, 이 방의 주인인 세리나와 테이블을 사이에 두고 마주 앉아 있었다. 테이블에는 차가 준비되어 있었지만 느긋하게 마실 수는 없을 법한 이상한 분위기였다.

그런 팽팽한 분위기 가운데 코마인이 세리나에게 물었다.

"알겠나요, 세리나 씨. 다시 한번 묻겠는데요."

"…………."

진지한 표정인 코마인과 달리 세리나는 평소처럼 시원스러운 표정이었다.

코마인은 뜻을 다진 듯 입을 열었다.

"이제는 그다지 시간이 없으니까, 답답한 이야기는 치우자고요. 세리나 씨는 폰초 씨를 어떻게 생각하나요?"

갑자기 본론을 꺼낸 코마인. 세리나는 고개를 갸웃거렸다.

"어떻게 생각하느냐고 그래도, 폰초 님은 폰초 님이라고 생각하는데요?"

"그런 게 아니고요. 폰초 씨를 좋아하느냐는 이야기에요."

"좋아……하냐고요?"

세리나는 으음, 신음했다. 미인이라서 생각에 잠긴 모습도 그림이 되었다.

"……호감은 간다고 생각하는데요? 조금 유약하고 우유부단한 면이 있어서 보고 있으면 좀 더 스스로에게 자신감을 가졌으면 보좌하는 입장으로서는 고맙겠다고 생각하지만 인품은 좋으니까요. 좋은 사람이라는 건 틀림없지 않을까요."

"그것에는 동의하지만…… 그런 것도 아니에요."

코마인은 어쩌면 좋겠느냐며 머리를 부여잡았다.

동방 제국 연합에 있을 때 코마인은 소마로부터 넌지시 세리나가 연심을 자각하도록 만들어 달라고 부탁받았지만, 자각이 없는 세리나는 상당한 강적이었다.

코마인이 보기에 세리나와 폰초는 상성이 좋다고 생각했다.

세리나는 유능해서 폰초가 대신으로서 부족한 점을 제대로 보충해 주고, 폰초는 그런 세리나의 위장을 요리로 단단히 붙잡고 있다.

코마인과 폰초의 관계도 비슷한 느낌이지만, 세리나와 폰초는 더더욱 깊이 맺어진 느낌이 있었다. 서로가 서로를 필요로 하는 느낌이었다.

그것이 폰초를 연모하는 코마인으로서는 분하면서도 답답했다.

"……세리나 씨는 폰초 씨의 요리를 무척 좋아하죠?"

"물론이에요."

"요리를 만드는 폰초 씨를 어떻게 생각하나요? 한 사람의 남성으로서."

"존경해요. 그런 요리를 먹을 수 있었다는 사실은, 제 인생에서도 최대의 행복이라고 해도 되겠죠. 그러니까 요리를 만들어 낸 폰초 님에게는 감사해요."

황홀한 표정으로 말하는 세리나. 코마인은 역시 희망이 있었다고 생각했다.

"그 존경이나 감사의 마음이 연애 감정으로 바뀐다든지, 그러지는 않나요?"

"연애 감정…… 말인가요."

그러자 세리나는 살짝 시선을 내렸다.

그 변화에 코마인은 '어라?'라고 생각했다. 평소에는 냉정하고 침착해서 안색이 바뀌는 일이 없는 세리나인데, 지금은 살짝 근심이 엿보인 것 같았으니까.

어찌된 일이냐며 코마인이 말을 기다렸더니…….

"그게…… 연애 감정이라는 걸, 저로서는 잘 모르겠어요."

세리나는 할 말을 찾듯이 그렇게 고백했다.

"……예?"

"저희 집안은 대대로 왕가를 모셨어요. 저도 어릴 적부터 왕가를 모시기에 걸맞은 인물이 되도록 교육을 받았죠. 제 충의도

성의도 왕가를 위한 것이라고 배웠어요. 그렇기에 왕가가 아닌 누군가를 생각해 본 적도 없었어요."

"…………."

코마인은 말을 잃고 말았다. 아무래도 세리나가 연애에 자각이 없는 것은 그녀의 가문이 맡은 역할에 대한 자부심과 메이드가 되기 위해서 받은 철저한 교육 때문이었나 보다.

아니, 아무리 왕가를 섬기는 것을 긍지로 여기는 가문이라고 해도, 주군을 향한 충의와 성의를 제외한 개인의 감정까지 희박해지는 것일까. 연애 감정조차도 금지되었다면 이 세상에 세리나가 태어나는 일도 없었을 터다.

하지만 책무에 충실한 세리나는 교육을 액면 그대로 받아들이고 만 듯했다.

왕가를 최우선으로 생각하고 그 밖의 사람에게 특별한 감정을 품을 필요 따윈 없다며 처음부터 잘라 버리고 살았을 것이다. 일이라면 무엇이든 솜씨 좋게 해 내는 세리나인데 자기 자신의 일에는 이 어찌나 서투른 것일까.

꽤 힘들겠다며 코마인은 어깨를 떨어뜨렸지만 동시에 이런 생각도 들었다.

'하지만 그런 세리나 씨도 폰초 씨의 요리에는 강한 흥미를 드러내고 있어요. 맛있는 걸 먹을 때는 평소의 철면피도 무너지는 느낌이니까, 한 번만 밀어 주면 자신의 마음을 깨닫지 않을까?'

그렇다면 필요한 것은 코마인 자신의 각오였다. 자물쇠가 몇 겹이나 채워진 마음을 열기 위해서는 다소 억지스러운 방법으로라도 비틀어 열 필요가 있다.

"……알겠어요. 저도 각오를 다질게요."

"네? 무슨 말씀을 하시는지 모르겠는데요?"

고개를 갸웃거리는 세리나를 상대로, 코마인은 일어서더니 그녀를 내려다보며 말했다.

"이렇게 됐다면 철저하게 하겠어요! 제가 '있고 싶다고 여긴 장소'에 다다르기 위해서는, 더 이상 수단 방법을 가릴 수 없으니까요."

"…………."

각오를 다지고 방에서 나가는 코마인을 세리나는 멍하니 바라봤다.

그로부터 며칠이 지난 어느 날.

폰초는 왕도에 있는 저택의 한 방에서 긴장감 어린 표정을 띠고 있었다.

바로 전날, 폰초에게 또 맞선 이야기가 들어와서 오늘은 그 상대와 만나게 되었기 때문이었다. 피크일 때보다는 줄었지만 말 그대로 독신 귀족인 폰초에게는 아직도 이렇게 맞선 이야기가 들어오고 있었다.

평소라면 세리나와 코마인이 폰초 뒤에 서서 맞선 상대에게 다른 뜻이 있는지 눈을 빛내고 있는데, 오늘은 코마인은 용무가 있다며 이 자리에 없었다.

그래서 오늘 폰초 뒤에 서 있는 사람은 세리나 하나였다.

맞선 예정 시각이 다가오자 폰초는 마음이 진정되지를 않아, 긴장을 풀려는 듯 뒤에 있는 세리나에게 말을 건넸다.

"오늘 맞선 상대는 대체 어떤 분이실까요, 예."

"네? 상대가 누구인지 들으신 게 아니었나요?"

"그래요, 예. 왕성 쪽으로 갑자기 들어온 안건이라 맞선 상대의 정보는 아직 전달이 안 되었어요. 왕성에서는 일단 만나 봤으면 한다고 그러는데……."

"그거…… 이상하네요."

맞선을 하는데 상대의 정보를 전혀 알려 주지 않는 경우가 있을까. 폰초와 인척 관계를 맺고 싶다면 사전 교섭이 중요할 터. 이름을 알리고 맞선 상대가 될 여성의 가문이나 용모나 기량을 선전, 폰초에게 조금이라도 좋은 인상을 주려고 하지 않을까.

세리나가 그런 생각을 하는데 폰초가 미안하다는 듯 머리를 숙였다.

"항상 죄송합니다, 세리나 님. 제 맞선에 어울려 주시고."

"……아뇨, 이것도 폐하께서 명령하신 역할이오니."

"그래도, 감사합니다, 예. 저도 이제 그만 혼담을 정리해야 하는 참이에요. 보좌해 주시는 세리나 님이나 코마인 님한테 미안하니."

"……그렇……군요."

힘주어 주먹을 쥐는 폰초를 보고 세리나는 살짝 짜증을 느꼈다.

하지만 자신이 무엇에 짜증이 났는지는 알 수 없었다.

폰초는 딱히 이상한 소리를 하지 않았을 터.

그런데…… 어째선지 가슴 부근이 술렁였다. 세리나가 자신의 가슴께를 꽉 붙잡은, 그때였다. 갑자기 누군가 방문을 노크했다.

"드, 들어오시지요, 예."

폰초가 이야기하자 "실례합니다."라는 말과 함께 문이 열리고 아름답게 치장한 여성이 들어왔다. 이 여성이 오늘의 맞선 상대이리라.

하지만 상대의 얼굴을 보고 폰초는 물론 세리나도 눈을 크게 떴다.

"코, 코마인 님?! 오늘은 용건이 있다고 그러지 않았던가요?!"

폰초가 놀라서 소리치자 코마인은 "예."하고 미소 지었다.

오늘 코마인은 평소보다 한껏 멋을 부린 모습이었다. 평소의 네이티브 아메리칸 같은 의상 위에 화사한 옷을 걸치고 머리에는 비취를 이은 장식을 얹었다. 아마도 그녀의 부족에서 입는 특별한 복장이리라. 옅지만 화장도 한 모양이었다.

그런 식으로 치장한 코마인의 모습을 보고 폰초는 간신히 생각이 미쳤다.

"호, 혹시 오늘 맞선 상태라는 건 코마인 님인가요?"

"예. 소마 폐하께 부탁을 드려서 이 자리를 마련했어요. 오늘은 잘 부탁드려요……!"

코마인이 그렇게 말한 다음 순간, 강렬한 위압감이 날아들었다.

폰초의 등 뒤에 선 세리나가 수많은 흑심이 있는 맞선 상대를 뿌리친 그 눈빛을 코마인에게 향하고 있었다. 마치 야생 늑대 같은 차가운 눈빛으로 쏘아 보면 어지간한 여성으로서는 힘이 빠져 버리겠지.

하지만 코마인은 이미 한 번 경험도 했고 또 온다는 사실도 알고 있었기에 마음의 준비도 되어 있었다.

'저는 지지 않아요. 세리나 님.'

코마인은 등줄기를 펴고서 그 눈빛을 똑바로 마주봤다.

딱히 위압으로 상대하는 것도 아니고 그저 세리나의 눈을 가만히 바라봤다. 자신의 마음에 꺼림칙한 구석은 없고 당신의 위압에 겁먹지도 않는다는 뜻을 표하기 위해서.

그렇게 계속 마주보자 세리나는 금세 위압감을 거두었다.

'코마인 씨라면 괜찮을까요.'

나쁜 생각을 품고 폰초에게 접근할 법한 인물이 아니라는 사실은 알고 있었으니까.

'코마인 씨의 성격은 잘 알고 있어요. 표리부동하지 않고, 밝고, 폰초 님을 순수하게 존경하고 있어요. 이분이라면 결혼하더라도 폰초 님이 불행해지지 않겠죠. ……그럴 터인데…….'

코마인을 맞선 상대로 인정하면서도 세리나의 가슴속에는 아직 답답한 감정이 소용돌이치고 있었다. 그 정체를 알 수가 없어 세리나가 고개를 갸웃거리는 사이, 코마인이 폰초와 맞은편 자리에 앉았다.

"저기…… 맞선 상대라는 건, 코마인 님은 저와…… 그게……

결혼해도 좋다는 이야긴가요? 예."

쭈뼛쭈뼛 폰초가 그렇게 묻자 코마인은 "예."라며 단호하게 말했다.

"저는 폰초 씨…… 폰초 님을 연모하고 있어요. 힘들었던 시기에 난민 여러분을 지탱해 주신 은혜도 있지만, 폰초 님의 온화한 인품이 좋아요. 물론 폰초 님이 만드는 수많은 요리도 정말 좋아해요."

코마인이 직설적으로 호의를 전하자 폰초는 얼굴을 붉게 물들였다.

체형을 보고 웃음을 산 적은 있어도 이런 순진한 호의를 맞닥뜨리는 것에 익숙하지 않은 폰초는 허둥댔다.

"그, 그게…… 저는 외모도 성격도 이런데, 그래도 괜찮을까요, 예. 아, 아뇨, 코마인 님이 부족하다는 건 아닙니다. 하지만 오라버니이신 지르코마 님은 저와는 전혀 다른 용맹하고 억센 무인이시죠? 코마인 님 같은 사랑스러운 분이시라면 저보다도 뛰어난 기량, 뛰어난 무용을 가진 상대를 찾을 수 있지는 않을까 생각하는데요, 예."

"……그렇군요. 옛날에는 저도 오빠 같은 강하고 멋있는 사람에게 시집을 가면 좋겠다고 생각했어요."

코마인은 그런 다음에 쿡쿡 웃었다.

"하지만 그런 제가 좋아하게 된 사람은 폰초 님이었어요. 사람의 마음이라는 것은 뜻대로 되지 않네요. 좋아한다고 생각했던 타입과는 정반대일 터인데, 그런 폰초 님을 좋아하게 되어 버렸으니까요."

"코마인 님…… 감사합니다, 예."

수줍은 듯 웃는 코마인을 보고 폰초도 수줍어하며 감사인사를 했다.

코마인과는 난민 마을에 식량을 지원할 때 만나서, 베네티노바에서 지방관으로 일하던 때에도 난민 지원 활동으로 협력을 받았다. 그리고 코마인이 폰초를 모시게 된 뒤로는 음으로 양으로 폰초를 도와주었다.

그래서 폰초도 코마인의 좋은 성격은 알고 있었다. 자신에게는 아까운 아가씨라고는 생각하지만, 시집을 와 준다면 이보다 더 고마운 일은 없었다.

폰초는 등 뒤에 있는 보좌 역할의 세리나를 돌아보고 물었다.

"어떻게 생각하세요? 세리나 님."

"……그렇군요."

그러자 세리나는 잠시 생각에 잠기더니 코마인을 바라보며 말했다.

"코마인 님이라면 확실히 표리부동하지 않고 폰초 님을 잘 도와주겠죠. 하지만 폰초 님은 이 나라의 대신이자, 신흥이기는 하지만 귀족 신분이에요. 유력한 후원자가 없는 코마인 님으로서는 그 점이 불안할 수도 있겠다고 생각하는데, 어떻게 생각하시는지요?"

세리나의 이야기는 정론이었다.

이제까지 돌려보낸 맞선 상대들도 귀족이나 기사, 유력한 상인 등의 가문이었다. 설령 아무런 후원자도 없는 코마인이 아내가 된다고 해도, 그런 가문을 가진 여성들의 간섭을 막는 것은 기대할 수 없으리라.

하지만 코마인은 세리나의 눈을 똑바로 보고 대답했다.

"혹시 제가 폰초 님의 첫째 부인이 된다면, 소마 폐하께서 걸맞은 가문의 양녀가 되도록 배려해 주신다고 해요. 공신인 폰초 님이 언제까지고 독신인 건 왕국 입장에서도 우려할 일이라나 봐요."

"며, 면목 없습니다……. 예……."

폰초가 미안하다는 듯 머리를 숙였지만, 혼담이 정리되지 않았던 것은 세리나와 코마인이 위압감을 드러냈기 때문이기도 했다.

그러자 세리나는 코마인를 떠보듯 물었다.

"확실히 그렇다면 가문은 문제없겠죠. 하지만 그렇게 되면 당신의 어깨에는 귀족의 첫째 부인으로서의 책무가 걸리게 돼요. 견딜 수 있을까요?"

"그러네요. 저도 사실은 폰초 님께서는 '누군가 확실한 분'을 첫째 부인으로 맞이하시고 저는 둘째 부인으로서 곁에 있을 수 있다면 좋겠다고 생각했어요."

"……그렇, 습니까?"

"예. 하지만 그런 분이 전혀 나타나지 않네요. 이대로 기다리다가는 언제 제 차례가 될지 알 수 없어요. 그렇다면 차라리 저 자신이 그렇게 될 수 있도록 노력하자고 생각했어요."

"…………."

똑바로 결의를 이야기하는 코마인의 말에 세리나는 아무런 말도 할 수 없었다.

틀림없이 코마인이 앞으로 걸어갈 길은 고생도 많으리라. 그 사실을 알고서도 코마인은 그 길을 걷기로 결의한 것이었다. 폰초와 함께 서로를 도우며.

그 각오에 꼬투리를 잡는다니…… 그럴 수는 없었다.

세리나는 눈을 감고 한 걸음 물러났다.

그것은 코마인을 폰초에게 걸맞은 인물이라고 인정한 증거였다. 폰초는 여기는 어디까지나 맞선 장소이기에 즉답은 피했지만 긍정적으로 생각해 보리라 약속했다.

머지않아 두 사람은 약혼하게 될 것이다.

"이렇게 말하는 건 그렇지만, 간신히 어깨의 짐을 내려놓은 기분이 듭니다, 예."

"후훗. 잔뜩 맞선을 보았으니까요. 조금 야윈 건 아닌가요?"

"그런가요? 배 둘레는 별로 변하지 않았는데요, 예."

"둥그런 모습이야말로 폰초 씨니까요."

미소로 이야기하는 두 사람의 모습을 가까이서 바라보며, 세리나는 세계를 흘러가는 시간에서 홀로 남겨진 것 같은 느낌이었다.

"후우……."

그날로부터 며칠이 지났다.

"……저기, 메이드장님?"

파르남 성의 한 방에서 세리나가 오늘 몇 번째인지 모를 한숨을 내쉬었을 때, 보다 못 한 카를라가 주저하는 기색으로 말을 건넸다.

"무슨 일 있었나요? 어쩐지 오늘은 한숨이 많으신 것 같은데."

"……실례했습니다. 조금 생각할 게 있어서."

세리나는 순순히 사죄하더니 메이드로서 방 청소 작업을 재개했지만 여전히 표정은 가라앉아 있었다.

'정말로…… 무슨 일일까요…….'

코마인의 고백을 들었을 때부터 가슴에는 무언가 답답한 감정이 소용돌이치고 있었다.

폰초는 좋은 동료이고 코마인 역시도 좋은 소녀였다. 그런 두 사람의 약혼은 기뻐해야 할 일인데, 어째서 자신은 두 사람을 솔직하게 축복할 수 없는 것일까.

'두 사람이 약혼해 버린다면 쓸쓸하겠다, 그런 생각이라도 드는 걸까요……. 무슨 말도 안 되는. 어린애도 아니고, 소외감을 품을 일은 없을 터…… 그럼 어째서…….'

세리나는 작업을 멈추지는 않았지만 사고는 계속 공회전, 또다시 한숨으로 변하여 새어나왔다. 평소에는 감정을 쉽게 읽을 수 없는 쿨하고 진지한 표정이 기본인 세리나인 만큼, 근심에 찬 얼굴을 본 카를라는 정말로 걱정이 되었다.

"저기, 혹시 어디 안 좋으신가요? 몸 상태가 좋지 않은 것 같다면 뒷일은 저희에게 맡기고, 오늘은 이만 쉬는 편이 낫지 않을까요?"

"딱히 그런 건 아니지만…… 일에 실수가 있었나요?"

"아뇨, 제대로 하셨는데요? 오히려 근심에 찬 얼굴인데도 손은 제대로 움직이고 있다는 게 도리어 꺼림칙해서…… 아니, 실례했습니다!"

자신의 실언을 깨달은 카를라는 황급히 경례하며 사죄했다. 카를라가 허둥대는 그 모습을 보고 세리나는 고개를 절레절레, 한숨을 내쉬었다.

"저도 상태가 좋지 않을 때 정도는 있어요."

"저기…… 그렇다면 정말로 쉬시는 게 어떠실까요?"

카를라의 그런 제안에 세리나는 조용히 고개를 가로저었다.

"그럴 수 있다면 좋겠지만…… 제 경우, 그러면 오히려 마음이 쉴 수가 없어요."

"마음, 인가요? 몸이 아니라?"

"예. 뭐라고 할까요……. 자신이 할 수 있는 일을 하지 않고 남에게 떠넘겨 버리는 게 싫어요. 메이드는 타인을 돌보는 것이 그 역할이고, 타인이 자신을 돌보게 만드는 것은 그 역할에 반하는 것 같은 기분이 드니까요."

"예에…… 뭐라고 할까, 역시 대단하시네요, 메이드장님. 메이드의 귀감이라는 느낌이에요."

메이드의 귀감. 카를라는 그렇게 평가했지만 세리나는 과연 그럴까 싶어서 고개를 갸웃거렸다.

　타인의 신세를 지고 싶지 않다는 것은 메이드로서의 의식보다
도 세리나 개인의 의식에서 비롯된 느낌이었다. 세리나는 타인
의 힘에 의지하는 것이 싫었다. 타인의 힘을 빌리는 것으로 그 상
대가 자신을 얕잡아 보는 것이 싫다는 의식이 작동해 버리니까.

　'결국은…… 서투르다는 거겠죠.'

　순순히 타인의 힘에 의지할 수 있다면 세상을 살아가기는 편
하리라.

　실제로 이 나라의 국왕인 소마는 자신이 할 수 없는 일을 순순
히 인정하고 그것이 가능한 인재를 등용해, 믿고 맡기는 것으로
나라를 제대로 움직이고 있었다.

　하지만 세리나는 어설프게 뭐든 해 내는 탓에 이제껏 타인에
게 의지하지 않았던 것이다. 그렇다고 이제 와서 이런 삶의 방
식을 바꿀 수도 없었다.

　'더 제대로 다른 사람에게 의지할 수 있는 성격이었다면……
가슴속의 이 답답한 심정을 누군가에게 상담할 수도 있었을 텐
데……'

　세리나가 그런 생각을 하던, 그때였다.

　"어라? 하지만 메이드장님한테는 자주 폰초 님이 요리를 해
주시잖아요? 보좌를 하는 보답으로 몇 번이나 대접을 받으셨다
고 들었는데."

　카를라가 갑자기 그런 이야기를 꺼냈다.

　"예, 그게 어쨌다는 거죠?"

"아니 그게, 자신이 할 수 있는 일을 남에게 시키는 게 싫다면, 폰초 님한테 요리를 시키는 것도 사실은 싫으셨나…… 싶어서요."

별일 아니라는 느낌으로 꺼낸 카를라의 말에 세리나의 가슴이 술렁였다.

"그런 건…… 폰초 님이 만든 요리는 독창적이라 저로서는 떠올릴 수 없는 것들뿐이었어요. 그건 제가 할 수 있는 일이 아니라고요?"

"어— 아뇨, 처음 한 번은 그럴지도 모르겠지만, 메이드장님은 남들 이상으로 요리를 잘하시잖아요? 폰초 님이 주인님과 함께 만든 요리는 새로운 것들뿐이지만 만드는 방법 자체는 심플해요. 레시피만 적어 달라고 하면 굳이 폰초 님이 만들어 줄 필요도 없이, 메이드장님이라면 스스로 만들 수 있으신 게 아닌가요?"

"윽?!"

카를라의 지적에 세리나는 눈을 크게 떴다.

들고 보니 그랬다.

폰초의 요리는 기발하지만 어느 것이든 간단하고 저렴한 것뿐이라서, 레시피만 배우면 당연히 세리나도 만들 수 있었다. 그런데도 세리나는 항상 자신이 만들려고 하지 않고 매번 폰초가 만든 요리에 황홀한 표정으로 입맛을 다셨다.

자신이 할 수 있는 일을 하지 않고 타인에게 시키는 것이 싫다면서 세리나는 폰초에게 요리를 시키고 있었다. 세리나는 확실히 폰초를 돌보고 있었지만, 세리나 자신도 폰초의 대접을 받고 있던 것이다.

그리고 세리나는 그것을 싫다고 느낀 적이 '한 번도 없었다'.

그 사실을 깨달은 세리나는 아연실색했다.

'저는…… 폰초 님을 의지하고 말았군요. 그리고 그 사실을 깨닫지 못했던 건, 그게 자연스럽다고 생각했기에…….'

자신에게 폰초가 얼마나 특별했는지, 그녀는 이때 처음으로 깨달았다.

"……날씨가 맑지 않네요."

그날 오후. 세리나가 올려다본 하늘은 잔뜩 흐렸다.

메이드장으로서 매번 체크하는 [나덴의 주간 날씨 예보]에 따르면, 오늘은 지금부터 진눈깨비가 내리고 밤에는 눈으로 변한다고 한다. 보는 것만으로도 기분이 무거워지는 하늘 아래, 세리나는 파르남 성의 성문을 나와 성 아랫마을로 걸어갔다.

오늘은 이제부터 폰초를 보좌할 예정이었기에 그의 저택으로 가려는 것이었다. 폰초를 보좌하는 것도 어엿한 일이기에 평소라면 허가를 받아 마차를 이용했을 테지만…… 오늘은 걸어가고 싶은 기분이었다.

클래식한 메이드 옷 위로 코트를 입고 싸늘한 거리를 걸었다.

미인인 세리나가 거리를 홀로 걸으면 자연스럽게 스쳐 가는 남자의 시선을 끌고 만다.

그리고 그런 남자이 여자와 함께 있다면, 질투한 여자에게 귀를 잡히거나 뺨을 꼬집히거나 했다. 남자 입장에서는 무척 죄가 많은 여자였다.

거리의 풍경을 바라보며 세리나는 한숨을 내쉬었다. 평소라면 아무런 생각도 들지 않을 풍경일 터인데, 오늘은 어쩐지 지독히 애달프게 느끼고 말았다.

'폰초 님도 슬슬 코마인 씨에게 답변을 하시겠죠. 두 사람이 약혼하고, 이윽고 부부가 되었을 때…… 그곳에 제가 있을 장소는 없어요…….'

세리나는 전에 진저의 비서 겸 메이드인 산드리아가 한 말을 떠올렸다. 산드리아는 폰초와 이야기를 나누는 진저를 가리키며 이렇게 말했다.

[그럼 진저 님이 여자였다면 어떨까요? 폰초 님과 지금 즐겁게 이야기를 나누는 게 여자였다면, 그래도 당신은 애가 타지 않을까요?]

'그때 나는 뭐라고 그랬더라…….'

확실히 폰초가 그 여자에게만 요리를 대접하고 더는 함께 식사할 수 없다고 하면 싫다…… 그런 소리를 했을 터. 이대로 가면 폰초와 함께 식사를 할 상대는 코마인이 될 것이다.

그것을 싫다고 느껴도 될까?

그것을 싫다고 말할 권리가 세리나에게 있을까?

'마치 유리창 너머의 풍경 같군요…….'

마침 멈춰 있던 마차의 유리창을 보고 세리나는 그렇게 생각했다.

또렷하게 보이는데도 자신과는 격리된 장소에 있고, 그 너머에 있는 것을 부럽게 생각해도 결코 손에 넣을 수가 없다. 마차 창문에 비친 자신의 얼굴이 세리나는 마치 울음을 터뜨리기 직전인 어린아이처럼 보였다.

 "……내리기 시작해 버렸나요."

 하늘에서 진눈깨비가 흩날리기 시작했다.

 피부나 옷에 닿은 순간에 물로 바뀌어 버리는 질척한 눈.

 세리나는 한동안 멍하니 하늘을 올려다봤지만 이대로는 감기에 걸리고 만다. 내리기 전에는 폰초의 저택에 도착할 생각이었기에 대책을 전혀 준비하지 않았다. 다행히도 여기서 폰초의 저택은 그다지 멀지 않았다.

 ·세리나는 진눈깨비를 맞으며 총총히 걸어 폰초의 저택에 다다랐다.

 노크로 방문을 알리자 코마인이 나와서는 눈을 크게 떴다.

 "아앗, 어떻게 된 건가요, 세리나 씨?! 흠뻑 젖었잖아요!"

 "……조금 맞고 말아서."

 "조금 정도가 아닌데…… 어째서 마차로 오지 않았나요?"

 코마인이 허둥지둥하며 흠뻑 젖은 세리나를 맞이하는 사이, 저택 안쪽에서 쿵쾅쿵쾅 중량감 있는 발소리가 들렸다. 물론 저택의 주인인 폰초였다.

 그의 손에는 커다란 목욕 수건이 들려 있었다.

 폰초는 세리나 곁으로 달려오더니 수건을 그녀의 머리에 덥석 씌웠다.

"코, 코마인 님의 목소리가 들려서 수건을 가져왔어요. 빨리 안 닦으면 감기에 걸린다고요! 코마인 님, 따듯한 물을 가져다 주세요, 예."

"아, 알겠어요!"

황급히 달려가는 코마인을 지켜보다가, 폰초는 세리나의 머리카락을 북북 수건으로 닦았다. 결코 정중한 손놀림은 아니었지만 세리나는 그가 하는 대로 두었다. 고개를 숙이고 있던 세리나는 조용히 눈을 감으며 생각했다.

'아아…… 역시 싫지 않네요…….'

자신의 젖은 머리카락을 수건으로 거칠게 닦고 있다, 그리고…… 타인이 자신을 돌보고 있다. 그런데도 전혀 혐오감을 느끼지 않았다.

'이제는…… 얼버무릴 수 없겠네요. 제게 '이 사람'은 특별해요.'

세리나는 마침내 자신의 연정을 인정했다.

세리나는 수건 위에 놓인 폰초의 왼손에 살며시 자신의 오른손을 겹치더니, 그 손을 붙잡고 자신의 뺨에 댔다. 커다란 손은 따듯해서 안심을 느꼈다.

"세, 세리나 님?! 왜, 왜 그러시나요, 예?!"

갑작스러운 세리나의 행동에 폰초는 평소에는 가느다란 눈을 크게 떴다.

"왜 그러기는요…… 저는 하고 싶은 일을 하는 것뿐이에요."

고개를 든 세리나는 평소의 다부진 진지한 표정을 띠고 있었다. 다만 입가는 아주 살짝 올라간 것처럼 보였다.

"폰초 님, 오른손이 놀고 있어요. 제 머리카락을 닦아 주시는 거죠?"

"아, 예…… 하지만, 오른손만으로는 닦기 힘든데요……."

"그 정도는 참아 주세요. 당신은 저를 돌볼 수 있는 특별한 사람이니까요."

"무, 무슨 소리를 하시는지 모르겠는데요?! 아니, 세리나 님, 어째서 오늘은 제 뺨을 만지는 건가요?!"

이번에는 세리나의 왼손이 폰초의 뺨에 닿았다. 결과적으로 서로의 뺨을 만지는 상태가 되었다. 폰초는 영문을 몰라 눈을 희번덕거렸다.

"뭐, 뭔가요?! 실없이 놀리시는 건가요, 예?!"

"예. 놀리고 있기는 해요. 하지만 실없이 그러는 건 아니에요. 이래봬도 저 나름대로, 당신을 향한 연모의 심정을 표현하는 거니까요."

"여, 연모인가요…… 아니, 예에?!"

놀란 폰초를 보고 세리나는 한 걸음 물러나더니 마치 사교계에서 춤을 한 곡 함께 부탁하듯 긴 치맛자락을 들어 올리고 머리를 숙였다.

"폰초 님. 제게 당신은 특별한 사람이에요. 그러니까 저를 제쳐 놓고, 제가 아닌 누군가와 식탁에 함께하는 건 용서할 수 없어요. 설령 그것이 가족일지라도. 가족만 식탁을 함께하게 된다면, 저도 당신의 가족으로 삼아 주세요."

"어…… 그건 무슨……."

"간단한 이야기예요. 코마인 씨를 아내로 삼는다면, 저도 같이 아내로 삼아 주세요."

"……. (뻐끔뻐끔)"

폰초는 너무나도 놀라서 말을 잃고 물고기처럼 입을 뻐끔거릴 뿐이었다.

너무나도 미인이라 절벽 위에 핀 꽃이라고 생각하던 세리나가, 조금 이상하게 에두른 표현이지만 사랑을 고백하자 머리가 새하얗게 되어 버린 것이었다.

마침 그때, 양동이 가득 따뜻한 물을 든 코마인이 돌아왔다.

"……저기…… 제가 물을 데우러 간 사이에 무슨 일이 있었던 건가요?"

"지금 막 폰초 님에게 아내로 삼아 달라는 뜻을 전한 참이에요."

태연하게 말하는 세리나를 보고 코마인은 눈을 크게 떴다.

"그럼…… 세리나 님은 깨달았나요? 자신의 마음을요."

"예. 스스로의 생각을 마주하는 데 조금 시간이 걸리고 말았지만요."

"아하하…… 너무 걸렸다고요."

코마인은 쓴웃음을 지으며 양동이를 내려놓았다.

"하지만 다행이네요. 세리나 씨가 와 준다면, 저는 더 이상 귀족 집안에 양자로 들어갈 필요가 없어요. 저는 둘째 부인이면 충분해요."

"······코마인 씨는 정말 그걸로 충분한가요?"

"필요하다면 열심히 하겠다고 그랬지만 제게는 역시 귀족의 부인답게 행동하는 건 너무 어려워요. 세리나 씨가 첫째 부인으로 바깥일을 해 준다면, 저는 집안일에 전념할 수 있으니까요."

그러면서 온화하게 웃는 코마인의 얼굴을 보고 세리나도 가볍게 미소 지었다.

코마인과 함께라면 잘해 나갈 수 있으리라. 그런 생각이 들었기 때문이었다.

"아니, 폰초 씨?! 눈을 까뒤집고 있는데 괜찮으세요?!"

코마인은 폰초를 현실로 되돌려 놓고자 흔들며 불렀다. 그 모습을 보고 있었을 때, 갑자기 세리나는 전에 코마인이 했던 이야기를 떠올렸다.

"······그런데, 코마인 씨? 그때 이야기했던 '코마인 씨가 있고 싶다고 여긴 장소'란 뭐였나요?"

아마도 폰초와의 맞선을 결의했을 그날, 코마인은 '자신이 있고 싶다고 여긴 장소에 다다르기 위해서'라고 이야기했다. 세리나가 그때 이야기를 묻자 코마인은 "그야 뻔하죠." 하고 말하더니 쿡쿡 웃으며 말했다.

"폰초 씨랑 세리나 씨랑, 가족이 되어서 함께 앉은 식탁이에요."

훗날, 폰초와 세리나와 코마인의 약혼이 대대적으로 발표되자 폰초와 결혼해 부귀영화를 누리려던 여자들이 크게 낙담하게 되었다나. 반대로 소마를 비롯하여 폰초를 걱정하던 왕국 상층부 사람들은 안도하며 가슴을 쓸어내렸다.

"어떻게든 정리가 되어야 할 참에 정리해 준 느낌이네."

"예. 세리나 님과 코마인 님이 붙어 있으면 온화하지만 유약한 폰초 님에게 들러붙으려는 자들로부터 지켜 주겠지요."

하쿠야의 말에 소마는 크게 고개를 끄덕였다.

"앞으로도 활약해 주어야 하는 인재니까 말이야. 왕국의 발전을 위해서도 나 개인으로서도, 폰초는 행복한 가정을 꾸리고 안정이 되었으면 하거든."

그러니까 부디 행복하길 바란다고, 소마는 생각했다.

"다~우~."

"아아이 ♪"

작은 입에서 나오는 귀여운 목소리.

"이것 참~…… 정말로 귀엽구나."

"귀엽네요."

나와 카를라는 아기 침대 안에서 움직이는 갓난아기들을 포근한 표정으로 바라보고 있었다.

시안도 카즈하도 대략 생후 4개월이 되기도 해서 목도 제대로 가누고 엎드려서 놀 수 있게 되기도 했다. 쌍둥이기도 해서 얼굴만으로는 누가 누구인지 알 수 없지만 성격이라는 측면에서는 점점 달라지는 것 같았다.

시안은 멍하니 있을 때가 많고 그다지 울지 않았다.

얌전해서 손이 많이 가지 않는 아이지만, 처음에는 자주 '굳어' 있었다. 정확하게는 아무래도 낯을 가리는 모양이라, 모르는 사람의 얼굴이 가까이 있으면 시선을 피하고 표정이 굳는 것이었다. 그쪽으로 돌아가서 들여다보려고 해도 다시 시선을 홱 피해 버렸다.

눈을 뜨고 한동안은 나를 상대로도 다른 왕비 후보들을 상대로도 고개를 피했다.

지금은 더 이상 그런 일은 없지만 처음부터 미소를 보여 주던 것은 리시아와 엘리샤 님, 그리고 카를라 정도였을까. 부모로서는 조금 섭섭했다.

반면에 카즈하는 잘 웃고 잘 우는 건강한 아이였다.

누가 안아도 싫어하지 않고, 누가 돌보려고 하든 상관없이 운다. 몸을 뒤집을 무렵부터 팔다리를 바동바동 움직이며 차분히 있지를 못했다.

너무 잘 움직이다 보니 옆에서 자는 시안도 찰딱찰딱 때리는 통에 시안의 편안한 수면을 위해서라도 조금 떨어뜨려 두어야 하느냐고 생각했지만, 다른 침대로 옮기려고 했더니 마구 울음을 터뜨렸다. 쌍둥이라서 그런지 카즈하에게는 자신의 절반인 시안 옆에서 가장 편안하게 잠들 수 있나 보다.

아직 가끔씩 시안을 찰딱찰딱 때리기는 하지만. 힘내라, 오빠.

그런 쌍둥이들을 보며 나는 절절하게 중얼거렸다.

"정말로…… 우리 아이들은 어째서 이렇게나 귀여울까."

"……주인님, 아이들을 너무 예뻐하시네요. 같은 소리를 대체 몇 번이나 하시나요."

카를라가 어이없다는 듯이 말했지만 귀여운 건 귀여운 거니까 어쩔 수 없다.

아, 또 카즈하가 손을 찰딱찰딱 때리고 싱긋 웃었다.

시안은 그런 카즈하를 빤히 쳐다보다가 균형을 잃었는지 풀썩 쓰러졌다.

……아, 정말이지. 어째서 이렇게나 귀여울까, 이 아이들은.

이런 광경이라면 평생 지켜볼 수도 있을 것 같다.

"행복하신 모양이라 죄송한데요, 주인님. 이런 곳에서 농땡이를 부려도 괜찮을까요? 오늘은 여러분께 중요한 날이잖아요?"

카를라의 그 말에 현실로 돌아온 나는 후우, 한숨을 내쉬었다.

"……뭐, 그러네. 역시 여자가 채비에 시간이 더 걸리는 모양이라, 이미 진즉에 준비를 시작했어. 나도 슬슬 마중을 오겠지."

그런 말을 꺼낸 참에 똑똑똑, 문을 두드리는 소리가 울렸다.

간단한 인사와 함께 들어온 것은 재상 하쿠야였다.

"폐하. 슬슬 준비를 시작해 주십시오."

"……알았어."

나는 고개를 절레절레 내저으며 어깨를 으쓱이고는 카를라의 어깨를 툭 쳤다.

"그럼, 카를라. 잠시 시안과 카즈하를 부탁할게."

"예. 맡겨 주십시오."

"아우 ♪"

카를라가 경례하자 카즈하가 흉내를 내듯 벌렁 드러누운 상태로 만세했다.

자기 나름대로 대답한 걸까.

한편 시안은 '어디 가는 거야~?'라고 그러듯 어리둥절한 표정이었다.

이런 중요한 날까지 마이페이스라니 거물의 느낌이 드는구나…… 아니, 언제까지고 애들한테 정신이 팔려 있을 수야 없다. 나는 마음을 다잡듯이 내 뺨을 때리고, 하쿠야를 따라서 아이들이 있는 방을 뒤로했다.

◇ ◇ ◇

──대륙력 1548년 4월 1일

오늘. 쾌청하게 맑은 하늘 아래, 나의 프리도니아 국왕 대관식 및 나와 약혼자들의 혼례 의식이 거행된다.

잠정 국왕이라느니 국왕 대리라느니 그러던 내가 정식 국왕으로 즉위하고 왕비들의 남편이 되는 것이다. 신부들도 오늘부터는 약혼자가 아니라 각자 정실, 측실이라는 지위가 된다. 이미 가족이나 마찬가지였기에 새삼스럽다는 느낌도 조금 있지만.

그런 우리에게는 일생일대의 잔칫날인 이날은, 국민들에게도 평생에 한 번 있을지 모를 축제 이벤트였다. 대관식과 혼례 의식을 보겠다며 오늘 왕도 파르남에는 전례가 없을 정도의 사람들이 모여들었다고 한다.

사람이 모이면 장사도 활기를 띠어, 노점이나 거리 예술가들도 나와서 크게 성황이었다.

그렇게 축제 분위기인 사람들 가운데 디스네 모험가 파티의 모습도 있었다.

"헤에~. 그냥 축제 따위랑은 비교도 안 될 만큼 성황이네."

"그야 그렇겠죠. 새로운 국왕의 정식 즉위와 혼례 정도 되면 나라 전체가 축하할 일이니까요. 왕도라면 이렇게나 성황인 것도 당연해요."

감탄의 한숨을 흘리는 전사 디스에게 신관 페브랄이 그렇게 설명했다. 그러자 격투가 오거스가 근처 노점에서 산 포도주를 들이키며 껄껄 웃었다.

"자잘한 건 상관없잖아. 우리는 여러 나라를 돌아다니는 모험가. 나라의 경사보다도 그곳에 맛있는 음식, 맛있는 술이 있는지가 중요하잖아."

"확실히 이 나라의 요리는 맛있는걸. 치안도 좋으니까 완전히 눌러앉아 버렸어."

서글서글한 미인인 마도사 줄리아도 그렇게 말했기에 페브랄은 어깨를 으쓱였다. 그러자 오거스는 손에 고기 꼬치를 들고서 앞을 걸어가는 도둑 유노에게 말을 건넸다.

"저기, 유노. 너도 그렇게 생각하지?"

"응? 나?"

그러자 유노는 허리에 손을 대고서 빈약한 가슴을 폈다.

"나는 제대로, 임금님의 즉위와 혼례를 축하하려는데."

"허어? 어째서?"

"어째서기는…… 딱히 상관없잖아. 내가 누구를 축하하든."

유노는 고개를 홱 돌렸다. 동료들은 무사시 도련님 형씨를 조종하는 사람이 이 나라의 임금님이라는 사실을 모른다. 그리고 유노가 그 임금님이나 왕비가 될 사람들과 이따금 만나서 심야에 같이 차를 마신다는 사실도 몰랐다.

'형씨도 북쪽에서 몬스터 퇴치가 끝나자마자 바로 대관식이라니, 바쁘구나.'

어리둥절한 동료들을 제쳐놓고, 유노는 푸른 하늘을 향해 꼬치를 내질렀다.

'축하해, 형씨…… 아니, 임금님! 나중에 또 놀러 갈 테니까, 결혼했다고 매정하게 대하지는 마!'

유노가 그런 생각을 하는 사이, 축포 소리가 울려 퍼지고 새들이 날아올랐다.

"정말 떠들썩한 모양이네."

파르남 성의 높은 곳에 있는 방 창문으로 성 아래쪽을 보니 이렇게나 떨어져 있는데도 사람들로 북적이는 것을 알 수 있었다.

이날을 맞이하기 위해서 최근 며칠은 정말로 바빴다. 특히 식장 설치나 경비를 위한 인원 확보가 큰일이었다.

그것도 전부 로로아가 발안한 '왕도 전체에서 결혼식을 올리자' 라는 기획 탓에, 평소라면 활용할 수 있는 주요 가신들도 결혼식 준비 때문에 쓸 수 없었으니까.

오늘 우리와 같은 날에 결혼하는 주요 멤버는 근위기사단장 루드윈과 오버 사이언티스트 지냐, 드라드루퍼 대장 할버트와 참모 카에데와 레드 드래곤 루비, [진저의 전문학교] 교장인 진저와 메이드 겸 비서인 산드리아, 마지막으로 농림대신 폰초와 메이드장 세리나, 전 난민단 부리더인 코마인까지 이 나라를 대표하는 이들이었다.

특히 금군 대장으로 왕도의 경비를 맡고 있던 루드윈과 성 안의 메이드들을 통솔하던 세리나가 빠진 구멍이 컸다.

결혼식 당일의 명령 계통을 확립하는 것만으로도 상당한 수고가 들고 말았다.

일단 국방군 총대장 엑셀이나 노장 오엔 또는 헬먼 같은 노련한 이들이 신뢰할 수 있는 인재를 파견해 줬고, 여성들에게 인기가 높은데도 독신을 관철하고 있는 재상 하쿠야가 책임을 지고 관리하여 어떻게든 개최의 전망은 섰지만, 그것은 이미 야단법석이었다.

큰 이벤트 두 가지를 동시에 개최하니까 쓸데없는 지출을 줄일 수 있을 거라며 가벼운 생각으로 동시 개최를 진행했는데, 앞으로는 조금 더 신중하게 판단해야겠구나.

"자, 그럼……."

메이드들의 도움을 받아서 의상을 갈아입은 나는 거울 앞에 섰다.

"하하하…… 오늘은 엄청 하얗네."

거울에 비친 내 모습을 보고 무심코 중얼거렸다.

옷 디자인 그 자체는 금색 자수 등이 화려하고 제비꼬리가 붙은 것 말고는 평소에 입는 시커먼 군복과 큰 차이가 없는 느낌의 의상이지만, 전체적으로 새하얀 색이다.

의식 중에는 이 위에 선대 국왕 알베르토 님이 입던 것 같은 망토를 걸치게 된다. 자못 고귀해 보이는 스스로의 옷차림을 보고 살짝 뺨이 굳어졌다.

　"하하하…… 이렇게까지 하얗다면 속이 시커먼 것도 얼버무릴 수 있겠어."

　내가 그렇게 중얼거린 참에,

　"그렇지 않아요. 무척 잘 어울려요. 오라버니."

　"그래? 완전히 의상에 묻힌 것처럼 보인다고?"

　……그야말로 정반대의 의견이 들렸다.

　"의상 쪽이 너무 강한 느낌이야. 입은 사람의 존재감을 죽이네."

　"으으, 그렇지 않은걸! 오라버니는 제대로 소화하고 계셔."

　"후우가 오라버니였다면 좀 더 늠름했을 거야."

　긍정적인 의견은 토모에, 부정적인 의견은 유리가였다. 방에는 그 밖에 이치하 군도 있어서 말다툼을 시작한 둘을 달래고 있었다.

　"자 자, 오늘처럼 경사스러운 날에 싸우면 안 돼요."

　""흥이다!""

　토모에와 유리가는 고개를 홱 돌렸다.

　이것 참. 꼬맹이 3인조는 이런 날에도 평소처럼 기운이 넘치는구나.

　다만 오늘은 셋 다 기합이 들어간 옷차림이었다.

　토모에는 내 여동생으로서, 유리가와 이치하는 각자 말름키탄과 치마 공국에서 온 손님으로서 식전에 출석하게 되었으니까.

특히 유리가와 이치하는 대관식 때 일국의 사자 자격으로 후우가와 치마 공을 대신하여 축사를 하게 되었다.

"으으…… 수많은 사람들 앞에서 축사를 하는 거네요. 어쩐지 긴장돼요."

최연소인 이치하가 그때의 모습을 생각했는지 살짝 떨고 있었다. 그러사 토모에는 이치하의 손을 붙잡더니 손바닥에 한자로 '사람 인(人)' 자를 썼다.

"괜찮아, 이치하? 그럴 때는 손바닥에 '사람 인' 자를 쓰고 그걸 삼키는 시늉을 하면 된다고 전에 오라버니께서 그랬다고?"

"'사람 인'? 이 글자가 사람이라는 뜻인가요?"

"오라버니네 세계에서는 그렇대."

토모에가 그렇게 설명하자 옆에서 듣고 있던 유리가가 미간을 찌푸렸다.

"그건 인류라는 의미에서의 '사람'? 아니면 인간족이라는 의미의 '사람'? 나 같은 천인족(天人族)도 '사람'이라 쓰고 삼키는 거야?"

꼼꼼하네. 가볍게 부담을 덜어 주는 주술이니까 그렇게까지 깊이 생각할 일도 아닌 것 같은데. 그러자 토모에가 가볍게 배시시 웃으며 말했다.

"어라? 혹시 유리가도 긴장한 거야?"

"뭐어?!"

유리가는 얼굴을 물들이고 토모에의 뺨을 꾹꾹 잡아당겼다.

"그러니까, 너는 꼬맹이 주제에 왜 그렇게 건방진 거야!"

"하흥흘 핸하흔 헌 형혹히헛후하? (짜증을 내는 걸 보니 정곡이었구나?)"

"시끄러 시끄러!"

"흐한해, 흘허한하호. (그만해, 늘어난다고.)"

"저기, 유리가 양도 이제 그만 놔 주세요. 토모에 양도 유리가양을 너무 놀리면 안 된다니까요."

아웅다웅하는 꼬맹이들. 정말로 떠들썩하네. 그보다도 유리가네 일족은 천인족이라고 하는구나. 어쩌다 보니 이제까지 물어 볼 기회가 없었기에 깜짝 놀랐다.

그때 누군가 방문을 두드리고, 들어온 메이드가 인사를 하며말했다.

"폐하, 신부님들의 준비가 되었으니 와 주시길."

……벌써 시간이 되었나. 나는 꼬맹이 3인조에게 말했다.

"그럼 다들, 대관식에서는 잘 부탁할게."

"예, 오라버니!"

"맡겨 둬. 확실하게 해 낼게."

"최, 최선을 다할게요."

꼬맹이 3인조의 대답을 듣고, 신부들이 있는 곳으로 향했다.

신부들의 치장은 왕성 안에 있는 연회실을 칸막이로 나누어서진행되고 있었다.

이것은 일대 이벤트가 되어 버렸기에 상시 인원이 부족해서, 메이드들이나 의상 및 화장 담당이 서로를 도울 수 있도록 배려한 것이었다.

살짝 들여다봤을 때는 연극부의 무대 뒤가 연상될 만큼 물건이 넘쳐나는 상태였다. 하지만 준비가 되었다고 하니 방 안도 어느 정도 정리가 되었을 테지.

나는 신부들이 있는 연회실로 향하기 전, 근처에 있는 방으로 향했다.

노크를 한 다음에 안으로 들어가자 그곳에서는 리시아의 부모님인 알베르토 님과 엘리샤 님, 아이샤의 아버지인 보던 님, 로로아의 할아버지인 노장 헬먼, 그리고 주나 씨의 할머니인 엑셀이 긴 테이블에 둘러앉아 담소를 나누고 있었다.

요컨대 이 방에는 신부들의 가족이 모여 있었다.

그리고 테이블 끝, 엑셀 옆에 푸른 머리의 남녀가 몸을 잔뜩 웅크리고서 앉아 있었다.

이 사람들은 주나 씨의 부모님이었다. 라군 시티에서 라이브 카페 [로렐라이]의 본점을 운영하는 상인 가문이라나. 딸이 시집을 가는 자리이니 당연히 초대했는데, 아무리 같은 집안 사람인 엑셀이 있다고는 해도 선대 국왕과 무장과 귀족에게 둘러싸여 있으니 일개 상인인 도마 가문으로서는 어깨가 움츠러들겠지.

이럴 거라면 조금 더 배려해야 했을지도 모르겠다. 그런 생각을 하는 사이,

"오오, 사위님. 늠름하니 마치 다른 사람 같구먼."

내 방문을 개달은 알베르토 님이 일어서서 두 팔을 벌리고 위 팔 쪽을 가볍게 툭툭 두드렸다. 다른 사람들도 일어서서 나를 온화한 미소로 바라봤다.

　나는 그런 그들에게 깊이 머리를 숙였다.

　"아버님, 어버님, 그리고 가족 여러분. 오늘은 잘 오셨습니다."

　내가 그렇게 말하자 보던 경이 "아뇨 아뇨."라며 고개를 가로 저었다.

　"경사스러운 이날을 맞이할 수 있어 무척 기쁩니다. 조금 전에 아이샤의 드레스차림을 보고 떠난 아내가 떠올랐습니다. 식탐 많고 거칠기만 하던 그 아이가 아름다워진 것도, 사위님과 만나고 여자다워지길 바랐기 때문이겠죠. 아내한테도 보여 주고 싶었습니다."

　보던 경은 조금 애절하게 말했다.

　아이샤의 어머니는 아이샤가 어릴 적에 유행병으로 돌아가셨다고 한다. 수명이 긴 종족이라고는 해도 사고를 당하거나 중병에 걸리면 죽어 버린다. 방심하면 인간족 등등보다도 더욱 짧은 생애가 되어 버리는 경우는 충분히 있는 일이다.

　그 사실을 가슴에 새기고, 나도 이곳에 초대할 수 없었던 사람들을 떠올렸다.

　"그렇군요…… 저도 할아버지랑 할머니께 보여드리고 싶었어요. '가족을 만들렴.' 이라는 그날의 말을, 이렇게 이룰 수가 있었다는 걸요."

　"후후. 틀림없이 함께 그곳에서 지켜보고 계실 거예요. 죽은 자는 산 자의 기억 안에서 계속 살아가는 것. 기억 안에 있는 소중한 사람들이 지켜봐 주는 모습을, 당신은 쉽게 상상하실 수 있겠죠?"

엑셀은 온화한 미소로 그렇게 말했다.

500년을 살며 만남과 이별을 되풀이한 엑셀이기에 할 수 있는 말이겠지.

확실히, 혹시 할아버지랑 할머니가 지금의 나를 어떻게 보고 있을지 상상하면…… 웃고 있을 것 같다. 보던 님도 그런지 싱긋 웃고 있었다.

"그렇군요. 아내도 기뻐할 것 같습니다."

"……우리 같은 경우에는 과연 어떤 표정이려나요."

팔짱을 끼며 그렇게 중얼거린 사람은 헬먼이었다.

로로아의 가족이라면 율리우스와…… 가이우스 8세인가.

라스타니아 왕국에서 함께 싸운 율리우스는 몰라도, 무시무시할 만큼 귀기 어린 가이우스의 그 얼굴을 떠올리는 것만으로도 몸이 떨렸다. 전쟁을 벌이며 서로의 목숨을 노리던 상대이기도 하니 틀림없이 나를 원망하겠지.

"저 세상에서 굳은 표정으로 노려볼 것 같네요."

"훗. 뭐, 괜찮겠죠."

등줄기에 식은땀을 흘리는 내게 헬먼은 작게 웃으며 말했다.

"'저쪽'에는 제 딸도 있을 터이니."

"헬먼 경의 따님…… 로로아의 어머니 말씀입니까?"

로로아의 어머니는 로로아가 어릴 적에 돌아가셨다고 그랬던가.

"그 아이의 어미도 그 아이와 닮아서 밝고 명랑하고 시원시원한 아이였죠. 귀여운 딸의 혼례 날까지 무뚝뚝한 표정을 띠고 있다면서 가이우스 님의 머리를 후려치고 있을 겁니다. 하물며 폐하는 율리우스 님을 위기에서 구해 주기도 하신 분이니까 말입니다."

로로아와 닮은 어머니가 가이우스의 머리를 후려치는 광경……인가.

"가이우스를 휘두른다니…… 상상이 안 되네요."

"……이것도 지금이니까 할 수 있는 이야기겠죠. 믿기지 않으실지도 모르겠습니다만, 과거의 가이우스 님은 그렇게까지 고집스럽지는 않았습니다."

헬먼은 과거를 그리듯 눈을 가늘게 뜨며 말했다.

"왕국에 복수를 하겠다는 뜻은 이어받았지만, 딸이 있던 무렵에는 결코 '그것만' 이 아니었습니다. 딸의 인품이 성을 밝게 만들고 가이우스 님을 지탱해 준 거겠죠. 하지만 딸이 떠나며 가이우스 님에게는 복수만이 남고 말았습니다. 이제 와서 생각해 보면 가이우스 님에게는 그만큼 딸의 존재가 컸다는 것이겠군요."

"…………."

사랑하는 사람을 잃고 복수만이 남았다…… 그 말인가.

그런 이야기를 들으니 가이우스의 인상도 확 바뀌네.

"로로아와의 관계가 나빠진 것도 나날이 어미와 닮아 가는 그 아이의 모습을 직시할 수가 없었기 때문이지 않을까…… 최근에는 그런 생각이 듭니다. 하하…… 죄송하군요, 왕국 여러분

앞에서 이런 이야기를 다 하고."

"아뇨…… 이야기해 주셔서 감사합니다."

헬먼은 자조하듯 웃으며 그렇게 말했지만 나는 고개를 가로저었다.

이것저것 떠들썩한 오엔과 달리 헬먼은 평소 과묵했다. 그런 사람이 이렇게까지 뜨겁게 이야기한다는 것은, 내게 전해야 할 이야기라고 생각했기 때문이겠지.

"로로아는 이런 이야기는 절대로 안 하니까요."

"그런 부분도 어머니를 닮았군요. 어리광을 잘 부릴 터인데도, 진짜 약한 모습을 드러내진 않는 고집스러운 구석이 있기도 하죠."

"확실히……."

"그런 손녀를 맞이하시는 폐하께서 가이우스 님의 모습을 알고서 교훈으로 삼아 주셨으면 했습니다."

헬먼은 내 눈을 똑바로 바라보며 말했다.

"당신은 제 손녀와 결혼하시는 것과 동시에 국왕이 되기도 하십니다. 국왕이 되면 나라를 가장 우선으로 생각하시겠지요. 그것이 결국 왕비가 되는 아내나 태어날 아이들을 지키는 것으로 이어지리라 생각하고요. '가족'을 소중히 여기는 당신이기에 '가족을 위한 일이라며, 그 가족을 뒷전으로 돌리고 말겠죠'."

"…………."

찍소리도 나오지 않았다. 정말로 내가 빠져 버릴 법한 문제였다.

"그럴 때에는 가이우스 님을 떠올리셨으면 합니다. 계속 뒷전으로 돌리는 사이에, 깨달았을 때에는 그 가족을 잃었을지도 모르는 것입니다. 남겨지는 것은 소중한 사람이 사라진 나라뿐입니다. 그때 당신은 계속 좋은 왕으로 남을 수 있으시겠습니까?"

"……자신이 없습니다."

솔직히 말하면 무리겠지. 하지만 입장상 그 말을 입에 담을 수는 없었다.

국왕이 유약해서는 국민이 불안해지고 따르지 않게 될 테니까. 헬먼은 고개를 끄덕였다.

"무리도 아닙니다. 그러니까 나라를 보는 것과 같은 눈으로 가족을 바라보고, 나라를 지키는 것과 같은 각오로 가족을 지키셨으면 합니다. 국왕이 평온한 가정을 꾸리는 것이 결과적으로 이 나라를 위한 일이기도 하니까요."

"예. 가르침을 주셔서 감사합니다."

평온한 가정을 꾸리는 것이 나라를 위한 일. 가슴에 단단히 새겨 두자.

나는 헬먼을 향해 머리를 숙였다. 그 너머에 떠올린, 선대 아미도니아 공왕 부부를 향한 마음도 담아서. 그런 내게 이번에는 헬먼이 머리를 숙였다.

"장황하게 말씀드렸지만, 결국에 말씀드리고 싶은 건 하나입니다. 부디 손녀를 행복하게 만들어 주시길. 그것뿐입니다. 언젠가 제가 떠나더라도…… 그 아이가 언제까지나 밝고 명랑하게 지낼 수 있도록."

"예, 반드시 그러겠습니다. 할아버님."

나와 헬멘의 대화를 친족분들은 따뜻한 눈빛으로 보고 있었다.

그런 가운데 긴장하여 굳어 있는 2인조가 시야에 들어왔다. 말할 것도 없이 주나 씨의 부모님이었다. 나는 그 두 사람에게 다가가서는 쓴웃음 지으며 머리를 숙였다.

"죄송합니다. 많이 불편하셨을 텐데."

"아, 아뇨…… 저희가 이 자리에 어울리지 않는다는 사실은 아주 잘 알고 있사오니."

주나 씨의 아버지가 주위를 흘끗흘끗 보며 말했다.

선대 국왕 부부를 비롯하여 나라의 높으신 분들에게 둘러싸이고 말았으니 마음이 편치 않겠지.

이 사람은 엑셀의 아들이기도 하며, 두 사람과 닮은 푸른 머리카락의 나이스 미들이었다.

종족은 인간족이라 엑셀보다 연상으로 보이지만 젊은 적에는 틀림없이 미남이었을 테지. 옆에 있는 주나 씨의 어머니도 로렐라이의 피를 이어받은 만큼 아름다운 사람이었다.

그럼에도 이들 두 사람이 비교적 평범하게 보이고 마는 것은 주위에 있는 인상 진한 사람들 탓이었다.

"저희가 정실도 측실도 함께 결혼식을 올리고자 하는 바람에, 두 분께는 마음고생을 끼치게 되어 버렸습니다."

"아뇨아뇨, 주나도 기뻐하는 모습이었으니 저희는 그것만으로도 충분히 행복합니다."

"그래요. 부디 주나를 오래오래 잘 부탁드려요."

평범한 사람들이 보내는, 지극히 평범한 축복의 말. 그것이 무엇보다도 기뻤다.

주나 씨의 부모님은 무척 멋진 사람들이었다. 주나 씨의 외모는 엑셀과 닮았을지라도 마음씨가 순수하고 다정한 부분은 이 두 분의 영향이겠지.

특히 아버지 쪽은 엑셀의 아들로는 여겨지지 않을 만큼 제대로 된 인물이었다.

"……어쩐지 실례되는 생각을 하시는 건 아니신가요?"

"아뇨, 전혀요……."

엑셀이 빤히 쳐다봤기에 나는 시선을 피했다.

역시 산전수전 다 겪은 엑셀은 예리했다.

그러자 그런 우리의 대화를 보고 있던 엘리샤 님이 쿡쿡 웃음을 터뜨렸다.

"후후후. 자, 사위님. 언제까지고 우리 상대를 하실 게 아니라 신부들 곁으로 가 주세요. 틀림없이 다들 목이 빠져라 기다릴 거예요."

아! 그랬다.

"예, 어머님. 그럼 여러분, 나중에 또 뵙겠습니다."

보호자들을 향해 다시 한번 제대로 머리를 숙이고 나는 방을 뒤로했다.

신부들이 있는 연회장은 친족의 대기실 바로 근처에 있었다.

커다란 문 양옆에는 위사가 서 있어서, 내가 문으로 다가가자 경례로 맞이했다.

그 문 앞에 서서 손잡이에 손을 뻗으려다가…… 나는 굳었다.

이 문 너머에는 신부 복장의 약혼자들이 있다.

그렇게 생각한 순간에 몸이 움직이질 않는 것이다.

이 문을 열면 틀림없이 우리의 관계는 변한다.

약혼자에서 부부로, 국왕 대리에서 국왕으로, 왕비 후보에서 왕비로.

실제로 한발 앞서 어머니가 된 리시아는 변했다고 생각한다.

시안과 카즈하라는 자신의 목숨보다도 소중한 존재를 얻고 이전보다도 묵직하게 어지간한 일에는 흔들리지 않는 것처럼 보인다.

나는 어떨까. 시안과 카즈하는 내게도 자신의 목숨보다 소중한 존재다.

하지만 리시아처럼 변할 수 있었는지 자신이 없다. 전에 있던 세계에서 여자는 아이를 낳으면 가치관이 바뀌지만 남자는 아무리 시간이 흘러도 어린아이 그대로라는 이야기를 들었다.

점차 변할 아내들에게 걸맞게, 성장할 수 있을까.

그렇게 생각하자 이 문을 여는 것이 망설여졌다.

마치 시간이 멈춘 것처럼 움직이지 않는 나를 보고 걱정이 든 젊은 쪽의 위사가 조심스럽게 말을 건넸다.

"저기, 폐하? 왜 그러십니……."

"쉿. 심중을 헤아려 드려라."

젊은 위사와는 반대쪽에 서 있는 중년 위사가 입에 손가락을 대고 조용히 하라며 말했다.

그러더니 중년 위사가 잘 알겠다는 표정으로 고개를 끄덕였다.

난 왕위를 이어받은 당초의 혼란기에 쓸 수 있는 인원은 철저하게 쓰라며 왕성 안에서 일하는 많은 이들에게 이야기한 바가 있다. 그러는 한편 위사나 메이드와 뒤섞여 일반 식당에서 식사를 하기도 했기에, 위사나 메이드 가운데는 싹싹하게 이야기를 건네는 사람도 있었다.

특히 중년 이상의 위사나 아주머니 메이드들에게 그런 경향이 강했다.

아무리 그래도 경어는 쓰고, 내 곁에 권위를 따질 것 같은 인물이 있을 때는 이야기를 건네지 않았지만 말이다. 이 중년 위사도 그런 이들 중 하나였다.

"아마도 불안을 느끼시는 거겠죠? 그 기분은 압니다. 가정을 가지려는 남자라면 누구라도 지나는 길이니까요."

"……그런 건가?"

"예. 저도 집사람이랑 결혼할 때 경험했습니다. 하지만 폐하께서도 이미 각오를 다지셨을 테죠? 지금 폐하의 손을 막고 있는 것은 그저 감상입니다."

"감상……인가."

감상. 센티멘털. 확실히,

약혼자들과의 관계가 앞으로 이래저래 변하리라는 것은 잘 안다. 그건 이제 어떻게 할 수 있는 것도 아니고, 그 사실은 진즉에 받아들였다. 그런데도 앞으로 나아가기를 주저하는 것은 자신의 감상에 빠졌다고밖에 표현할 방도가 없겠지. 생각한들 시간 낭비라도 할 수도 있다.

나는 쓴웃음을 지으며 중년 위사의 어깨를 툭 두드렸다.

"참으로 절묘한 표현이네. 우물쭈물해 봐야 뭐가 어떻게 되는 것도 아니고."

"예. 게다가 우물쭈물하시다가는 아름다운 왕비분들께 혼이 나실 거라고요?"

중년 위사가 싱글싱글 웃으며 말한 그때였다.

[소마! 거기에 있지?! 이제 그만 각오 다지고 들어와!]

"아, 예!"

안에서 들린 리시아의 목소리에 나는 등줄기를 쫙 펴고는, 황급히 문을 열고 안으로 뛰어들었다. 내가 안으로 들어가자 위사들이 총총히 문을 닫았다.

완전히 닫히기 직전, 흘끗 본 중년 위사가 '벌써부터 휘둘리시는군요.' 같은 표정을 띠고 있어서 살짝 울컥했지만. 그리고 앞을 봤을 때……

시야에 날아든 리시아, 아이샤, 주나 씨, 로로아, 나덴의 웨딩드레스 모습에 뇌가 뒤흔들리는 것만 같은 충격을 받았다.

우선은 리시아. 오늘은 머리를 길게 내렸다. 흰색을 바탕으로 안감의 연홍색이 소매에서 엿보이는 청초하고 귀여운 롱드레스에, 익숙한 군복과 같은 색상의 허리띠가 리시아다우면서 화사한 느낌을 더하여 늠름하면서 아름다웠다. 그야말로 왕비들을 대표하는 것 같은 모습이었다.

아이샤의 드레스는 갈색 피부와의 대비가 아름다운 순백색이었다. 머리의 리본도 하얘서 내면의 순진무구한 느낌을 드러내는 것 같았다. 아이샤는 전사로서의 인상이 강하지만 스타일이 좋기도 해서, 오늘은 한 사람의 여성으로서 무척 매력적이었다.

주나 씨는 하얀 드레스 위에 아름다운 머리카락과 같은 파란색 코르사주와 허리띠를 달고 있었다. 드레스도 희미하게 푸른색이 감돌아서 마치 수면에 비친 달 같은 그 기품과 감싸는 듯한 다정함을 나타내는 것 같았다.

로로아의 드레스는 흰색을 바탕으로 하면서도 소매나 허리띠는 그녀의 쾌활한 소녀다운 느낌을 빛나게 만드는 옅은 레몬색이었다. 드레스에서도 사람을 끄는 그녀의 밝은 분위기가 배어나와서, 롱스커트인데도 로로아라면 뛰어다닐 것 같다는 생각이 들었다.

나덴의 드레스는 다른 네 사람과 비교하면 길이가 살짝 짧았다. 그녀만큼은 꼬리가 있으니 이상한 모양새가 되지 않도록 배려했기 때문이겠지. 앞쪽은 무릎 위까지 오는 정도라서, 그것이 그녀의 무언가에 속박되지 않는 유연하고 자유로운 정신을 표현하여 멋지다고 생각했다.

오인오색의 신부 모습. 다들 아름답고, 모두 잘 어울렸다.

"…………."

그런 모두의 신부 모습이 너무도 눈이 부셔 나는 한동안 빠져들고 말았다.

아무런 말도 못 하고 있었더니 리시아가 조금 부끄러워하며 물었다.

"무슨 말이라도 해 주지 않을래?"

"어, 어어…… 아름다워. 다들. 말로 표현이 안 될 만큼."

어째선지 더듬더듬하고 말았지만 모두 만면에 희색을 드리웠다.

"저, 저도 말씀이세요? 저는 다른 분들보다 키가 큰데, 괜찮은가요?"

"후후후, 아이샤 씨도 참. 늘씬하면서도 몸매의 균형이 좋아서, 무척 아름답다고 생각해요."

"몸매가 좋다니…… 주나 언니가 그래도 말이지? 안 글나, 나 덴찌?"

"골짜기를 원해. 절실하게."

"경사스러운 날에 토라지지 말고. 게다가 두 사람의 드레스차림도 가련해서 멋지다고 생각해."

리시아가 그렇게 거들어 주었다. 나도 그 말 그대로라고 생각했다.

오늘의 로로아와 나덴은 평소보다도 화려하고, 그러면서도 청초해서 그야말로 공주님이라는 느낌이었다. 물론 여성스러운 색기가 있는 아이샤와 주나 씨도 멋지고, 그 중간에서 양쪽 모두 장점만 합친 느낌인 리시아도 기품이 있어서 멋지다고 생각했다.

"……하~."

그런 멋진 다섯을 보고 무심코 한숨이 나와 버렸다.

"왜 그러시나요, 폐하? 제가 뭐 실수했나요?"

"우리를 앞에 두고 한숨 쉬지 말란 말이지."

걱정스러워 하는 주나 씨와 날이 선 나덴의 그 말에, 나는 황급히 고개를 절레절레 가로저었다. 물론 모두에게 실수나 불만 따위 있을 리가 없다.

"그게…… 이렇게나 멋진 신부들이 있는데 평범하게 결혼식을 올릴 수는 없다고 생각했더니, 조금…… 아니, 무척 아쉬워서."

"어— 내가 기획하기는 했다만, 내도 그런 생각은 좀 드네—."

내 말에 로로아도 동의를 표했다.

이 세계의 결혼식 자체는 지구의 서양식 결혼식과 그리 다르지 않았다.

교회에서 신랑신부가 신부든 목사든 주례 앞에서 사랑을 맹세한다.

틀림없이 루드윈이나 할 쪽은 그런 결혼식을 진행하겠지.

일단 결혼식에는 가문과 가문을 잇는다는 의미도 있지만, 그런 거랑 상관없이 식이 진행되는 동안에는 신랑신부가 서로만을 바라볼 법한 달콤한 결혼식을.

하지만 혼례 의식은 달랐다.

넓은 의미로는 결혼식으로 분류되겠지만 국왕의 결혼이라면 신랑신부의 세계만으로 완결이 되지 않는다. 가장 큰 목적은 국민들을 향해 왕비가 될 인물을 소개하고, 또한 서열을 명확히 하는 것이었다. 물론 이번 대관식도 혼례 의식도 국왕 방송의 보옥으로 촬영되어 전 국민이 시청하게 된다.

또한 이 혼례 의식은 국민만 보는 게 아니었다.

그란 케이오스 제국이나 톨기스 공화국과의 방송 회담에 사용하는 보옥으로도 촬영하고 있으니 제국의 황제 마리아나 공화국 원수 고우란 님 등등도 보게 된다.

그런 식으로 국내외의 많은 사람들이 시청하는 혼례 의식에서는, 상시 긴장한 상태인 신랑신부만의 달콤한 시간을 바랄 수도 없겠지.

"확실히 아쉬울지도 모르겠네요."

아이샤가 팔짱을 끼며 (신부 복장인데도 늠름하네) 그렇게 말하자 반대로 주나 씨는 입가에 손가락을 대고 "으~응?"라며 의문을 표했다.

"하지만 왕성 같은 장소에서 화려하게 결혼식을 올리는 건, 세상 여성들에게는 동경의 대상이잖아요. 저희가 부러움을 사는 입장이겠죠."

"아하하, 그런 경우도 자주 있지."

나덴이 그립다는 듯 웃었다.

틀림없이 성룡 산맥에 있던 무렵을 떠올렸을 테지. 나덴은 평범한 드래곤인 루비에게 콤플렉스를 느꼈고, 루비도 평범하지 않은 용, 나덴을 질투했다.

남의 떡이 커 보이는 만큼, 남한테는 자신의 떡도 커 보이는 법이겠지.

그러자 로로아가 히죽 웃었다.

"흠. 다시 말해 왕성에서 결혼식 플랜 같은 게 나오믄 돈벌이가 된다는 기네. 일반 서민한테는 무리라 캐도 귀족들한테는 꽤나 많이 받아 낼 수도…… 아얏."

"로로아도 참, 금세 돈벌이로 연결하지 말고."

리시아가 가볍게 춉을 날려 딴죽을 걸자 로로아는 "냐핫 ♪" 하며 웃었다.

리시아는 "정말이지."라며 허리에 손을 대고서 온화하게 웃었다.

"어떤 형태일지라도 지금 우리가 행복하다면 그걸로 충분하잖아?"

리시아의 말에 우리는 모두 함께 고개를 끄덕였다.

"그래. 난 지금 행복해."

"후후, 그럼 가장이 될 소마한테 한마디 부탁할까."

장난스러운 리시아의 그 말에 나는 뺨을 긁적였다.

"가장이라…… 이건 무슨 가문이 되는 거지?"

실제로 결혼을 한다고 해도 모두의 가문명은 거의 제각각이다.

태어나는 아이의 입장에 따라서 모친의 가문명이 바뀌기 때문이다.

우선 나는 엘프리덴 왕가와 아미도니아 공왕가의 후계자로서 [소마 A(아미도니아). 엘프리덴]이 된다.

리시아와 로로아는 각자의 본가 가문명을 아이한테 물려주니까 [리시아 엘프리덴]과 [로로아 아미도니아] 그대로다.

아이가 왕위 계승권을 가지는 정실이 된다면 엘프리덴 왕가의 이름으로 통일해야 하겠지만, 양국 국민들의 감정을 자극하지 않기 위해서라도 이 부분은 명확하게 나누었다.

리시아가 낳은 자식인 시안과 카즈하의 가문명도 엘프리덴이다.

양국의 융화가 앞으로 진행된다면 새로이 프리도니아 왕가를 세워서 통일할 수도 있겠지만, 그건 앞으로의 흐름에 달려 있겠지.

제2정실인 아이샤도 [아이샤 U(우드가드). 엘프리덴]이 된다.

우드가드의 가문명을 남기는 이유는, 아직 바깥세상과 접촉한 지 얼마 안 된 신호의 숲 다크 엘프와의 융화를 꾀하려는 것이었다.

아이가 왕위 계승권을 가지지 않는 주나 씨와 나덴은, 논의 결과 '소마'의 가문명으로 칭하게 되어 '주나 소마'와 '나덴 데랄 소마'가 된다.

나덴에게는 가문명이 없다.

데랄은 이름의 일부로, 그녀의 친구인 파이 론 등등도 그랬다. 그래서 새로운 가문명을 마련할 필요가 있었기에 내 가문명인 소마로 칭하게 된 것이었다. 지금은 이미 이름이 되어 버렸지만 소마는 원래 성씨니까.

그리고 주나 씨도 소마로 칭하기를 희망했다.

측실의 자식은 측실의 본가를 잇는 사례도 많아서 그대로 가문명을 계승하는 경우가 많다. 하지만 엑셀의 아들로는 여겨지지 않을 만큼 사람이 좋아 보이는 주나 씨의 아버님은,

'왕가와의 연을 과도하게 선전하고 싶지는 않습니다!'

'어머님의 이름만으로도 괜히 눈에 띄는데, 이 이상은 생각하는 것만으로 위가 쿡쿡 쑤십니다!'

……라고 말했다. 결국에 주나 씨는 새로이 만든 소마의 가문명을 칭하고, 자식에게 도마 가문을 물려주고 싶은 경우에는 새로이 양자 결연을 진행하기로 한 것이었다.

 그런 연유로 가문명이 제각각이 되었는데, 모두 함께 있을 때는 무슨 가문이라고 부르면 될까. 그런 생각을 하는데 리시아가 어깨를 으쓱였다.

 "사적으로 부르는 거니까 '소마 가문'이라고 하면 되잖아? 서방님의 가문명인걸."

 리시아가 미소를 띠며 말하고 반대 의견도 없었기에 우리와 아이들의 도합 여덟 명은 '소마 가문'으로 칭하게 되었다. 자, 그럼 다시금…….

 "으음…… 인사를 하라고 그랬지만, 갑자기 그래도 뭐라고 하면 좋을지…….

 "달링이 생각하는 걸 그대로 말하믄 되는 거 아이가?"

 "……그러네. 그럼…… 오늘, 우리는 가족이 되는데 이제까지처럼, 이제까지 이상으로 서로서로 도우며 지냈으면 해. 함께 웃고, 함께 울고, 가끔은 싸우거나 중재하거나, 그렇게 같은 시간을 보내자."

 나는 우선 아이샤와 나덴을 차례대로 끌어안았다.

 "아이샤. 최대한 오래 살 테니까, 함께 살아 줘."

 "예. 최대한 오래 함께해요."

 "나덴도. 기나긴 삶에서는 아주 일부일지도 모르겠지만, 너의 시간을 줘."

"흥이다. 추억으로 만들기에는 일러. 이제부터 만들어 나갈 거니까."

두 사람을 떼어놓고, 이번에는 로로아와 주나 씨를 끌어안았다.

"웃음이 끊이지 않는 가정을 꾸리자, 로로아."

"운다고 캐도, 내가 웃게 만들기다!"

"이제 국민들한테서 야유가 날아들더라도…… 주나 씨, 당신을 받겠어요."

"예, 언제까지나."

그리고 마지막으로 리시아를 끌어안았다.

"……2년 전에는, 왕위도 약혼도 모두 포기한다느니 그랬지만 말이지."

"2년 전이라면 나도 약혼을 결정한 아버님한테 가서 화를 냈어."

"이제 놓을 생각은 없어. 리시아도, 시안이랑 카즈하가 사는 이 나라도."

"놓치지 않아. 소마를 이 세계도, 나도."

그렇게 서로의 온기를 느끼는 사이에 누군가 입구를 노크했다.

……아무래도 시간이 되었나 보다.

리시아를 놓고 나는 모두의 얼굴을 둘러보며 말했다.

"……그럼…… 갈까, 다들."

""""""예!""""""

──이 나라의 국왕과 왕비가 되기 위하여.

♔ 최종장 ✦ 화촉식

"지금부터 엘프리덴 및 아미도니아 연합 왕국 국왕 소마 아미도니아 엘프리덴 폐하께서 입장하시겠습니다."

하쿠야가 드높이 선언하고, 나는 홀로 붉은 카펫 위를 걸어갔다.

내가 소환된 장소이기도 하고 아이샤, 주나 씨, 하쿠야, 토모에, 폰초와 처음으로 얼굴을 마주한 장소이기도 한 [알현실].

무척 익숙한 장소이지만 오늘은 화려하게 장식되어 있었다.

그런 알현실을 가로지르는 붉은 카펫 양옆으로는 재상 하쿠야, 시중 마르크스, 국방군 총대장 엑셀, 검은 고양이 부대장 카게토라, 항모 [히류] 함장 카스토르 등을 포함한 장군과 대신들이 나란히, 한쪽 무릎을 꿇고서 머리를 숙이고 있었다.

그 붉은 카펫 너머에 있는 옥좌 앞에는 선대 국왕 부부인 알베르토 님과 엘리샤 님이 서 있었다. 이 광경은 국왕 방송의 보옥을 통하여 전국에 중계되는 중이다. (물론 카게토라 등등은 비치지 않을 위치에 두었다.)

절대로 꼴사나운 모습을 보여서는 안 된다.

나는 걸음 하나하나를 음미하듯 천천히 두 사람이 있는 곳까지 걸어갔다.

그리고 두 사람 앞에 다다라서는 한쪽 무릎을 꿇고 머리를 살짝 숙였다.

알베르토 님은 옆에 놓여 있던 왕관을 손에 들고 내 앞에 섰다.

"나, 제13대 국왕 알베르토 엘프리덴이 이제부터 제14대 국왕 소마 A. 엘프리덴의 대관식을 거행하겠다! 그대, 이제부터 왕이 되어, 안으로는 백성을 평안히 하고, 밖으로는 적을 물리쳐, 나라를 번영시켜 차대에 전하라!"

"예."

내 대답을 듣고 알베르토 님은 고개를 끄덕이더니 그 왕관을 내 머리에 씌웠다.

("간신히 이 왕관의 귀공에게 건넬 수가 있었구려.")

알베르토 님은 나한테만 들릴 만큼 작은 목소리로 말했다.

나는 머리를 숙인 상태에서 쓴웃음 지으며 대답했다.

("……계속 맡겨 놓고 있었으니까요. 죄송합니다.")

("참으로. 왕위는 넘겼는데 왕관은 대관식까지 건네지 못하다니, 국왕이라는 것도 융통성이 없는 것이네. 게다가 대관식은 계속 밀리기만 했으니. 그동안에 계속 왕관을 보관하느라 조마조마했지.")

("리시아의 임신이나 동방 제국 연합 출병 등등 많은 일이 있었으니까요.")

("그러나 그것도 오늘까지. ……리시아와 이 나라를 맡기겠네, 사위님.")

(“예. 아버님.”)

알베르토 님이 내게서 떨어지자 이번에는 엘리샤 님이 다가와서 손에 든 호화로운 비로드 망토를 내 등에 걸쳤다. 그리고 귓가에 속삭이듯,

(“당신과 리시아, 왕비 여러분, 그리고 시안과 카즈하랑 아직 태어나지 않은 아이들의 행복을 바랄게요. 부디 언제까지고 건강하게 지내세요.”)

……그렇게 이야기해 주었다.

(“예. 어머님.”)

(“후후. 알베르토의 영지에도 가족들을 데리고 놀러 오시고요. 하지만 시안이랑 카즈하는 저를 ‘할머님’보다도 월터 공처럼 ‘대모님’이라고 불렀으면 좋겠어요.”)

엘리샤 님이 장난기 가득히 말했기에 살짝 웃고 말았다.

(“예. 그렇게 교육할게요.”)

엘리샤 님이 떨어진 참에 나는 일어났다. 그때 누군가 나를 불렀다.

“소마 폐하.”

늘어선 가신들 가운데 걸어 나온 것은 로로아의 할아버지인 헬먼이었다.

헬먼은 꾸벅 인사를 하더니 내 앞까지 걸어와서 무릎을 꿇었다.

그리고 이 대관식을 진행하는 문관이 가져온, 휘황찬란한 장식이 된 칼집에 든 검을 떠받들듯이 내 앞에 바쳤다.

"역대 아미도니아 공왕이 계승한 보검이옵니다. 소파 폐하께 서는 부디 엘프리덴과 아미도니아를 차별 없이, 두 나라의 백성 을 평안하게 다스려 주시기를 부탁드립니다."

"……그래, 알았다. 두 나라의 백성에게 인정받는 왕이 되도 록 정진하겠다."

보검을 받아들고는 그 검을 들며 선언했다.

나는 엘프리덴만이 아니라 아미도니아의 이름도 이어 가야만 한다.

그렇기에 엘프리덴 왕국 측만이 아니라 아미도니아 공국 측에 도 계승자로 인정받았다는 사실을 드러내야만 했다.

헬먼이 내게 보검을 건넨 것은 그를 위한 연출이었다.

헬먼이 물러나고 내가 돌아보자 가신들은 일어섰다.

"새로운 국왕 소마 폐하께 변함없는 충성을."

하쿠야가 그렇게 말하자 모두 일제히 나를 향해 머리를 숙였다.

스르륵 옷 스치는 소리가 일제히 울려 퍼졌다. 그야말로 압권 이라는 한마디 말고는 달리 표현할 길이 없었다.

이것으로 대관식의 핵심 부분은 종료되었다.

나는 지금 명실상부하게 이 나라의 왕이 된 것이다. 더 이상 잠 정도 대리도 아니다.

프리도니아 국왕 소마 A. 엘프리덴이 된 것이다.

그때였다.

파이프 오르간이 드높이 울려 퍼졌다.

그러자 알현실 입구가 크게 열리고, 아름다운 다섯 신부들이 나타났다.

리시아, 아이샤, 주나 씨, 로로아, 나덴.

문 앞에서 친족들과 이별을 나누고, 웨딩드레스를 입은 다섯 신부는 화동들의 시중을 받으며 걸어왔다.

토모에가 리시아의 화동을 맡았다. 다른 네 사람의 화동은 성 안의 보육원에서 맡고 있는 아이들이었다.

다섯 신부는 나를 향해 걸어오더니, 내 앞에서 걸음을 멈추고 양쪽 무릎을 꿇으며 머리를 숙였다.

토모에는 꾸벅 인사를 하고는 가신들의 대열에 서고 다른 아이들은 총총히 퇴장했다. 지금부터가 혼례 의식의 시작이었다.

왕국에 소속된 성모룡 신앙의 신관들이 걸어 나와서 은색 티 아라와 금반지 다섯 개를 얹은 받침대를 건넸다.

나는 그중에 티아라를 하나 손에 들고 리시아 앞에 서서, 그녀 의 머리에 얹었다.

"그대를 나의 제1정실로 삼겠다. 함께 이 나라를 발전시키자."

"예. 언제까지고 함께."

리시아는 일어서더니 내 눈을 똑바로 바라보며 왼손을 내밀었 다. 그리고 작게 "물론 시안이랑 카즈하도."라며 나한테만 들 리도록 속삭였다.

그녀의 왼손에 반지를 끼우고 가볍게 키스를 나누었다.

눈초리에 살짝 눈물을 글썽이며 미소 짓는 리시아의 얼굴을 보고는 그만 순서를 무시하고서 끌어안고 싶어졌지만, 많은 사 람들이 보고 있었기에 어떻게든 참았다.

마찬가지로 나머지 아이샤, 로로아, 주나 씨, 나덴에게도 차례차례, 그때까지 차고 있던 머리장식을 벗기고 티아라를 얹고, 반지를 끼우고, 키스를 했다.

　"그대를 나의 제2정실로 삼겠다. 함께 이 나라를 지키자."

　"예! (물론 폐하의 몸은 앞으로도 제가 지킬게요!)"

　"그대를 나의 제3정실로 삼겠다. 함께 이 나라를 번영시키자."

　"예♪ (내한테 맡기라, 달링♪)"

　"그대를 나의 제1측실로 삼겠다. 함께 이 나라의 문화를 융성케 하자."

　"예. (우후후, 그래요. 노래가 넘치는 밝은 나라를 만들어요.)"

　"그대를 나의 제2측실로 삼겠다. 함께 이 나라의 미래를 개척하자."

　"예. (맡겨 둬. 어디로든 소마를 데려갈게.)"

　키스할 때 모두 작은 목소리로 결의 표명 같은 이야기를 건네주었다.

　이 의식의 예행연습 때에는 아무 말도 안 했기에, 실제 혼례 의식에 맞추어 다들 생각해 주었을 테지.

　리시아가 앞장서서 이야기를 꺼냈을까. 격식을 차린 혼례 의식 가운데, 모두의 마음을 느낄 수가 있어서 무척 기뻤다. 이제까지 몇 번이나 생각했는지 모를 일이지만, 정말로 나한테는 과분할 만큼 멋진 여성들이다.

　그런 그녀들과 지금 부부가 되고, 가족이 되었다.

　신관들이 물러나고 나는 옥좌를 향해 신부들과 함께 걸어갔다.

국왕용과 왕비용 의자가 놓여 있었다. 그곳에 나와 제1정실인 리시아가 앉고, 다른 왕비 네 사람은 그 옆에 섰다. 정위치에 자리 잡은 것을 확인하고 하쿠야는 진행자 역할로 돌아갔다.

"소마 폐하의 대관 및 혼례 의식에 즈음하여, 각국에서 폐하를 축하하는 사자가 방문하였습니다. 우선은 그란 케이오스 제국의 황제 마리아 유포리아 님의 동생이신 트릴 유포리아 님입니다."

"예, 알겠어요."

입구 쪽에서 한 떨기 드릴 헤어를 흔들며 나타난 사람은 드릴 개발의 제안자인 트릴이었다. 이번에는 프리도니아 왕국 주재 대사로 마리아를 대신해 축사를 하게 되었다. 마찬가지로 톨기스 공화국 원수 고우란 경의 대리로 쿠가, 치마 공국 치마 공의 대리로 이치하가, 그리고 초원 국가 말름키탄의 왕 후우가 한의 대리로 유리가가 순서대로 축사를 하게 된다.

트릴이나 쿠는 몰라도 이치하와 유리가는 이 역할에 긴장했나 보다.

그보다도 유리가는 후우가의 대리를 맡고 있지만, 후우가는 딱히 내가 왕이 되는 것에도 결혼하는 것에도 흥미는 없겠지.

지금쯤이면 자신의 야망에 매진하고 있을 테고.

그 무렵, 후우가는 말름키탄의 북부, 아득히 서쪽에서 흘러오는 다비콘 강 근처에 서 있었다. 이 강 너머는 이제 마왕령이라 불리는 땅이었다.

후우가는 파트너인 비호 두르가의 몸을 쓰다듬으며 참암도로 맞은편 강가를 가리켰다.

"알겠느냐! 이 강을 넘으면 그곳은 이제 마왕령이다! 우리가 몬스터에게 쫓겨나서 넘어간 땅이다! 그리고 인류가 되찾아야만 하는 땅이기도 하다!"

후우가가 돌아본 곳에 있던 것은 2만의 병사들이었다.

말름키탄이 자랑하는 기수 템즈보크에 탄 도약 기병이 5천.

일반적인 군마보다도 크고 억센 말들로 구성된 중장기병이 5천.

남은 1만은 보병이었지만, 이 보병대를 구성하고 있는 것은 마왕령 확대에 따라 고향에서 쫓겨난 난민 병사들이었다. 후우가가 마왕령으로 침공한다는 소식을 듣고 동방 제국 연합의 각국에 흩어져 있던 난민병들이 그의 곁으로 달려온 것이었다.

그런 그들을 향해 후우가는 이야기했다.

"지금 우리의 숫자는, 일찍이 제국이 주도하여 진행된 원정군과 비교하면 티끌이나 다름없는 규모다. 그런 원정군을 궤멸시킨 마족이라는 녀석이 있는 마왕령으로, 이런 숫자로 도전하는 것은 무모하다고 생각할지도 모르지. 하지만 나는 내 눈으로 보았다. 원정군을 궤멸시켰다는 마족은, 마왕령 상당히 깊은 곳까지 가도 조우하지 않았다. 다시 말해 마족은 마왕령 가장 깊은 곳에만 존재한다는 뜻이다! 거기까지는 그저 몬스터가 퍼져 있을 뿐인 무법지대에 불과하다!"

후우가는 두르가를 쓰다듬던 손을 모두에게 향하고 꽉 움켜쥐며 끌어당기는 동작을 취했다.

"그렇다면 되찾을 수 있다! 우선은 일부라도 좋다. 이번에는 여기서 북쪽에 있는, 버려진 도시와 그 주위의 소도시를 되찾고 기능을 회복시키자. 인류 측 국가로서는 처음으로 마왕령에서 영토 탈환을 이루어 내는 것이다!"

열의가 담긴 후우가의 말에 장병들의 기분도 고양되기 시작했다.

"혹시 그것을 이루어 낸다면, 이 대륙에 있는 나라들의 이목을 집중시키고 더더욱 지원을 받아, 또다시 새로운 땅을 탈환하는 것도 가능할 것이다! 우리가 정체된 이 시대를 움직이는 여명의 종소리가 되는 것이다!"

"""오오오오오!!"""

후우가의 격문에 장병들이 함성을 터뜨렸다.

불씨는 순식간에 이 군대 전체로 번졌다.

후우가는 두르가에 뛰어오르더니 북쪽 하늘로 참암도를 향하며 외쳤다.

"자, 나아가라! 이곳에 모인 용사들이여! 우리의 이름을 대륙 전체에 떨쳐라!"

"""우오오오오오!!"""

뜨거운 후우가의 격문에 촉발되어, 장병들은 앞다투어 강을 건넜다.

후우가가 그런 장병들을 가만히 바라보는데, 기마 하나가 후우가 곁으로 다가왔다. 후우가의 아내인 무츠미 치마였다. 길고 검은 머리카락을 나부끼며 경갑옷으로 몸을 감싸고, 장검을 등에 지고서 말을 모는 모습을 무척 아름다웠다.

"멋진 연설이었어요. 후우가 님."

"후우가라 부르라고 그랬잖아, 무츠미. 너는 내 아내니까."

하지만 무츠미는 쓴웃음 지으며 고개를 가로저었다.

"군대의 총대장을 함부로 부를 수는 없어요. 기껏 후우가 님의 고무로 드높아진 사기를 떨어뜨려서야 면목 없으니까요."

"여전히 성실하네⋯⋯. 하지만 뭐, 미안하게 됐어. 신혼인데 원정을 시작해 버려서. 유리가한테서 편지가 왔는데, 듣자 하니 남쪽의 프리도니아 왕국에서는 소마가 마침내 정식 국왕으로 즉위한다나 보더군. 그걸 들었더니 가만히 있을 수가 없었어."

소마는 후우가의 존재에 초조함을 느꼈지만, 후우가 역시도 소마의 존재를 의식하고 있었다.

서로가 서로를 의식하고 있기에 서로를 이해하면서도 근본적인 부분은 받아들이지 못하고, 언젠가 맞부딪칠지도 모르는 미래를 상정하여 준비를 진행하고 있었다.

소마라는 존재가 자신을 강하게 만들고, 자신이라는 존재가 소마를 강하게 만든다. 호적수라고 하면 듣기에는 좋겠지만, 그 앞에 기다리는 미래를 상상하면 결코 환영할 수는 없는 복잡한 관계였다.

그런 후우가를 보고 무츠미는 쿡쿡 웃었다.

"신경 쓰지 마세요. 후우가 님께서 어디로 가든, 제가 당신의 옆에 있다는 건 변함없으니까요. 그러니까 부디 당신이 믿는 길을 나아가세요. 설령 그 끝이 영광이든 지옥이든, 어디까지고 따라갈게요."

무츠미는 가슴에 손을 대더니 싱긋 미소 지었다.

"그리고 부디 제게 후우가 님만이 만들 수 있는 세계를 보여 주세요."

"······그래! 특등석에서 보여 주지! 사랑한다고, 무츠미!"

후우가는 몸을 내밀어 무츠미의 입술에 키스를 날리더니 두르가를 몰아 달려갔다.

그를 무츠미와 장병들이 뒤따랐다.

그리고 후우가의 군단은 마왕령으로 발길을 들인 것이었다.

"윽!"

"······그렇게 이 성과는 3국의 협력이 있었기에 이루어 낸 것이겠지요. 앞으로도 왕국과 제국.공화국 3국의 양호한 관계를 아버지 고우란도······."

트릴의 축사가 끝나고 쿠치고는 지극히 진지한 내용의 축사가 진행되는 와중에, 나는 무언가 등줄기가 오싹해지는 것을 느꼈다. 다만 그것이 무엇인지는 알 수 없었다.

내가 의아해하는 동안에도 쿠의 축사는 계속되었다.

"그렇기에 공화국와 왕국와 제국의 영원한 우의를 바라며, 소마 경의 대관과 혼례에 축하의 말을 드립니다. 앞으로도 잘 부탁드립니다. …………."

축하의 말 마지막, 쿠는 입만으로 "잘 부탁해, 형님."이라며 우리에게만 보이도록 윙크했다. 가장 마지막에 장난기를 드러내는 부분이 쿠다웠다.

내가 쿠에게 감사의 말을 전하자 쿠는 인사를 하고 알현실에서 나갔다.

다음은 말름키탄 대표인 유리가 차례였느냐며 프로그램을 떠올렸다.

역시 이 혼례 의식은 의식의 의미가 강해서, 화려하기는 하지만 딱딱한 느낌은 부정할 수 없었다. 이럴 때 성 아랫마을에서 결혼식을 올리는 동료들이 부러워진다.

'지금쯤 할네는 어쩌고 있으려나……'

그런 생각을 하는 사이에 유리가 입실했기에 마음을 다잡았다.

"아아…… 긴장되네."

같은 시각. 할버트는 긴장한 모습으로 어떻게든 호흡을 가다듬고 있었다.

평소에 할버트는 군복이 기본이지만 지금은 턱시도를 입고 있었다. 덥수룩한 머리도 오늘은 제대로 세팅되었고 좀처럼 마음이 가라앉지를 않았다.

지금부터 결혼식을 올릴 신랑이니까 그것이 당연하다는 것은 알지만, 자신이 아닌 느낌이 들어 아무래도 불안해지고 마는 것이었다.

"이제 그만 각오를 다지는 거예요, 할."

"할이 당당하게 있어 주지 않으면 우리가 더 난처하잖아."

그런 그의 옆에는 하얀 소복을 입은 카에데와 웨딩드레스 모습의 루비가 쓴웃음 지으며 붙어 있었다. 둘 다 순백의 옷차림에 연갈색과 진홍색 머리카락에 무척 화사했다.

오늘 두 사람은 신부를 목표로 치장했기에 평소보다 더욱 아름다웠다.

그야말로 조금 전까지 할버트는 두 사람의 모습에 넋을 잃고서 무심코 한꺼번에 덥석 끌어안고 말았기에, 옷이 흐트러진다며 혼이 난 참이었다.

하지만 그런 그녀들의 아름다움이 할버트를 몰아붙이는 원인이 되었다.

"지금 두 사람을 보여 주면, 저 녀석들 틀림없이 질투하겠는데……."

그들의 이번 결혼식에는 상당한 숫자의 하객이 방문했다.

마침 왕성에서는 소마의 대관식과 혼례 의식이 진행되고 있기에, 결혼하는 이들의 친족을 제외한 나라의 높으신 분들은 왕성으로 갔다. 대신에 할버트의 결혼식은 드라트루퍼 부하들이나 금군 시절 동료들이 많이 찾아왔다.

할버트에게 그들은 전우이자 좋은 친구였다.

하지만 남녀 비율이 남자 쪽으로 크게 치우친 군대 안에서 귀여운 참모님인 카에데 양은 아이돌 같은 존재였다. 그래서 카에데와 소꿉친구이자 이번에 그녀를 낚아챈 할버트를 향한 전우들은 범상치 않은 질투를 품고 있었다. 다시 말해,

'너만 귀여운 마누라를 얻다니 치사하잖아, 이런 젠장!'

그런 느낌이었다. 덧붙여서 또 한 사람의 신부인 루비도 미인이었다.

그런 사실 역시도 활활 타오르는 남자들의 질투에 기름을 끼얹는 격이었다. 지금 아름다운 두 신부를 선보였다가는 남자들의 질투는 더더욱 불타오를 것이다.

'결혼 축하해. 하지만 한 대 때리게 해 줘.'

딱 이런 심경일까. 할버트는 지친 듯 어깨를 떨어뜨렸다.

"그 녀석들이 [축복의 밀알]을 뿌릴 때, 나한테 전력으로 던져 주겠다며 단단히 벼르고 있어. 몇 명은 던지는 폼을 확인까지 하는 지경이었다고."

축복의 밀알을 뿌리는 것은 지구로 치면 라이스 샤워의 밀알 버전이다.

결혼식장에서 나온 신랑신부에게 하객들이 다산의 상징(한 알의 씨앗에서 많은 열매가 맺히기에)인 밀알을 뿌려서 축복하는 것이다.

물론 일반적으로는 밑에서 위를 향해 퍼뜨리듯이 뿌리는 것으로, 진지한 투척 포즈는 필요 없었다.

"처음에는 작게 '자갈을 섞을까…….' 같은 소리도 했어. 다른 사람이 맞으면 위험하니까 그건 그만두기로 한 모양이지만."

""아하하…….""

할버트는 질투하지만 카에데와 루비에게 폐를 끼치고 싶지는 않다.

설령 두 사람의 상대가 할버트일지라도, 제대로 행복하기를 바랄 정도였다. 그런 복잡한 사내의 마음도 있어서 밀알 전력투구 분위기는 진정된 모양이었다.

카에데는 쓴웃음 지으며 할버트의 오른쪽 가슴에 손을 툭 댔다.

"밀알을 전력으로 던지는 정도로 용서해 주는 거니까, 좋은 친구라고 생각하는 거예요. 모두가 질투할 만큼 할은 행복한 사람이니까요."

"그래. 남자라면 이렇게 아름다운 우리 두 사람을 신부로 맞는 거니까, 남들의 질투 정도는 기꺼이 받아들여."

루비도 할버트의 왼쪽 가슴에 손을 얹으며 말했다.

두 사람의 독려에 할버트는 "가차 없구나."라며 쓴웃음 지었다.

"……확실히 그 말이 맞네. 그 녀석들이 그럴 생각이라면, 나는 그 녀석들한테 행복한 모습을 선보이고 잔뜩 부러워하게 만들어 줘야 하나."

"후후후, 그 기개인 거예요, 할."

"제대로 에스코트하라고, 서방님."

카에데와 루비는 양옆에서 할버트의 뺨에 키스를 했다.

"아, 아니……."

"후훗, 얼굴이 새빨간 거예요, 할."

"입술에 하는 키스는 예식 때까지 미뤄 둘게."

할버트는 얼굴이 풀어질 뻔했기에 고개를 마구 내저었다. 그런 할버트의 모습에 카에데는 쿡쿡 웃고 있었지만 갑자기 어떤 사실을 떠올렸다.

"그러고 보니 말이죠, 할. 소마 폐하로부터 이번에 결혼하는 사람들에게 통지사항이 있었어요."

"소마한테서?"

할버트는 고개를 갸웃거렸다. 군신의 관계상 통지사항 자체는 일반적이지만, 결혼하는 사람들 한정이라는 점이 잘 이해가 되지 않았기 때문이었다.

그러자 카에데는 생글생글 웃으며 말했다.

"아무래도 '추후, 북쪽의 정세에 따라서는 이 나라가 사라질지도 모른다. 그러니까 비교적 여유가 있는 이 시기에, 제대로 아이 만들기에 힘쓸 것.' ……이라고 해요."

"뭐어?!"

아이 만들기에 힘쓰라는 카에데의 말을 듣고 할버트는 깜짝 놀라 무심결에 한 걸음 물러나고 말았다. 루비도 부끄러운지 뺨을 물들였다.

그런 두 사람의 반응에 쓴웃음 지으며 카에데는 소마의 의도를 해설했다.

"오늘 결혼하는 사람들은 폐하께는 특히 의지가 되는 가신들이에요. 무슨 일이 벌어져서 인원이 필요한 시기에 임신이나 출

산 시기가 겹치는 건 피하고 싶은 거겠죠."

"어, 어어……."

할버트가 흥분한 목소리를 흘렸다.

군대에 소속되어 있는 것치고 할버트는 이런 일에 숫기가 없었다.

왜냐하면 사관학교에 소속되면 선배들이 기분을 풀어 주겠다며 여성과 놀 수 있는 가게로 데려가는 경우가 자주 있는데, 할버트 같은 경우는 사관학교 시절에도 카에데와 함께 있었기에 시선을 의식하여 그런 놀이를 경험하지 않았던 것이다.

할버트가 육군, 카에데가 금군으로 소속이 나뉘었을 때도 할버트에게 귀여운 소꿉친구가 있다는 사실을 아는 동료들이 그가 조금이라도 다른 여자에게 관심을 보이려고 하면 카에데에게 보고해 버렸던 것이다.

물론 동료들은 카에데를 위한 친절이 아니라 귀여운 소꿉친구가 있는 할버트를 향한 질투였다. 그래서 여자와 놀아난 경험은 역시나 없다.

금군에 소속된 뒤로는 역시도 카에데와 함께 있었기에 사관학교 무렵과 같았다.

그래서 할버트는 거친 성향치고는 무척 순정파였다.

카에데는 그런 할버트에게 다가가더니 그를 올려다보며 말했다.

"나도 아내로서 열심히 노력할 거예요. 그러니까 할도 부탁할게요."

"나, 나도…… 열심히 할 테니까, 알았지?"

루비도 쭈뼛쭈뼛 할버트의 소맷자락을 붙잡으며 말했다.

그런 두 사람이 귀엽고, 기쁘고, 부끄럽고…… 행복해서 얼굴을 새빨갛게 물들인 할버트는 자신의 두 뺨을 찰싹 때려서 활기를 불어넣었다.

그리고 둘의 손을 잡고 입구의 문을 향해 걸어갔다.

"아아, 정말이지! 밀알이든 자갈이든 덤벼라! 아예 화살이든 창이든 쏟아져 보라고! 지금 내 행복한 심정을 방해할 수 있다면 어디 한 번 해 봐!"

할버트는 더없이 감동해서 저도 모르게 그런 식으로 외치는 것이었다.

◇ ◇ ◇

같은 시각. 왕도에 있는 다른 교회에서는 전직 노예상인 진저 카뮤와 전직 노예인 산드리아의 결혼식이 열리고 있었다.

"그럼 지금부터 성모룡의 이름 아래 선서를 하시지요."

진저가 교장을 맡고 있는 [진저의 전문학교] 교직원이랑 연구자들, 제국에서 초대한 산드리아의 가족들이 지켜보는 가운데 지금 막 두 사람은 신부 앞에서 맹세를 말을 나누는 참이었다.

"진저여. 그대는 산드리아를 아내로 맞이하여, 기쁠 때나 슬플 때나 평생 함께할 것을 맹세합니까?"

"맹세합니다."

신부의 물음에 진저는 또렷하게 대답했다.

지금 진저에게서는 평소의 살짝 유약한 모습은 볼 수 없었다.

적어도 오늘만큼은 남자답게 굴자. 그렇지 않으면 산드리아를 불안하게 만들어 버릴 테니까, 그렇게 일생일대의 각오를 다지고 임한 성과였다.

신부는 고개를 끄덕이더니 이번에는 산드리아에게 물었다.

"산드리아여. 그대는 진저를 남편으로 맞이하여, 기쁠 때나 슬플 때나 평생 함께할 것을 맹세합니까?"

"……맹세합니다."

이어서 산드리아도 살짝 머뭇거리면서도 맹세했다.

머뭇거린 것은 긴장했기 때문이 아니라 가슴이 벅찼기 때문이었다. 평생이라는 말에, 이제까지 있었던 일들이 뇌리를 스쳤으니까.

부모님이 남에게 속아서 빚을 지고, 그것을 갚기 위해서 노예로 이 나라에 팔렸다. 미래를 완전히 포기했던 그때, 진저와 만났다.

그 후로는 마치 비가 갑자기 갠 것처럼 사태는 호전되어, 더 이상 노예도 아니고 이렇게 진저의 아내로 화창한 날을 맞이할 수 있었다.

"그럼 맹세의 입맞춤을."

신부의 그 말에 두 사람은 마주봤다.

"진저 님…… 저, 행복해요."

황홀한 표정으로 말하는 산드리아를 보고 진저는 쓴웃음 지으며 말했다.

"남편이 되었으니까 이제 님은 붙이지 않아도 되잖아요?"

"그럼…… 진저…… 안 되겠어요. 저한테는 님을 붙이는 쪽이 딱 좋아요."

"뭐, 산 씨가 그렇게 부르고 싶다면 상관없지만."

"차라리 주인님이라고 부를까요? 남편을 주인이라 불러도 문제없잖아요?"

"내가 그런 플레이를 강요하는 것처럼 들리니까 그건 그만!"

절실하게 부탁하는 진저의 모습에 산드리아는 쿡쿡 웃었다.

그런 산드리아의 미소를 보고 진저도 부끄러운 듯 미소 지었다.

전직 노예상과 전직 노예. 입장은 항상 진저가 위였는데도 휘둘리는 것은 항상 진저 쪽이었다. 아마도 이 관계는 앞으로도 변하지 않으리라.

진저는 산드리아의 얼굴에 드리운 베일을 올렸다.

지근거리에서 바라보는 두 사람. 진저는 산드리아에게 말을 건넸다.

"아직 노예상을 하던 무렵에 본, 산 씨의 눈을 지금도 기억하고 있어요."

"눈……이라고요?"

어리둥절한 산드리아에게 진저는 다정한 목소리로 말했다.

"그 무렵의 산 씨는 '나는 노예니까.' 라며 미래를 완전히 포기한 눈이었어요. 나는 그런 산 씨에게 희망을 주었으면 좋겠다고 생각했어요."

"희망…… 미래에 대해서 말인가요?"

"예. 어때요? 산 씨는 지금, 밝은 미래를 그릴 수 있나요?"

진저의 그 질문에 산드리아는 살짝 눈을 감고 생각했다.

이윽고 눈을 뜨더니 싱긋 미소 지으며 말했다.

"커다란 집과 넓은 정원. 그곳에서 저와 진저 님이 살고 있어요. 아이는 아들이랑 딸이 하나씩. 커다란 애완동물을 기르는 것도 좋겠어요. 동물을 기르는 건 아이들의 정서 교육에 좋다고 들었으니까요. 그런 집에서, 저는 일찍 일어나서 아침을 만들고, 아이들에게 늦잠 자는 진저 님을 깨우게 하고, 제가 만든 아침을 다함께 먹은 다음은 가족 넷이서 손을 잡고 함께 학교로 간다…… 그런 모습을 상상했어요."

거침없이 이야기하는 산드리아. 그 많은 정보량에 진저는 당황했다.

"너, 너무 구체적이지 않나요?"

"제게는 더할 나위 없는, 행복한 미래예요."

산드리아는 발끝으로 서며 진저의 입술에 자신의 입술을 겹쳤다. 그녀는 이제 밝은 미래를 그릴 수 있게 되었다.

진저도 그런 산드리아의 마음을 기쁘게 받아들이는 것이었다.

같은 시각. 또 다른 교회에서도 지금 막, 루드원과 지냐가 신부 앞에서 맹세의 입맞춤을 나누는 참이었다.

키가 큰 루드윈과 자그마한 지냐, 신장 차이가 있는 커플이었기에 지냐는 있는 힘껏 발끝으로 서고 루드윈은 최대한 몸을 숙인 상태로 나누는 키스였다.

하객 여성진들이 꺅꺅대며 목소리를 터뜨렸다.

그중에는 하프 엘프 연구자 메루라나 톨기스 공화국의 기술자 타르의 모습도 있어서,

"축하해, 지냐, 루드윈 님!"

"축하해."

성대하게 박수를 치며 두 사람을 축복했다.

참고로 메루라의 보호자인 주교 소지는 루나리아 정교황국의 대표로 왕국의 혼례 의식에 갔다. 메루라는 루나리아 정교황국에서 마녀로 지명수배가 되었기에 국왕 방송에 만에 하나라도 비쳐서는 안 된다며 함께 가지 못했다. 뭐, 갈 수 있다고 해도 연구 동료인 지냐의 결혼식 출석을 우선시했을 테지만.

마찬가지로 연구 동료이자 그란 케이오스 제국의 대표로 왕성의 혼례 의식에 참석한 트릴 역시 나라의 대표라는 역할을 마치면 곧바로 이쪽으로 온다고 했다.

이번 동시다발적인 결혼 이벤트는 각 가문 사이의 인연도 고려하여, 이런 식으로 예식장 순례를 하는 가문도 많았다. 다소 혼란은 있었지만 왕도 전체를 가득 채운 축제 분위기는 그런 소란마저도 유쾌한 것으로 바꾸어 버렸다.

그런 축복의 분위기 가운데, 루드윈한테서 얼굴을 뗀 지냐는 쿡쿡 웃었다.

"역시…… 루 오빠는 크네. 키스하기 힘들어."

"큰 편이기는 해. 하지만 지냐가 작은 것도 원인이라고 생각하는데?"

"흠…… 역시 아내로서는 걸맞은 사이가 되기 위해서 살짝 더 컸으면 좋겠네. 키도…… 거기에다 가슴도."

자신의 맥 빠지는 체형에 지냐는 쓴웃음 지었다.

그런 지냐의 모습을 바라보던 루드윈은 천천히 그녀를 안아 들었다. 갑자기 공주님처럼 안긴 지냐는 놀라서 소리 높였다.

"우와, 루 오빠?! 갑자기 왜 그래?!"

"아니, 키 차이가 난다면 이러는 게 더 편할 것 같아서."

그러더니 루드윈은 넋이 나간 신부를 향해 윙크했다.

신부는 퍼뜩 놀란 표정을 띠더니 하객을 향해 말했다.

"지금 이곳에 새로이 한 쌍의 부부가 탄생했습니다. 하객 여러분께서는 교회 앞에서, 이 부부의 새로운 출발을 축하해 주십시오."

아무래도 루드윈은 지냐를 안아든 채 교회 밖으로 나가고 싶은 듯했다.

그것을 헤아린 신부는 이례적이기는 하지만 하객을 먼저 퇴장시켜 교회 앞에서 맞이하도록 준비한 것이었다. 애드립이 상당히 능한 신부님이었다.

하객들이 우르르 나가고 둘만 남겨진 교회에서, 루드윈의 품속에 있는 지냐가 자세 때문에 자연스럽게 올려다보며 물었다.

"……순서를 무시해도 괜찮아?"

"평소에 형식을 파괴하는 건 지냐잖아? 내 아내가 이렇게나 귀엽다는 사실을 모두에게 자랑하고 싶거든. 가끔은 나도 제멋대로 굴게 해 줘."

귀여운 아내라는 말에 지냐는 얼굴을 확 물들였다.

"……루 오빠는 옛날부터 가끔씩 장난꾸러기가 되는구나?"

"지냐한테 자극을 받았거든. 그런데, 결혼해서도 오빠라고 부를 거야?"

"나한테 루 오빠는 루 오빠니까. 이제 와서 다르게 부를 수도 없어."

"그도 그러네. 그럼…… 갈까, 지냐."

루드윈은 지냐를 안은 채로 걸어가더니 교회 문을 나섰다.

밖으로 나오자 카펫 양옆으로 죽 늘어선 하객들이 [축복의 밀알]을 뿌렸다.

루드윈이 하객들 사이를 끝까지 걸어간 참에, 지냐는 손에 들고 있던 부케를 뒤로 던졌다. 이 세계에도 지구와 마찬가지로 신부가 던진 부케를 받은 사람이 다음 신부가 된다는 징크스가 있었다.

드높이 던진 부케는 포물선을 그리며 행복을 받으려는 여성진 쪽으로,

"미안해요!"

떨어지기도 전에 크게 점프를 한 소녀가 받아냈다.

지상에서 아직 10미터 정도는 될 법한 높이에서 부케를 확 낚아챈 것이었다.

모두가 어안이 벙벙한 가운데, 부케를 손에 들고 지면에 내려선 소녀는 주위로 꾸벅꾸벅 머리를 숙였다. 꾸벅꾸벅할 때마다 머리 위의 '토끼 귀'가 흔들렸다.

　"미안해요 미안해요! 도련님께서 받아 오라고 명령하셔서요!"

　"……뭐 하는 거야, 레폴리나."

　타르가 어이없다는 듯이 말했다. 부케를 캐치한 사람은 레폴리나였다.

　레폴리나는 쿠와 함께 왕성으로 갔을 터인데, 아무래도 이것을 위해 일부러 이쪽으로 오도록 명령을 받은 모양이었다.

　그런 레폴리나는 곤란하다는 표정을 띠며 손에 든 부케를 타르에게 건넸다.

　"으으…… 도련님께서 '우꺄꺄, 다음은 어차피 우리 차례니까 받아가자고.'라고 그러셨어요~. 아, 도련님도 나중에 이쪽으로 오시겠다고 해요."

　제아무리 쿠라도 내빈 입장에서 예식 중에 빠져나올 수는 없었나 보다.

　그렇기에 부케 확보를 위해 레폴리나를 파견한 것이리라. 다만 예식이 끝나면 얼른 빠져나올 생각인 모양이지만.

　"쿠 님도 참, 정말이지……."

　타르는 쓴웃음을 지으면서도 부케를 받아들었다.

　입으로는 불평하지만 그 부케를 보고 풀어지려는 입가를 가렸으니 아주 마음에 없지는 않으리라. 레폴리나도 싱긋 웃고 있었다.

　다음 결혼 예정자들의 그런 대화에,

"이것이 행복을 나누어 준다는 거려나."

"흠, 이래서야 '준' 건지 '빼앗긴' 건지 잘 모르겠네."

루드윈과 지냐도 즐거운 듯 웃는 것이었다.

◇　◇　◇

"ㄱ, 그럼 여러분, 건배! 인 겁니다, 예."

한편 그 무렵, 왕도에 있는 폰초 이시즈카 파나코타의 저택 정원. 그곳에서는 하얀 연미복을 입은 폰초가 건배를 선창하고 있었다. 폰초는 말끔하게 빼입은 모습이었지만 둥그런 배 때문에 셔츠가 평소보다 더 꽉 끼었다.

그런 폰초의 양옆에는 새초롬한 표정인 세리나와 온화하게 웃는 코마인이 드레스 모습으로 서 있었다. 세 사람은 오전 중으로 결혼식을 올렸기에 세리나와 코마인은 이미 폰초의 첫째, 둘째 부인으로서 이 자리에 서 있었다.

"""건배…… 우오오오오오오오!!"""

폰초의 선창에 하객들도 잔을 들었다. 그리고 다음 순간에는 하객들이 앞다투어 수많은 큰 접시들에 요리가 담겨 있는 테이블로 모여들었다.

거리의 백성들에게 식신 이시즈카 님이라며 숭배의 대상인 폰초의 피로연이기도 하여, 요리는 식당 [이시즈카]에서 나오는 인기 메뉴를 비롯한 맛있어 보이는 것들뿐이었다. 평소에 왕성의 야근조밖에 못 먹는 [이시즈카]의 요리가 뷔페 형식으로 놓여 있었다. 사람들이 모여들 수밖에 없었다.

게다가 폰초는 신흥 귀족이고 식재료 도매 상대인 상인이나 시장 관계자 등의 일반인도 초대되었기에, 체면 따윈 신경 쓰지 않고 요리로 돌격하는 이가 많이 보였다.

그런 그들에게 요리를 모두 빼앗기지는 않겠다며 귀족 및 기사 계급 사람들 역시 체면치레도 벗어던지고 요리 탈취에 나섰으니 소동이 벌어지는 것도 당연하리라.

신랑신부를 제쳐놓고 펼쳐지는 요리 쟁탈전. 그런 소동에도 불구하고 신기하게 피로연이 엉망진창이 되지는 않았다.

자세히 보면 식욕이 넘치는 초대객들 사이를 민첩하게 돌아다니는 이들이 있었다.

"로스트비프는 한 사람이 한 번에 두 조각까지입니다. 더 드실 분은 줄을 다시 서 주십시오."

"부인, 음료는 어떠십니까."

"튀김 줄 끝은 여기입니다."

"축하 자리에서 다투는 것은 금기. 지키지 못하시는 손님은 퇴장시키도록 하겠습니다."

그들은 모두 집사 복장이나 클래식한 메이드 복장을 입고 있었다.

그들이 능수능란하게 요리를 분배하고, 음료를 준비하고, 줄을 정리하고, 다툼이 일어날 것 같은 장소에는 개입하는 등등 혼란을 최소한으로 억누르는 것이었다.

그 움직임은 그야말로 프로페셔널. 그것도 당연했다. 여하튼 그들은 왕성 등등, 고귀한 신분을 모시는 집사나 메이드를 다수 배출한 일족의 사람들이니까.

그런 그들의 활약을 보며 폰초는 식은땀을 손수건으로 훔쳤다.

"괴, 굉장히 떠들썩해졌군요, 예. 세리나 님의 친족 여러분께서 도맡아 주시지 않았다면 큰일이 벌어졌을 테죠."

연회장에서 돌아다니던 집사나 메이드는 모두 세리나의 일족이었던 것이다.

그들은 본래 초대받은 쪽이었지만 일족의 가풍이 환대받는 쪽보다는 환대하는 쪽이 되고자 하는 것이었기에, 이 피로연에서 종업원 역할을 부탁한 것이었다.

"세리나 님의 가족분들까지 일을 하시게 만들어 버려 면목 없습니다, 예."

"신경 쓰지 마시길. 이런 봉사는 저희 일족의 긍지이오니."

세리나는 여전히 무표정이지만 어쩐지 자랑스럽게 말했다.

"아버님도 어머님도, 부탁을 받지 않아도 멋대로 일하셨죠. 지금도 즐겁게 각 테이블을 돌아다니시고."

세리나가 바라보는 곳에서는 포도주가 든 유리잔이 여럿 놓인 쟁반을 한손에, 각 테이블을 돌며 포도주를 권유하는 집사 복장의 젠틀맨이 있었다.

세리나의 아버지였다. 본래라면 가족석에서 얌전히 있어야 할 신부의 아버지임에도, 그는 물 만난 고기처럼 돌아다니며 봉사를 하고 있었다.

그런 세리나의 아버지를 보고 코마인이 쓴웃음 지었다.

　"저희 부모님은 이제 안 계시지만, 신부의 아버지는 잘 꾸민 딸을 보고 우는 법이라고 생각했어요."

　"……일이 삶의 보람인 일족이에요. 대를 거듭하며 왕가에 대한 충의가 제일이라고 교육받았기에, 그만 자신의 감정을 뒷전으로 미루고 일하고 마는 거예요. 제가 일족 가운데서는 가장 감정 표현이 풍부하다고 그랬을 정도니까요."

　"…………."

　진지한 표정으로 일족 가운데 가장 감정 표현이 풍부하다고 세리나가 단언하자 코마인은 농담인지 진심인지 알 수가 없어 굳어 버렸다. 그런 세리나의 말을 듣고 폰초는 곤란하다는 듯 웃으며 또다시 식은땀을 훔쳤다.

　"장인어른께 결혼 인사를 드리러 갔을 때도 별다른 말씀 없이 끝났죠, 예."

　세리나를 데리고 폰초가 그녀의 고향에 결혼 인사를 하러 갔을 때의 일이었다.

　폰초는 잔뜩 땀을 흘리면서도,

　'따, 따님을 제게 주십시오, 예.'

　……해야 할 말을 제대로 꺼냈다. 세리나의 아버지는 그것을 잠자코 듣고 있었다. 그리고 당사자인 세리나와 나눈 대화라면…….

　'아버님. 저는 이분과 결혼하겠어요.'

　'알았다.'

이런 두 마디뿐이었다. 그리고 세리나의 아버지는 폰초에게,

'부족한 딸이지만 잘 부탁드립니다.'

……그러면서 머리를 숙인 것이었다. 폰초의 인사 시간을 제외하면 실로 5초 남짓.

혼담이 정리되었으니까 상관없을지도 모르겠지만 폰초가 긴장한 것치고는 참으로 맥 빠지는 느낌으로 끝난 것이었다. 그이야기를 듣고 코마인은 눈을 크게 떴다.

"너, 너무 맥 빠지는 거 아닌가요?"

"그만큼 세리나 님을 신뢰한다고 느꼈어요, 예. 세리나 님은이상한 남자에게는 걸려들지 않는다는 확신이 있기에 즉답하신 거겠죠."

"……아버님은 제가 이러자고 결정하면 물러서지 않는 성격임을 알고 계시니까요."

세리나가 태연한 표정으로 꺼낸 그 말을 듣고 폰초와 코마인은 얼굴을 마주보고 쓴웃음 지었다. 표정이 부족해서 무척 알아보기는 어렵지만, 오래 알고 지낸 두 사람으로서는 그녀가 부끄러워 한다는 것을 알 수 있었으니까.

그런 둘의 반응에 세리나는 고개를 홱 돌렸다.

"딱히, 아버님은 제 보는 눈만을 믿으신 게 아니에요. 가르쳐 주신 정크 푸드 레시피는 고향에도 전달했으니까, 얼굴에 드러나지는 않았지만 훌륭한 그 요리에 감동하셨던 거라 생각해요."

"아아. 그럼 폰초 씨가 인사를 드리기 전에 위장을 붙잡았다는 거로군요."

코마인이 납득했다는 듯 손뼉을 짝 쳤다.

아무래도 세리나 부녀는 성격만이 아니라 음식 취향도 닮은 모양이었다.

그리고 세리나는 슬며시 폰초에게 몇 가지 요리가 담긴 접시를 건넸다.

"자, 가만히 있다가는 다른 사람들이 요리를 전부 먹어 버려요. 요리 몇 가지를 확보해 뒀으니까 같이 먹죠."

"어, 어느새 그러셨나요?! 아까부터 계속 이야기를 나누고 있었는데, 예."

"아뇨, 아까 틈을 봐서 사사삭. 코마인 님 몫도 있어요."

그러면서 코마인과 자기 자리 앞에도 다채로운 요리가 담긴 접시를 놓았다.

틈을 봐서⋯⋯라고는 그러지만, 저런 대인원 사이에서 요리를 확보하고 깔끔하게 담아오기까지 하다니 참으로 은밀한 움직임이었다.

코마인은 눈앞의 요리를 보고 한숨을 흘렸다.

"세리나 씨는, 사실은 왕국 안에서도 굴지의 실력자가 아닐까 싶네요⋯⋯."

"낭비 없이 움직이는 것뿐입니다. 봐 주세요, 이 가냘픈 팔을. 카를라 씨보다 무거운 걸 끌고 간 적은 없어요."

"끌고 가요?! 들고 가는 게 아니라?! 그보다, 카를라 씨는 물건 취급인가요?!"

"실례네요. 카를라 씨는 멋진 장, 동료예요."

"지금 장난감이라고 그러려던 것 같은데요?!"

"저, 저기…… 세리나 님?"

신부 두 사람이 그러 대화를 나눌 때였다.

가만히 자기 앞에 놓인 접시를 보고 있던 폰초가 곤혹스러운 표정으로 세리나에게 물었다.

세리나는 고개를 갸웃거렸다.

"왜 그러시나요?"

"그게…… 제 앞에 있는 접시 위에 담긴 요리 말인데요……."

그 말에 코마인은 폰초 앞에 있는 접시에 담긴 것을 봤다.

코마인이나 세리나의 접시에는 로스트비프나 나폴리탄 스파게티를 중심으로 매시 포테이토나 샐러드, 과일 등이 다채롭게 놓여 있었다.

반면에 폰초의 접시에는 간 파테, 호박과 견과류 볶음, 소마의 세계에 있었다는 장어 오믈렛 등이 듬뿍 놓여 있었다.

"폰초 씨, 이 요리가 어떻다는 건가요?"

요리가 두 사람과 다르다는 점은 기묘하지만 대식가인 폰초라면 이 정도는 먹을 것이다. 코마인으로는 어째서 폰초가 곤혹스러워 하는지 알 수 없었다.

하지만 폰초는 얼굴을 빨갛게 물들이며 세리나를 보고 있었다.

"세리나 님…… 이거, 일부러 한 건가요?"

"물론이죠."

태연한 표정으로 말하는 세리나. 어쩐지 두 사람만 아는 분위기를 풍겼기에, 따돌림 당한 코마인은 입술을 삐죽 내밀었다.

"저만 제쳐놓지 마세요. 이 요리가 어쨌다는 건가요?"

"어, 아니, 코마인 님…… 이 요리에 사용된 식재료가…… 그게……."

"정력 증강에 효과가 있다고 여겨지는 것들이에요."

말하기 어려워하던 폰초를 대신해서 세리나는 시원스럽게 말했다.

정력 증강. 그 말을 듣고, 그 말이 의미하는 바를 이해한 코마인은 펑 소리가 날 것 같을 만큼 순식간에 얼굴을 붉게 물들였다.

"그게…… 간, 호박, 견과류, 장어 등은 피로 회복에 효과가 있다는 식재료예요, 예. 다시 말해서 기운을 북돋우어 정력 증강에도 효과가 있다고……."

폰초도 부끄러워하며 덧붙였다.

코마인은 깨닫지 못한 모양이지만, 식신이라 칭송될 만큼 음식에 정통한 폰초가 깨닫지 못했을 리가 없었다. 부끄러워서 얼굴을 붉게 물들이며 고개를 숙인 폰초와 코마인을 보고 세리나는 "저희는 이미 부부예요."라며 어이없다는 듯 말했다.

"결혼한 이상, 후사를 생각하는 건 당연해요."

"그건 뭐…… 그렇지만요…… 예."

"폐하께서는 이걸 기회로 아이 만들기에 힘쓰라고 그러셨으니, 이번 결혼 이벤트를 보고 불이 붙은 동료 몇몇이 내년까지 결혼한다고 해요. 이 상태라면 아마도 내년 즈음은 왕국 상층부에 베이비붐이 오겠죠. 서방님께선 가능하다면 산부인과가 붐비기 전에 노력해 주셔야겠어요."

"서, 서방님?!"

갑자기 세리나가 서방님이라 부르고, 게다가 아이 만들기를 노력하자고 그러니 폰초는 눈을 동그랗게 떴다. 세리나는 새삼스레 무엇을 그러냐는 눈빛으로 폰초를 보고 말했다.

"제 서방님이 되셨으니까 서방님이겠죠. 그보다도, 언제까지 아내를 상대로 '님' 이라고 부르시는 건가요."

지적을 받은 폰초는 허둥지둥했지만 이윽고 마음을 굳힌 듯 말했다.

"세…… 세리나…… 씨. 코마인…… 씨."

"……합격점일까요."

"후후후, 그렇다면 저는 '당신' 이라 부르고 싶어요. 새신부다운 느낌이 드니까요. 그럼 당신, 하나 받아갈게요."

그러더니 코마인은 폰초의 접시 위에서 간 파테를 하나 집었다.

"저도…… 기운을 내고 싶으니까요."

"코, 코마인 씨?!"

"흠…… 저도 먹는 편이 나을까요."

"세, 세리나 씨까지…….."

세리나도 장어 오믈렛을 하나 집었다. 그야말로 쩔쩔매는 폰초의 모습에 두 사람은 쓴웃음 짓더니, 얼굴을 가져다대어 폰초의 양쪽 뺨에 각자 키스를 했다.

""빠릿빠릿하게 움직이세요. 서방님/당신.""

그 달콤한 울림에, 크게 흥분한 폰초는 벌러덩 쓰러질 뻔했다나.

◇ ◇ ◇

그런 식으로 부하들이 각자의 결혼식을 만끽하던 무렵.

왕도에 있는 분수 광장에서는 많은 국민들이 국왕 방송을 통해 왕성의 대관식 겸 혼례 의식을 보고 있었다. 그 의식도 막바지에 다다랐다.

남은 프로그램은 정식으로 국왕이 된 소마의 즉위 첫 연설뿐이었다.

소마는 옥좌에서 일어서더니 앞으로 나오고, 그 옆으로 제1정실인 리시아가 섰다. 이어서 아이샤, 로로아, 주나, 나덴이 그 뒤로 자리를 잡았다.

소마는 붉은 카펫 위로 옮긴 국왕 방송의 보옥을 향해…… 다시 말해 이 대관식 겸 혼례 의식을 보고 있는 국민들을 향해 이야기했다.

[내가 이 나라에 오고 약 2년이 경과했다.]

조용히, 하지만 또렷한 말투로 소마는 이야기를 시작했다.

[최근 2년 동안 안팎으로 많은 일들이 벌어졌다. 어지러이 변화하는 시대 가운데 이 나라 역시도 변했다. 그야말로 국명마저도 정식으로 '엘프리덴 및 아미도니아 연합 왕국' 통칭 '프리도니아 왕국'이 되었을 정도로.

그런 가운데 오늘을 맞이했다는 사실을 기쁘게 생각한다.

오늘부터 나는 이곳 프리도니아 왕국의 정식 국왕이 된다.

또한 선대 엘프리덴 국왕 알베르토 엘프리덴의 딸 리시아와,

선대 아미도니아 공왕 가이우스 아미도니아의 딸 로로아와 혼인을 맺어 소마 A(아미도니아). 엘프리덴으로서 두 나라를 통치하게 된다. 엘프리덴 지방 및 아미도니아 지방의 국민들에게 인정받는 국왕이 되도록 분골쇄신할 각오다.

하지만 내가 아무리 각오를 다지고 열심히 해도, 한 사람의 힘으로 할 수 있는 일에는 한도가 있다. 그 상한도 결코 높지 않겠지.

앞서 말한 최근 2년 동안, 나 하나의 힘만으로 그 많은 일을 극복한 건 아니다. 곁에서 함께해 준 왕비들, 이곳에 있는 가신들, 이 자리에는 참석하지 못한 많은 가신들, 그리고 국민들이 이 나라를 위해 일해 준 결과다.

세간에서는 '네임리스 히어로즈'라는 방송이 인기인 모양인데, 그것을 봤다면 알 것이다. 세계는 화려하게 활약하는 이들만으로 만들어지는 것이 아니다.

그 뒤로 이름도 없는 영웅들의 활약이 있다는 사실을 알고 있다.

지금 이 자리에서 내가 이런 멋진 날을 맞이할 수 있었던 것은 그런 이름도 없는 영웅들 덕분이다. 네임리스 히어로즈…… 그것은 국민 한 사람, 한 사람을 가리키는 것이다!]

용사도, 영웅도 영어로 번역하면 '히어로'가 된다.

용사(히어로)로서 소환된 소마가 국민들을 '이름 없는 영웅(히어로)'이라고 부른 것이다.

왕성에는 들리지 않을 테지만, 방송이 나오는 분수 광장에서는 사람들이 환호성을 터뜨리고 있었다.

소마는 그때 잠시 말을 멈춘 다음, 다시 이야기를 시작했다.

[즉위 연설은 국왕으로서 이 나라를 어떻게 통치하고 싶은지를 이야기하는 자리라고 들었다.

하지만 내 생각은 이전에, 신년의 포부로서 이야기했다.

그것은 '좋은 나라를 만든다.' 라는 것이다.

수수한 목표하고 생각할지도 모르지. 똑같이 소환된 용사이자 건국의 아버지인 초대 국왕이라면 틀림없이 더욱 장대한 목표를 내세웠을 것이다.

하지만 나는 강한 신조는 종종 시대에 뒤처지는 법이라고 생각한다.

예를 들어 '대륙 통일' 이라는 큰 꿈을 앞세운다면, 그 꿈에 공감하는 사람들의 지지를 얻을 수 있을지도 모른다. 현재의 불안정한 시대는 그런 커다란 꿈을 선망하게 만드는 토양이 있다. 모두가 폐쇄감을 느끼는 이 상황을 타파하길 바라기 때문이다.

하지만 다음 시대는 어떻게 될까?

크나큰 그 꿈이 도리어 족쇄가 되지는 않을까.

전전대 국왕은 그란 케이오스 제국과 비견되는 국가를 만들고자 무리한 확장 노선을 펼쳤다. 확실히 국토는 넓어졌다. 하지만 그 결과로 어떻게 되었느냐면, 전전대 국왕의 사후 왕족들 사이에 내란을 부르고 다른 나라의 원한을 사서 개입을 초래하고 말았다.

시대의 흐름에 따라 비약된 꿈은, 시대의 종언과 함께 쇠하고 마는 것이 세상의 이치다.

그렇다면 시대의 흐름에 농락당하지 않는 나라를 만들려면 어떻게 해야 하는가!

 그것은 현실을 직시하고 시대의 흐름에 따라 서서히 변화하여 적응하는 것이다.

 어렵게 생각할 건 없다. 어제보다 오늘, 오늘보다 내일, 이 나라가 더 살기 좋아졌다고 느낄 수 있다면 그것으로 충분한 깃이다. 그것은 이미 이 나라에서 실천되고 있다.]

 그리고 소마는 양팔을 크게 벌렸다.

 [이 국왕 방송도 그렇다.

 큰 도시에서는 영상으로 볼 수 있고, 작은 마을에서도 음성만은 들을 수 있는 이 국왕 방송을, 나는 왕위를 물려받은 뒤로 다양한 일에 이용했다.

 어제보다 오늘, 오늘보다 내일, 살기 좋아졌다고 느낀다는 것은, 뒤집어 보면 예전의 상태로 돌아가고 싶지 않다는 것이다. 그렇다면 묻겠다!

 로렐라이들의 노래를 들을 수 없는 생활로 돌아갈 수 있겠는가!]

 아니다! 소마에게는 들리지 않았지만, 질문을 받은 국민들은 그렇게 대답했다.

 [나덴의 일기예보 없이 세상의 부인들은 빨래를 널 수 있을까!

 어부들은 배를 띄울 수 있을까!

 농가는 수확 시기를 결정할 수 있을까!]

 아니다!

[행상인들은 정비된 교통망을 이용하지 않고 물품을 나를 수 있을까!

상점 주인들은 가게에 물품을 진열할 수 있을까!]

아니다!!

[큰 도시에서는 상하수도를 정비하고 위생 환경을 개선했다!

혹시 과거의 공기나 물로 돌아간다면 그대로 살아갈 수 있을까!

의사의 숫자를 늘렸다! 이제까지의 병원 숫자로 안심하고 살 수 있을까!

안심하고 아이를 낳을 수 있을까!

이제까지 거들떠보지도 않았던 식재료를 먹는 습관을 들였다!

식탁에서 반찬의 다양성이 줄어들어도 그걸로 충분하다고 여길 수 있을까!

금속 자원이 부족한 엘프리덴 지방은 아미도니아 지방의 금속류를 안정적으로 보급받기 시작했고, 식량 자급률이 낮은 아미도니아 지방은 엘프리덴 지방에서 식량을 안정적으로 공급받게 되었다! 이 인연을 이제 와서 없앨 수 있을까!]

단연코 아니다!! 확실히 국민들은 어제로 돌아가고 싶다고는 생각하지 않았다.

하루하루의 생활 가운데는 미미한 변화였던 것도 돌이켜 보면 큰 변화가 된 경우도 많았다며 다시금 인식하는 형태가 되었다.

소마는 손을 내리고 흥분한 기색인 국민들에게 이야기했다.

[이렇게 하루하루를 거듭하며 조금씩 변화를 거듭하는 것으로 좋은 나라라는 것을 만들어 간다. 왕비들이나 가신들, 그리

고 국민들과 함께.

그것이야말로 내가 국왕으로서 나아갈 길이다. 이 나라가 나아갈 길이다.

그러니 부디, 이 나라를 위해 모두의 힘을 빌리고자 한다.

지금보다도, 조금씩이지만, 착실하게 멋진 미래를 위하여!]

그러면서 소마는 주먹을 들었다.

그에 맞추어 리시아, 아이샤, 주나, 로로아, 나덴이나 늘어선 가신들도 머리를 숙였다. 그 순간, 시청하던 국민들 사이에서 환호성이 터졌다.

자세히 들으면 국왕 방송에서도 그 목소리는 들렸다.

분수 광장에서 터진 그 환호성은 분명히 왕성까지 닿고 있었다.

그리고 소마 일행은 천천히 출구 쪽으로 걸어갔다.

나와 리시아 및 다른 왕비들은 왕성 중앙 정원을 내다볼 수 있는 테라스로 나왔다.

그곳에서 중앙정원을 내려다보니 사람이 넘쳐났다.

유명 애니메이션 영화의 악역이라면 '사람이 쓰레기 같아.'라는 소리라도 할 것 같은 광경이지만, 지금의 내 입장에서는 농담이라도 입 밖으로 낼 수는 없겠지.

우리가 테라스 난간 근처에 서서 아래의 군중을 향해 손을 흔들자, 성을 뒤흔들 것만 같은 대환호성이 터져 나왔다.

이것은 내가 원래 있던 세계에서 궁전을 민간에 개방하고, 왕족이 사람들의 성원에 답례하는행사와비슷하다.

　나랑 왕비들의 화려한 모습을 직접 보고자 신분을 불문하고 국민들이 중앙 정원에 모여 있는 것이었다. 물론 중앙 정원까지만 들어올 수 있고 엄중한 경비 태세가 깔려 있었다.

　그래서 아무리 직접 볼 수 있다고는 해도 상당히 작게 보일 거라고 생각하는데, 그럼에도 이렇게까지 많은 사람들이 모여 준 것은 기뻤다.

　"폐하. 시안 님과 카즈하 님을 모셔 왔습니다."

　그 말에 돌아보니 카를라가 선대 국왕 부부인 알베르토 님, 엘리샤 님과 함께 서 있었다. 카를라와 엘리샤 님은 갓난아기를 안고 있었다.

　배내옷의 색깔을 보아하니 카를라가 안고 있는 것이 시안(파랑), 엘리샤 님이 안고 있는 것이 카즈하(핑크)겠지. 나는 쿡쿡 웃고는 리시아에게 말했다.

　"리시아, 네가 카즈하를 받아 줘."

　"알았어."

　리시아가 엘리샤 님에게서 카즈하를 받아들고, 나는 카를라에게서 시안을 받아들었다.

　그리고 우리는 다시 난간 근처까지 가서는, 떨어뜨리지 않도록 세심한 주의를 기울이며 국민들에게 보이도록 안았다. 그러자,

　와아아아아아아아아아아아아!! 커다란 함성이 터졌다.

"후아…… #$%& ○ 아아!"

함성에 놀랐는지 카즈하는 리시아의 가슴에 얼굴을 파묻듯이 울음을 터뜨리고 말았다. 리시아가 "그래 그래."라며 흔들어 달래자, 훌쩍훌쩍하면서도 더 이상 큰 소리를 내지는 않았다. 하지만 얼굴은 절대로 가슴에서 떼지 않는 모습을 보니, 저만큼 수많은 사람을 보는 건 무서울 테지.

한편 시안은 어떠냐면…….

"…………."

이쪽은 표정이 바짝 굳어 있었다.

마치 석화 마법이라도 걸린 것처럼, 군중을 보며 표정을 움직이지 않았다. 시안은 낯을 가리는 경향이 있어서, 처음 만난 사람들 앞에서는 이렇게 표정이 굳어진다.

그래서 어떻게 보면 평소 모습 그대로였다.

어떻게든 표정을 풀어 줄 수는 없을까 싶어 말랑말랑한 뺨을 쿡쿡 찔러 봤지만 눈싸움이라도 하는 것처럼 표정이 전혀 바뀌지 않았다. 고집쟁이 녀석~.

"굉장하네. 모두 이 아이들을 축복해 주고 있어."

나덴이 손을 흔들며 그런 말을 했다.

그런 나덴의 혼잣말을 듣고 아이샤와 주나 씨도 온화하게 미소 지었다.

"왕자님과 공주님이니까요. 왕가의 미래가 밝다는 건 국민들에게 기쁜 일이에요."

"후후, 지금 두 사람은 로렐라이 이상으로 국민들에게 사랑받

고 있겠죠."

"뭐, 우리도 이러니저러니 해도 국민들한테 사랑받고 있구나."

로로아도 쾌활하게 웃으며 말했다.

"시아 언니는 엘프리덴 지방의 사람들한테, 내는 아미도니아 지방의 사람들한테 인기가 있다. 주나 언니는 굳이 말 안 해도 잘 알려진 [프리마 로렐라이]고, 아이 언니도 나넷찌도 국왕 방송으로 노출되었으이까 친근하이 여길 기다. 뭐, 그러는 우리는 한꺼번에 낚아챈 달링한테는 살짝 시샘도 있을지 모르겠지만."

그러더니 로로아는 찡긋 윙크했다.

……그러네. 이다지도 멋진 아내들에게 둘러싸인 것이다.

다소의 시샘 정도는 달게 받아들이자.

하지만…… 국민에게 사랑받는다, 인가.

"살짝, 무서워지네."

"소마?"

혼잣말을 들은 리시아가 고개를 갸웃거렸다.

나는 쓴웃음 지으며 시안을 안은 자세를 고쳤다.

"여기서 우리를 축복하고 환호성을 터뜨리는 사람들은 그만큼 감정 표현이 풍부하다는 뜻이야. 그건 다시 말해서 흐름에 쉽게 휩쓸린다고 할 수도 있겠지."

나는 군중들을 똑바로 응시하며 말했다.

"혹시 섣부른 통치로 그들의 기대를 배신했다간 축복은 저주로, 함성은 노성으로 바뀔 거야. 우리의 즉위와 혼례, 시안과 카즈하의 탄생을 축하하는 것과 같은 열기로 우리 가족을 규탄하지는 않을까 싶어서."

그러자 왕비들은 생각에 잠긴 듯한 표정을 띠었다.

내가 이 나라의 국왕으로서 중책을 졌듯이, 이 나라의 왕비로서 중책을 지게 된 아내들도 생각하는 바가 있겠지. 그러자,

("안심하세요.")

등 뒤에서 그런 목소리가 들렸다. 어느샌가 카를라가 바로 뒤에 서 있었다.

("주인님이 길을 벗어날 경우, 제가 목숨을 걸고서 막는다는 계약이에요. 여차할 때는 저주가 가족에게 향하기 전에 제가 막겠어요.")

나한테만 들리도록 카를라는 그렇게 중얼거렸다. 그 내용에 무심코 웃음이 터져 버렸다.

("아하하…… 그건 길을 벗어난다면 죽인다는 소리겠지? 이런 경사스러운 날에 할 소리야?")

내가 돌아보지 않고 작은 목소리로 묻자 카를라는 어이없다는 듯 말했다.

("그런 경사스러운 날에 비관적인 태도가 된 주인님 잘못이에요.")

("……그야 그렇지.")

("예. 그러니까 그날이 오지 않도록 좋은 왕이 되어 주시길.")

그러더니 카를라는 슬며시 떨어졌다.

평소에는 세리나에게 휘둘리고는 있지만, 카를라는 내 머리 위에 걸린 검이다.

항상 위험으로서 존재하고 자신의 반성을 촉구하는 억지력이 되는 검.

　그리고 정말로 길을 벗어났을 때는 내 머리로 떨어지는 검.

　그것은 반대로, 내가 엇나갈 때 날 막아 주는 존재가 있다는 보증이기도 했다.

　앞으로 국왕으로서 나아갈 내게, 이 억지력과 보증은 참으로 든든했다.

　"괜찮아, 소마."

　그러자 리시아가 부드럽게 미소를 띠며 내 옆으로 다가왔다.

　그것을 지켜보던 국민들이 또다시 환호성을 터뜨렸다.

　"이제까지도 모두 함께 극복했는걸. 앞으로도, 어떤 일이 있더라도 우리 가족이라면 극복할 수 있어."

　리시아의 말에 아이샤, 주나 씨, 로로아, 나덴도 고개를 끄덕였다.

　어쩐지 용기를 받은 것 같아 나는 모두에게 "고마워."라 말하고, 다시금 국민들을 향해 한손을 흔드는 작업으로 돌아갔다.

　"하지만 가족이 좀 더 있어도 좋을 거라고 생각해."

　리시아가 국민들 쪽을 계속 바라보며 그런 소리를 꺼냈다.

　"그러니까 오늘부터, 소마가 자는 장소는 우리 방이야."

　"저기…… 리시아, 그건…….

　그러니까…… 그런 건가?

　나는 한동안, 내 침대에서도 집무실 침대에서도 잘 수가 없다……고?

리시아는 미소 그대로 내게 고했다.

"이미 결정된 사항이야. 참고로 오늘밤은 아이샤의 방이네."

"부, 부족한 몸이지만 잘 부탁드립니다."

아이샤도 국민들에게 손을 흔들며 수줍은 듯 말했다.

들자 하니 주초에 각자의 예정이나 컨디션 등을 담당하는 궁녀에게 보고하여 그것을 고려하고서 동침하는 스케줄이 결정된다나.

내일은 주나 씨고 다음이 로로아, 나덴, 리시아……로 계속 이어진다는 모양이었다.

참고로 내 예정 따윈 전혀 들어 주지 않지만…….

"제대로 해, 소·마."

"……예."

……열심히 하자. 많은 의미로.

와아아아아아아아아아아아아아아아아아아!!

그때, 국민들 사이에서 한층 더 큰 환호성이 터졌다.

응? 지금은 어째서 환호성이 터졌지? 그렇게 생각하는데,

"소마, 저걸 봐!"

나덴이 머리 위를 가리키며 말했다. 우리가 하늘을 올려다보자,

"아니?!"

우리의 아득히 상공, 구름 사이를 희고 커다란 그림자가 날아가는 모습이 보였다. 햇빛을 받아 번쩍이는 체모가 있는 표피와 하늘을 가르는 웅대한 날개는…… 틀림없었다.

"티아마트 님?!"

나덴이 외쳤다시피, 그 모습은 틀림없는 마더 드래곤 티아마트였다.

티아마트는 아주 드물게 대륙 전체를 유람 비행하는 경우가 있어서, 성모룡 신앙에서는 그 모습을 보는 것은 길조로 여겨진다. 나와 리시아는 이전에 본 적이 있었다.

"소마, 티아마트 님한테도 초대장을 보냈지?"

리시아의 물음에 나는 고개를 끄덕였다.

"그래. [노툰 용기사 왕국]의 실 공주를 통해서 보냈지. 하지만 티아마트 님은 하계의 일에 간섭하지 않으니까 무리일 거라고는 그랬지만."

그럼에도 나덴과 결혼하는데 모든 드래곤의 어머니인 티아마트 님을 초대하지 않는 것은 싫었기에 안 되는 것을 전제로 초대장을 보낸 것이었다. 허나 역시나 대답은 없었다.

"말도 안 돼…… 티아마트 님…… 어째서……."

멍하니 하늘을 올려다보는 나덴의 어깨를 끌어안았다.

"지상의 일에는 간섭해서는 안 된다. 하지만 용기사 왕국이 아닌 곳으로 시집을 간 나덴과 루비를 걱정한 게 아닐까. 그러니까 이렇게, 유람 비행이라는 형태로 '딸들'의 결혼식을 '지나갔어'."

"소마……."

눈에 눈물을 글썽이는 나덴의 어깨를 툭 두드렸다.

"자, 과보호하는 어머님께 대답해 드려야지."

"훌쩍…… 응!"

나덴은 하늘을 향해 손을 뻗으며, 사람의 모습 그대로 용의 포효를 내질렀다. 동시에 성 아래쪽에서도 비슷한 포효가 들렸으니 루비도 알아차린 거겠지.

그러자 딸들의 활기찬 목소리가 전해졌는지, 티아마트 경도 예의 고래 노랫소리 같은 온화한 포효를 울렸다. 티아마트의 그 포효는 마치 왕국의 앞날을 축복하는 것이 아니었느냐고 기록으로 남겨지게 된다.

"좋은 결혼식이 됐구나."

리시아의 말에 나는 진심으로 동의했다.

중기

현국 10권을 구입해 주셔서 감사합니다. 로드바이크를 구입한 뒤로 맑은 날에는 40킬로미터는 달려야 하는 몸이 된 도조마루입니다. 마성의 탈것이네요, 로드바이크는. 가성비로 바이크를 골랐는데 이렇게까지 빠지다니…….

자, 본편 이야기로 들어가겠습니다만, 이번 편에서 마침내 소마는 정식 국왕으로 즉위하고 약혼자들과 결혼합니다. 이야기로서는 제2부가 완결된 참일까요. 아, 이야기는 아직 이어지니 계속해서 함께해 주시길 바랍니다.

사실 이번 편 서브 캐릭터 파트는 연애담인데, 당초에는 이렇게까지 잔뜩 쓸 예정은 아니었습니다. 대관식과 혼례 의식만 하고, 서브 캐릭터의 연애 묘사는 결혼했다는 사실만 게시하고 깔끔하게 흘려도 되지 않으려나, 그런 생각도 했습니다.

하지만 현재 진행형으로 따라와 주시는 독자 여러분으로부터 다른 연애도 제대로 완결지어 달라는 의견이 들어와서, [화촉의 장]이라는 독립된 장이 되었습니다. 이 이야기에서는 보기 드물 정도로 잔뜩 연애 이야기가 되었습니다. ……가끔은 괜찮죠? 10권이라는 한 단락을 맞이했으니 다소 도가 지나친 것은 너그러이 봐 주시면 감사하겠습니다.

다만 이제부터는 마음을 놓을 수 없습니다. 후우가의 출현으로 이 세계의 움직임은 가속되겠죠. 이 시대의 움직임에 소마는 대비해야만 하고, 소마가 대비하고자 무언가를 이루어 내면 그것이 후우가를 자극해서 그를 도리어 조급하게 만들 겁니다.

서로 영향을 주고받아 시대를 가속시키는 거죠.

……뭐, 다음 편은 내정 쪽 이야기가 메인이지만요. 이것도 대비입니다.

자, 이 중기 다음은 번외편입니다.

50페이지 정도 여유가 있었기에 이제까지 쓰지 않았던, 언젠가 쓰면 좋겠다고 생각하던 부분을 잔뜩 썼습니다.

시계열을 따지자면 대관식보다 전이네요. 이번 편에서는 4장과 5장의 사이 정도에 삽입하는 것도 생각했지만, 이쪽 역시 연애담이기는 해도 분위기가 무척 다르기에 본편과는 구분하였습니다. ……이런 신작을 적을 때에는 플롯 대신에 그리고 싶은 장면을 항목별로 써서 메모를 만드는데, 완성하고 보니 아무래도 메모로 생각하던 것과는 다른 분위기의 이야기가 완성되었네요. 신기한 일입니다.

그럼 일러스트레이터 후유유키 님, 만화판의 우에다 선생님, 담당자님, 디자이너님, 교정 담당자님, 마지막으로 이 책을 손에 들어 주신 여러분께 감사를. 도조마루였습니다.

이어서 번외편도 함께해 주세요.

♛ 번외편 ✦ 가장 행복한 왕비님

소마 님의 대관식과 왕비 후보님들과의 결혼식이 다가오던 어느 날.

"시안, 카즈하. '대모님' 이 왔어요—."

저는 갓난아기들이 있는 아기 침대를 들여다보며 말했습니다.

"다우~?" "아아이!"

저와 눈이 마주치자 시안은 검지를 물며 어리둥절한 표정을 띠고 카즈하는 팔다리를 바둥바둥 움직이며 신이 났습니다. 반응은 다르지만 양쪽 모두 갓난아기다운 동작이 귀여워서, 저는 뺨에 손을 대며 깊이 매료되고 말았습니다.

"아아, 정말이지. 이 어찌나 귀여운가요."

"어머니……."

그런 저를 보고 옆에서 배내옷을 개던 리시아가 쓴웃음 지으며 말했습니다.

"이 아이들은 확실히 귀엽지만, 대모님은 또 뭐예요? 월터 공도 아닌데."

"어머나, 뭐 어떠니. 아직 할머니라고 불릴 나이는 아닌걸."

리시아는 스무 살 전에 시안과 카즈하를 낳았고, 저도 리시아는 10대일 때에 낳았습니다. 그러니까 아직 아슬아슬하게 40대는 아니니까요. (보충: 이 세계와 지구는 1년의 길이가 다르니까, 지구 달력으로 계산하면 살짝 넘었다.)

저는 어이없다는 표정인 리시아에게 쿡쿡 웃으며 말했습니다.

"리시아도 앞으로 2년만 있으면 깨닫게 될걸?"

"……그다지 생각하고 싶지 않네요."

리시아는 싫다는 표정을 띠며, 개어놓은 배내옷을 선반으로 넣었습니다. 그때 누군가 방문을 두드리고, 리시아가 말을 건네자 메이드 카를라 씨가 들어왔습니다.

"리시아. 주인님이 드레스로 할 이야기가 있다는데."

"소마가? 알았어."

그러더니 리시아는 제 쪽을 봤습니다.

"어머니, 죄송하지만 잠시 이 아이들을 부탁드려요."

"그래. 사위님을 기다리시게 하면 안 돼. 다녀오렴."

미소로 그렇게 재촉하자 리시아는 수줍어하며 방을 나갔습니다. 교대하여 남겨지는 모양새가 된 카를라 씨는 "무엇이든 명령해 주세요."라며 경례했습니다. 그런 카를라 씨에게 미소로 답한 저는, 다시 한번 아기 침대 안의 갓난아기를 들여다봤습니다.

"정말로…… 꿈만 같아요."

카를라 씨에게 들리지 않도록, 저는 작게 중얼거린 것이었습니다.

　　　　◇　◇　◇

　제가 자신이 가진 마법을 정확하게 이해한 것은 열두 살 때였습니다.

　엘프리덴 국왕이었던 아버님과 제3정실이었던 어머님 사이에서 태어난 저는, 어머님께서 일찍 돌아가시고 아버님께 귀여움을 받으며 자라기도 하여 완전히 방자한 공주가 되었습니다. 어설프게 무술이나 기마술 센스가 있었기에, 성의 위사들과 섞여서 승마를 하고 상처가 아물 틈이 없는 말괄량이로 유소년기를 보낸 것입니다.

　그날, 마구간에 사람에게 적응하지 못하는 난폭한 말이 있다는 이야기를 듣고서는 '내가 타 보겠어.' 라며 마음을 먹고, 제지하는 시종 메이드나 위사를 뿌리치고 억지로 난폭한 말에 타려고 했습니다.

　"————앗!!"

　그때였습니다. 갑자기 머릿속으로 너무나도 선명한 '기억'이 흘러들었습니다.

　난폭한 말에 억지로 올라타는 저.

　조금 날뛰기는 했지만 어떻게든 진정시키는 데 성공한 저.

　그리고 득의양양해서는 방심한 순간에 날뛰기 시작한 말.

　휘둘려서 머리부터 떨어지는 저.

　덮치는 격통, 시야에 비치는 너무도 가까운 지면, 퍼지는 저의 피.

그런 광경이 머릿속에 퍼지고, 저는 이윽고 깨달았습니다.

이것은 【나】의 기억. 그것도 이 난폭한 말에 탄 '미래의 【나】' 의 기억임을.

"……그럼 그만둘래."

저는 난폭한 말에 타지 않고, 안도한 표정을 띠는 메이드들의 얼굴을 제쳐놓고 제 방으로 돌아와서 폭신폭신한 침대 위에 엎드렸습니다.

그때까지 저는 자신이 가진 마법이 무엇인지 몰랐습니다.

이것은 화 · 수 · 토 · 풍의 네 속성과 상처를 치유하는 광 속 성 이외의 마법인 암 속성 마법의 보유자에게는 자주 있는 일입 니다. 암 속성은 그 개인만이 사용할 수 있는 특수한 마법의 묶 음이기에 본인도 자세히 모르는 경우도 많습니다.

하지만 이 날의 체험으로 저는 자신의 능력을 명확하게 이해 했습니다.

【목숨이 위험할 때, 그 기억을 과거의 자신에게 전달한다.】

이것이 제가 가진 고유한 마법이었습니다.

목숨이 위기에 빠졌을 때 그때 그렇게 했다면, 그렇게 하지 않 았다면, 그런 후회를 미래로 이어지는 분기점에 선 제게 보낼 수 있는 능력.

미래의 【나】의 기억을 받아들인 감상이라면, 마치 자신이 그 것을 선택하여 다다른 미래에서 시간을 되감아 이 시간으로 돌 아오는 감각입니다.

하지만 동시에 자신의 미래가 아니라는 감각도 있었습니다.

어쨌든 저는 아직 그 선택을 하기 전이니까요. 자신과 같은 존재가 자신이 골랐을 선택의 결과를 보여 준다, 그런 식으로 여기는 것입니다.

또한 목숨의 위기에 빠지지 않고서는 기억을 보낼 수 없다는 것은, 제 생애에서는 한 번 밖에 쓸 수 없는 마법이라는 의미이기도 합니다. 기억을 보낸 뒤에는 죽음이 기다릴 가능성이 높으니까요. 받는 쪽일 때는 하늘의 계시나 여섯 번째 감각을 얻은 것 같은 느낌이지만, 보낼 때는 과거의 자신에게 보내는 유서 같은 것이 된다는 의미입니다.

그 사실을 깨닫고 오싹했습니다.

받는 쪽일 때는 괜찮습니다. 보내는 쪽이 된다고 생각하면 그저 두려울 뿐입니다.

또한 이 힘을 다른 사람에게 설명하기는 어렵고, 섣불리 이야기했다가는 어디 아픈 거 아니냐는 취급을 받게 되겠죠. 자신이 아닌 사람의 기억을 보낼 수 있을지 알고 싶었지만, 목숨의 위기와 함께하는 마법이기에 시험할 수도 없습니다.

그래서 저는 이 마법에 관해서 누구에게도 이야기하지 못하여 우울했습니다.

자신의 목숨이 위기에 처한 기억이 또다시 흘러들어 오지는 않을까, 그렇게 생각하니 이제까지처럼 무모하게 행동할 수는 없게 되었습니다. 주위에서는 갑자기 얌전하게 변한(것 같은) 저를 상대로 '제3정실의 딸이라고는 해도, 왕족으로서의 자각이 생긴 게 아닐까' 하고 환영하는 분위기인 모양이었지만, 제 입장에서는 남의 마음도 모르고 제멋대로 말한다고 생각할 뿐이었습니다.

"하아……."

이렇게 되니 무언가 할 기력도 사라지고 멍하니 있는 경우도 많아졌습니다.

방에서 창밖을 바라보거나 정원에 핀 꽃을 바라보며 보내는 나날.

그러던 어느 날이었습니다.

"흠흠. 그래요. 그렇군요."

정원에서 멍하니 있노라니 그런 목소리가 들렸습니다.

산울타리에서 얼굴을 빼꼼 내밀어 보니, 이 정원을 관리하는 전속 정원사인 할아버지와 젊은 귀족풍 남자가 무언가 대화를 나누는 모양이었습니다.

"그러니까 이 꽃은 이 계절에 다듬어야 됩니다."

"그렇군요. 잘 알겠습니다."

아무래도 전정가위를 든 할아버지가 가지를 자르며, 귀족풍 남자에게 원예를 지도하는 모양이었습니다. 복장을 보면 남성 쪽이 더 좋으니 아마도 할아버지보다 지위가 위로 여겨지는데도, 남성을 할아버지로부터 열심히 지도를 받는 것 같았습니다.

저는 두 사람 근처로 살짝 이동해서 그 남성을 관찰해 봤습니다.

아마도 열여덟에서 스무 살 정도로 보이는 그 남성은, 살짝 노안이라 젊은데도 어쩐지 나이를 먹은 인상을 주는 사람이었습니다. 생김새도 평범하고 패기도 없어서, 다정할 것 같기는 하지만 장래에 출세할 수 없을 것 같은 느낌이 들었습니다.

그리고 할아버지는 자신의 허리를 툭툭 두드리며 남성에게 말했습니다.

"가르쳐 드릴 건 이 정도일까요. 도움이 됐습니까?"

"예! 가르쳐 주셔서 감사합니다."

아무래도 이야기가 끝난 모양이었습니다. 할아버지는 다음 작업으로 넘어가고자 그 자리를 떠났고, 남은 남성은 그 자리에 앉더니 품에서 종이와 휴대용 잉크 주머니가 달린 펜을 꺼내어 무언가 적기 시작했습니다.

저는 살며시 남성 곁으로 다가가서는 말을 건넸습니다.

"뭘 하는 건가요?"

"잠시만 기다려 주시길. 지금 들은 걸 정리하고…… 앗?!"

상대가 누구인지 확인하지도 않고 남성은 펜을 움직였지만, 갑자기 누군가 말을 걸었다는 사실을 깨닫고는 깜짝 놀라서 몸을 떨었습니다. 그런 동작도 엇박자였습니다.

"죄송해요. 갑자기 말을 걸어서."

"아, 아뇨…… 앗, 엘리샤 공주님?!"

남성은 벌떡 일어나더니 있는 힘껏 머리를 숙였습니다.

"공주님이신 줄도 모르게 큰 무례를 저질렀습니다!"

"괜찮아요. 몰래 다가온 건 저니까요. 그보다도, 당신은 이런 곳에서 뭘 하고 계신가요?"

그렇게 묻자 남성은 머리에 손을 대며 고개를 들었습니다.

"저기, 사실은 저, 원예가 취미라서…… 이 아름다운 정원을 보고 꼭 이 정원을 유지하는 분의 이야기가 듣고 싶어서, 가르침을 받던 참입니다."

"원예……인가요? 남자분이신데."

"어— 아니, 저희 영지는 산간 지방에 있는 아무것도 없는 시골입니다만, 토지는 남아돌고 정원도 넓어서 직접 정원을 꾸미고 있습니다. 저는 아무래도 요령이 부족해서 무예도 정치도 어중간하지만 원예만큼은 조금 자신이 있습니다……. 뭐, 그렇습니다."

그러더니 남성은 힘없이 아하하 웃었습니다. 참으로 미덥지 못한 느낌이 들었습니다. 출세는 못 할 것 같다, 그런 제 첫인상은 정답이었나 봅니다.

"아하하…… 이상하죠? 저도 알고 있습니다."

제 속마음을 헤아렸는지 남성은 그러면서 쓴웃음 지었습니다. ……유약해 보이는 그 얼굴을 보자 어쩐지 미안하다는 기분이 들었습니다. 왕성에서 출세욕이 번들거리는 사람들을 계속 보았던 탓일까요. 사람을 먼저 평가하는 버릇이 생기고 만 모양입니다.

"……그걸로 충분하지 않나요?"

저는 무심코 그런 말을 입에 담았습니다.

"무용이 자랑, 똑똑한 게 자랑인 기사나 귀족은 잔뜩 있어요. 당신처럼 태평한 귀족이 하나 정도 있어도, 이 나라는 별반 차이 없겠죠."

"공주님……."

동그랗게 눈을 뜨는 남성을 향해 저는 싱긋 미소를 지었습니다.

"당신은 그냥 당신이라면 충분하다고 생각해요. 권모술수가 소용돌이치는 이 세계에 당신 같은 사람이 있다는 걸 알게 되어, 저는 마음을 놓을 수 있었으니까요."

"……과분한 말씀입니다."

남성은 가슴에 손을 대고 머리를 숙였습니다.

그로부터 3년의 시간이 지나고, 제가 열다섯 살이 되었을 때입니다.

엘프리덴 국왕이었던 아버님께서 돌아가셨습니다.

대륙 서쪽에서 강대국이 된 그란 케이오스 제국에 대항할 수 있는 국가를 만들고자, 아버님은 국토를 확장하기 위하여 전쟁을 벌였습니다. 북쪽의 중소국가 무리 가운데 몇 곳을 왕국으로 병합하고, 서쪽의 아미도니아 공국에서 영토를 크게 빼앗고, 남쪽의 톨기스 공화국이나 동쪽 바다의 구두룡 제도 연합과 분쟁을 거듭했습니다.

급속한 확대는 알력 다툼을 낳고, 이 나라는 멸망시킨 자, 멸망당한 자, 빼앗은 자, 빼앗긴 자, 죽인 자, 살해당한 자를 동시에 품고 있던 것입니다. 그런 불화의 씨앗은 아버님이 계승자를 정하지 않은 상태로 급사하자 급속히 성장하게 되었습니다.

누가 다음 왕이 되어 이 나라를 계승할 것인가.

커진 국가이기에 앞장서려는 자도 많았습니다.

왕가 안에서의 대립에 귀족 및 기사 계급의 생각까지 뒤얽히며 불씨는 점점 커졌습니다.

그리고 불화의 씨앗도 싹을 틔웠습니다.

저 가문이 저쪽에 붙는다면 우리 가문은 대립하는 이쪽에 붙자. 저 자만큼은 용서할 수 없으니까, 저 자가 지지하는 파벌에는 붙지 않겠다. ……그런 식으로 왕국 상층부는 몇 개의 파벌로 나뉘어 대립하게 되었습니다.

그리고 불씨는 금세 제게로 다가왔습니다.

"약혼자를 결정하라…… 말이지."

저는 책상 위에 쌓여 있는 맞선 상대의 초상화 앞에서 한숨을 내쉬었습니다.

저는 제3정실의 딸이고, 위로는 한 손으로 미처 셀 수 없는 숫자의 배다른 형제자매가 있었습니다. 왕위 계승 서열로 따지자면 10위 정도이고 어머니도 돌아가셨으며 뒤를 봐줄 친정도 없었기에, 이 왕위 계승권 다툼에 가담할 수 있을 리도 없었습니다.

그래서 처음에는 이 분쟁에서도 소외되었습니다.

하지만 분쟁이 격해지고 계승자 몇 명이 의문사(아마도 대립하는 상대의 암살)하는 사태가 되어, 저는 더 이상 관계가 없는 위치를 지킬 수가 없게 되었습니다.

후견인도 없고 취할 가치도 없는 계집이라도 일단은 아버님의 피를 물려받았으니까, 조금이라도 유리해지도록 자기 진영으로 끌어들이고 싶다, 혹은 적대 진영으로 넘길 바에야 차라리…… 주위에서 그런 생각을 가지게 되었기 때문입니다.

그리고 이 무렵부터 제 마법이 제대로 발동하게 되었습니다.

차를 마시려고 하면 '그 차를 마시고 괴로워하는' 이미지가,

발코니를 걸어가면 '위에서 떨어지는 샹들리에'의 이미지가,

마차로 길을 이동하면 '무장한 악한에게 둘러싸이는' 이미지가 머릿속에 떠오르기 시작했습니다. 틀림없이 미래의 【나】로부터 온 경고겠지요.

저는 그런 미래가 현실이 되지 않도록 차를 마시지 않고 이동할 때는 길을 바꾸는 등등, 어떻게든 계속 회피했습니다.

하지만 그것도 한계가 있습니다. 상대 입장에서 보면 위기를 계속 회피하는 저는 상당히 이질적인 존재로 비치겠지요. 빨리 저도 후견인이 될 존재를 얻어야 했습니다.

그럴 때에 제 맞선 이야기가 들어 왔습니다.

이 선택에 따라서 제 소속과 후견인이 될 존재가 결정됩니다. 왕가의 사람으로서 연애결혼 따윈 바랄 수도 없다고는 각오했습니다. 이렇게 되었다면 어떻게든 왕위 계승의 분쟁을 돌파하여 함께 살아남을 분을 찾아야 합니다.

그렇게 생각하여 맞선 상대의 초상화를 보려던, 그때였습니다.

"꺄아아아아악!!"

강력한 죽음의 이미지가 저를 덮쳤습니다. 그것도 하나가 아니라 무수한, 죽음의 운명이 제 머릿속을 마구 휘저었습니다.

저는 너무나도 엄청난 충격에 졸도하고 말았습니다.

깨어났을 때, 저는 침대 위에 있었습니다.

아무래도 시종 메이드가 제 비명을 듣고 달려와서 간호해 준 모양이었습니다.

저는 메이드에게 "고마워요, 이제 괜찮아요."라며 인사를 하고 방에서 내보낸 뒤, 아직 멍한 머리로 아까 본 이미지에 대해서 생각했습니다.

머릿속으로 흘러든 것은 【선택에 실패한 몇 명의 나】가 맞닥뜨린 미래였습니다.

어떤 【나】는 무용이 뛰어난 군인 가문의 남성과 약혼했습니다.

그 사람도 상당한 무용의 소유자이고 또한 부하들도 강인하다고 들었습니다. 그 사람이라면 저를 지켜 주지 않을까, 기대했을 테죠.

하지만 그 사람은 무력을 너무 믿은 나머지 오만한 행동이 눈에 띄어 적이 늘어났습니다. 피아가 뒤섞여서 다투는 왕성에서 그러한 행동은 목숨이 걸린 문제가 됩니다. 끝내는 어이없을 만큼 간단히 속아서 【나】와의 결혼을 기다리지 못하고 살해당했습니다. 【나】 역시도 그의 가문 사람들과 함께, 적병들의 검에 당한 참에 기억은 끝났습니다.

어떤 【나】는 지략이 뛰어난 남성과 약혼했습니다.

그 사람은 대립하는 파벌 사람들을 책략으로 배제했습니다. 하지만 많은 사람들의 원한을 사고, 신뢰를 잃고, 결국에는 동료에게 배신당하는 형태로 목숨을 잃었습니다. 저도 그 사건에 휘말려든 참에 기억이 끝났습니다.

어떤 【나】는 당시의 최대 파벌에 소속된 남성과 약혼했습니다.

소속된 파벌은 숫자가 많아서 다른 파벌을 압도했지만, 적대하는 파벌이 모두 사라진 참에 파벌 내의 주도권 다툼으로 분열되어 혼란스러운 투쟁을 거듭하게 되었습니다. 흘린 피는 이 미래가 가장 많았을지도 모릅니다. 기억의 결말도 마찬가지였습니다.

어떤 【나】는 이 분쟁에서 도망치려고 했습니다.

누구와 약혼해도 비슷한 결말이 된다면, 차라리 아무도 선택하지 않고 몸을 숨기고자 생각했던 것입니다. 하지만 친정 같은 후견인 없이 【나】가 몸을 숨길 수 있는 것은 거리뿐입니다. 왕성 같은 경비도 깔려 있지 않은 거리에서는 잠복해도 금세 발견되고, 또한 당시에 의심이 넘치던 사람들로부터 몸을 숨겼다면 무언가 꾸미고 있는 게 아니냐며 위험시되었습니다.

발각당하고 불온분자로 처형당하려던 참에 기억은 끝났습니다.

그 다음 【나】의 선택에도 밝은 미래는 찾아오지 않았습니다.

간신히 왕위 계승권 분쟁에서 살아남은 미래에도 그때까지 흘린 피로 엘프리덴 왕국은 거국일치의 체제를 취하지 못하고, 그 후에 벌어진 다른 나라의 침공, 몬스터 습격, 귀족의 모반, 백성의 반란 등으로 왕국은 쇠퇴하며 결국에 왕성이 불타오르던 참에 어떤 【나】의 기억도 끝이 난 것입니다.

그런 광경이 열 개 정도 제 머릿속을 돌아다녔습니다.

몇 번이고 몇 번이고 시간을 되돌리며 제가 아닌 것도 아는 기억.

그리고 보게 된 제가 아닌 【나】가 선택한 길의 결말.

그 광경을 떠올리고 저는 세면대로 달려가서 속에 든 것을 토했습니다. 위장이 텅 비었을 때, 저는 힘없이 그 자리에 무너져 내리고 벽에 기대었습니다.

"이제⋯⋯ 더는 안 돼."

그런 말이 입에서 흘러나왔습니다. 열 번의 실패. 이것을 많다고 생각할지 적다고 생각할지는 개인차가 있겠지만, 저로서는 더 이상 견딜 수가 없었습니다.

기억을 받아들이려고 해도, 저는 저밖에 없으니까요.

제가 무언가를 결단하고 실패해서 다음의【나】에게 경험을 전하더라도, 그것은 제가 과거로 돌아갈 수 있는 것이 아닙니다. 실패한 저는 이곳에서 끝입니다. 어쩌면 다음의【나】는, 다음다음의【나】는, 행복한 미래에 다다를 수 있을지도 모릅니다.

하지만 그것은 제가 아닙니다.

저는 제가 있는 이 세계에서 행복해질 수는 없으니까.

실패하면 이제까지의【나】와 마찬가지로 죽음이 기다린다.

그렇게 생각하면 선택하는 것마저 공포였습니다.

받아들인 기억이 죽음 직전에서 끝나는 것 또한 무서운 일입니다. 죽으면 어떻게 될지도 모르는 채, 몇 번이고 죽음 직전까지 가게 된 것이니까요.

예를 들자면 눈앞에 무수한 밧줄이 있고 그중 하나가 머리 위에 달려 있는 칼로 이어져 있는데, 그 밧줄이 하나하나 잘리는 것 같은 기분입니다. 언젠가는 내 머리로 떨어져서 목숨을 빼앗을 검에 겁먹으며 밧줄을 하나하나 자르는 감각. 설령 그때 떨어지지 않더라도, 그것으로 안심할 수 있을 리도 없습니다.

구석까지 내몰린 마음으로, 저는 무릎을 끌어안았습니다.

'이제 싫어! 아무것도 선택하고 싶지 않아!'

무엇을 하더라도 안 된다면, 더 이상 아무것도 하고 싶지 않다.

제 마음은 완전히 꺾여 버렸습니다.

그로부터 저는 이전보다도 더더욱 멍하니 시간을 보내는 일이 많아졌습니다.

출구가 보이지 않는 미궁을 헤매고, 끝내는 막다른 길에 가로 막히고. 운명에 저항하려는 기력도 없이, 저는 그저 이윽고 찾아올 끝을 기다리고 있었습니다. 고민할수록 괴로워진다면, 최대한 아무런 생각도 하지 않도록 햇볕이나 쬐면서 시간을 보내겠다고.

이때의 저는 사고도 행동도 완전히 할머니 같았다고 생각합니다.

그리고 멍하니 있을 장소로 정원을 고른 어느 날,

"부탁이야! 이런 상황이야!"

"그렇게 말해도, 이것만큼은 말이지……."

무언가 남성 두 사람의 목소리가 들렸습니다. 무슨 일일까 싶어서 산울타리 사이로 엿보니 20대 전반의 남성이, 아직 젊은 (갈기가 짧아서 그렇게 보입니다) 사자의 얼굴을 가진 수인족 남성에게 머리를 숙이고 있었습니다. 수인족 남성은 곤란하다는 듯 말했습니다.

"머리를 들어, 알베르토. 아무리 네 부탁이라도 들어줄 수는 없어."

"그래도 제발 부탁할게, 게오르그."

게오르그…… 앗, 생각났습니다.

저 사자 수인족은 이 나라의 육해공 삼군을 통솔하는 삼공 중 하나, 카마인 가문의 적자인 게오르그 카마인입니다. 아버님께서 아직 건재하시던 무렵에, 현재 가주인 아버님과 함께 몇 번인가 등성하였기에 기억이 있었습니다.

한편 알베르토라고 불린 남성은…… 누구일까요.

어디선가 본 기억이 있는데, 떠오르질 않았습니다. 아직 젊다고 생각했는데 지친 얼굴이나 턱수염 등등 때문에 그런지 겉모습보다 나이가 들어 보였습니다. "

"부탁이야, 게오르그! 적어도 아버님과 만나게 해 줘."

"그러니까 무리라고 그러잖아."

두 사람은 무언가 말다툼을 벌이는 모양인데, 허물없는 말투에서 오랜 우의 같은 것이 느껴졌습니다. 알베르토는 문관 같은 외모라서 무관의 대표격인 카마인 가의 사람과 친구 같은 대화를 나누는 것이 의외로 여겨졌습니다.

그리고 게오르그는 짧은 갈기를 벅벅 긁었습니다.

"너한테는 빚이 있으니까 나도 힘이 되어 주고 싶어. 하지만 지금의 카마인 공은 우리 아버지야. 그리고 아버지네는 월터 공의 주도로, 왕위 계승권 분쟁에는 관여하지 않겠다고 결정했지. 이 분쟁에 삼군까지 개입한다면 분쟁은 왕도만이 아니라 나라 전체로 번져. 그렇게 되지 않도록 각자의 부하를 단속하는 거야."

알베르토의 부탁이란 이 분쟁과 관련된 것인가 봅니다. 그리고 그것을 게오르그가 괴로워하면서도 거절하는, 그런 상황인 듯했습니다.

확실히 이 분쟁에 삼군까지 가담한다며 더더욱 혼란을 부르겠죠. 오랜 세월 이 나라를 지킨 여걸 엑셀 월터라면 그렇게 되지 않도록 삼군을 다잡으려 나서는 것도 당연하게 여겨졌습니다. 그리고 월터 공이 단호하게 반대하면 사위인 바르가스 공도 따르고, 두 가문이 반대한다면 카마인 공도 따를 터입니다.

이치는 게오르그에게 있다고 생각했습니다. 하지만 알베르토는 물러나지 않았습니다.

"딱히 그분께 조력해 달라고 부탁하는 게 아니야! 나는 그저, 그분께서 위해를 당하지 않도록 보호해 달라는 거야!"

"그러니까 그게 개입으로 보일 수 있다고 그러잖아!"

그러더니 게오르그는 알베르토의 어깨를 툭 밀었습니다. 고작 그것만으로 알베르토는 휘청거리고 몇 걸음 물러나더니 무릎을 꿇었습니다.

그것을 보고 게오르그는 비통한 표정으로 말했습니다.

"나는 오히려 네가 더 이상 이 분쟁에 관여하지 않았으면 좋겠어. 너는 마음씨가 고운 녀석이야. 그건 친구인 내가 잘 알아."

"게오르그……."

"하지만 너는 약해. 내가 살짝 민 것만으로 휘청거릴 정도야. 네게 이 분쟁을 극복할 힘은 없고, 다른 사람을 실각시키기에는 마음씨가 너무 다정해. 그러니까 그런 산속의 영지에 틀어박혀만 있으면 말려들지 않고 넘어가겠지."

그리고 게오르그는 고개를 숙여 버린 알베르토의 어깨에 손을 얹으며 말했습니다.

"그러니까 손을 빼, 알베르토."

"게오르그…… 그래도……."

알베르토는 어깨 위에 있는 게오르그의 팔을 붙잡았습니다.

"그래도 나는, 구하고 싶다고! 그분을…… 엘리샤 님을!"

날?! 어째서?!

저는 한순간 무슨 소리를 들었는지 이해하지 못했습니다. 나를 구하고 싶다고? 저는 이 사람이 누군지도 몰랐는데, 어째서 그렇게까지 필사적으로 나를 도우려는 걸까요.

"어째서 그렇게까지 엘리샤 님을 도우려는 거야?"

제가 알고 싶은 것과 완전히 똑같은 질문을 게오르그가 던져 주었습니다. 그러자,

"'그걸로 충분하다'고, 그렇게 말해 줬어."

알베르토가 짜내는 듯한 목소리로 그렇게 말했습니다.

"나는 힘도, 지혜도, 부도, 권력도 남들보다 뒤처지는 평범한 사람이야. 유일하게 자랑할 수 있는 거라면 원예 실력이라는, 아무런 재미도 없는 남자지. 하지만 그분은 내게 '그걸로 충분하다'고, 그렇게 말해 줬어. '당신은 그냥 당신이라면 충분하다', '권모술수가 소용돌이치는 이 세계에 당신 같은 사람이 있다는 걸 알게 되어, 나는 마음을 놓을 수 있었다', 그 말에 나는

구원을 받은 심정이었다고.”

　‘저 사람…….’

　저는 간신히 떠올렸습니다. 그날을. 이 사람을.

　몇 년 전에 이 정원에서 만나 말을 나눈 사람, 알베르토였던 것입니다. 두어 마디 나누었던 그런 말 때문에, 이 사람은 필사적으로 나를 도와주려는 것이었습니다. 그 사실을 알고 저는 충격을 받았습니다. 저는 말을 나눈 것조차 잊고 있었는데, 이 사람은 별생각 없이 건넨 제 말을 기억하고서 저를 도우려 하던 것입니다.

　그리고 다시 생각해 보니, 받아들인 【나】의 기억 가운데도 이 사람이 있었다는 사실을 깨달았습니다. 【나】가 어떤 입장이 되어 누구와 약혼한 미래에서도 이 사람은,

　‘지금은 국내에서 다투고 있을 때가 아닐 터입니다!’

　‘대화를 위해, 창을 거두어 주실 수는 없겠습니까!’

　‘이대로는 왕가가 멸망합니다! 부디, 다시 생각해 주시지 않겠습니까!’

　많은 파벌에게 그렇게 호소하는 것을 몇 번이나 보았습니다. 물론 아무런 힘도 없는 이 사람의 말에 귀를 기울이는 사람은 없고, 또한 위협이 될 법한 인물도 아니었기에 그냥 내버려 두었습니다. 【나】도 마음에 담아 두지 않았던 모양입니다.

　하지만 그것이 모두 저를 지키기 위한 행동이었다면.

　이 어찌나 어리석고, 의미 없고, 바보 같을 만큼 올곧은 사람일까요.

　“……윽!”

정신이 들었더니 뺨을 따라 눈물이 흐르고 있었습니다.

보게 된 기억으로 얼어붙었던 마음이 녹아내리는 기분이었습니다. 제가 소맷자락으로 눈물을 훔치는 사이, 게오르그가 알베르토에게 괴로워 보이는 표정으로 말했습니다.

"역시 지금의 나로서는 네게 힘이 되어 줄 수는 없어."

"……그런가. 어쩔 수 없나."

알베르토가 어깨를 떨어뜨리자 게오르그는 그런 그를 일으켜 세웠습니다.

"기억해 줬으면 해. 내가 카마인 가문을 이어받은 그때는, 널 위해서 최대한 협력할 것을 여기서 맹세할게. 이 목숨을 바쳐서라도 말이야."

"게오르그……."

"그러니까 무모한 짓만큼은 하지 마. 나를 은혜도 모르는 놈으로 만들지는 말아 줘."

그러더니 게오르그는 알베르토의 어깨를 툭툭 두드리고 떠났습니다. 남겨진 알베르토가 조용히 그의 뒷모습을 바라보며 우두커니 서 있었습니다. 저는 자신의 눈물이 마른 것을 확인한 뒤, 산울타리를 나와 알베르토 곁으로 다가갔습니다.

"알베르토 님."

"윽?! 어, 공주님?! 언제부터 거기 계셨습니까?!"

"한참 전부터예요."

놀라는 알베르토에게 저는 쿡쿡 웃으며 말을 건넸습니다.

"그러니까…… 절 위해서, 고마워요."

"아, 아뇨! 저 따위는 아무런 힘도 되지 못하고⋯⋯ 결국에 친구인 게오르그의 조력마저 얻을 수 없었습니다."

"어쩔 수 없는 일이에요. 그보다도 알베르토 님이 카마인 가문의 게오르그 님과 친하게 대화를 나누던 게 의외였어요. 뭐라고 할까, 타입이 달라서요."

제가 그렇게 말하자 알베르토 님은 뒤통수에 손을 대고 곤란하다는 듯 웃었습니다.

"부모님들끼리 인연이 있어서, 어릴 적부터 알고 지냈습니다."

"조금 궁금하네요. 아, 일단 앉을까요?"

서서 이야기를 나누는 것도 그러니까, 저희는 중앙 정원에 있는 벤치에 앉았습니다.

"그러고 보니 게오르그 님은 '빚이 있다.' 같은 소리를 했는데, 그건 무슨 뜻인가요?"

"아ㅡ⋯⋯ 게오르그는 지금이야 조금 차분해지기는 했지만, 옛날에는 상당히 말괄량이 악동이었습니다. 아버님이 소중히 여기는 항아리를 깼다든지, 정원에서 검을 휘두르다가 멋진 나무를 상처투성이로 만들어 버렸다든지, 이건 게오르그만의 잘못이 아니지만, 거리에서 나쁜 짓을 저지르던 어떤 귀족의 자식을 마구 두들겨 줬다든지."

⋯⋯아무래도 게오르그 님의 어린 시절은 전형적인 골목대장이었나 봅니다.

"그렇게 아버님께 크게 꾸중을 들었습니다만, 게오르그는 자주 저희 집으로 도망쳤습니다. 저는 게오르그만큼 활발하지는 않지만, 나쁜 짓을 저지를 배짱도 없어서 얌전한 아이였기에 어른들의 인상도 좋았죠. 그리고 몇 번인가 게오르그와 아버님 사이를 중재했습니다. 게오르그만 잘못한 게 아닌 일도 있었으니까요."

"그렇군요…… 그게 '빚'이로군요."

"예. 어— 그리고, 말이 서툰 게오르그를 대신해서 게오르그의 약혼자와 중매를 서 준 적도 있었군요. 적에게는 겁먹지 않으면서 여성을 어떻게 대하면 좋을지 몰라 무서운 표정이 되어 버리는 모양이라, 그걸로 오해를 사지 않도록……."

"그, 그랬군요……."

게오르그가 지닌 의외의 일면에 저는 멍해지고 말았습니다. 이건…… 제가 물어보고서 이러기는 그렇지만, 게오르그의 입장에서는 들려주고 싶지 않았던 이야기일지도 모르겠네요.

하지만…… 이야기를 듣고서 알았습니다.

이 사람은 표리부동하지 않은 겉모습 그대로 좋은 사람이라고. 그것은 몇 명의 【나】를 통해서 사람의 증오나 추악한 모습을 계속 보았던 제게는 구원처럼 여겨졌습니다.

틀림없이 이 사람은 아무도 배제하려고 들지 않겠죠.

자신에게 해악이 되어 배제하는 것이 본인을 위한 일이라고 생각되는 상대일지라도 배제하지 못할 터. 그것은 그의 약함이자, 다정함이자, 나라를 섬길 자로서는 실격이자, 지금의 제게는 평온으로 여겨졌습니다.

이 사람은 분쟁을 극복할 수 없다.

하지만 어차피 극복할 수 없는 운명이라면, 마지막까지 이 사

람 곁에서 느긋하게 사는 것도 나쁘지 않을지도 모른다. 적어도
이제까지의 【나】보다는 더러운 것을 보지 않고 넘어가겠죠. 이
사람이 더러운 일을 저지를 수도 없을 테니까요.

하지만…… 그를 위해서는 그에게 이야기해야만 합니다.

저와 함께 하는 것으로 분쟁에 휘말리고 목숨을 잃게 될지도
모른다는 사실을.

이야기하기 않고 의지하는 것은 이 사람에게 불성실한 행동이
라고 생각했기에.

혹시 이 이야기를 하더라도 제 손을 잡아 준다면…… 저는…….

"……알베르토 님. 당신의 본가에도 정원이 있다고 그랬죠."

"아, 예. 왕성의 정원보다는 규모도 질도 떨어집니다만."

알베르토는 어리둥절한 표정을 띠며 말했습니다.

"저를 그 정원으로 데려다 주시지 않겠어요?"

저는 알베르토의 눈을 똑바로 바라보며 말했습니다.

알베르토는 눈을 크게 떴습니다.

"그건…… 아뇨, 저희 정원을 봐 주셨으면 하는 마음은 가득
합니다만, 저희 영지도 저택도 왕가의 분을 모실 수 있을 법한
곳이 아니라서……."

"알고 있어요. 왕가의 공주로 가는 게 아니에요."

횡설수설하는 알베르토에게 나는 솔직하게 말했다.

"저는 가문을 버리고 당신 곁으로 시집을 가고 싶어요."

"시, 시집?! 신부로 오신다는 겁니까?!"

"예. 알베르토 님에는 이미 부인이 계신가요?"

"어, 아뇨, 저는 아직 독신입니다만……."

"그렇다면 마침 잘됐네요."

"아니, 그게 아니라! 어째서 갑자기 그런 이야기가?!"

혼란한 알베르토에게 전 자조하듯 미소 지으며 말했습니다.

"주위에서 약혼자를 정하라며 압박을 주고 있거든요. 하지만 누구랑 결혼하더라도 왕성에 있는 한 저는 분쟁에 말려들겠죠. 왕가의 피는 그것만으로도 이용 가치가 있으니까요. 이용하고 이용당한다…… 그런 건 이제 지긋지긋해요. 저는 당신 같은 사람과 느긋한 나날을, 조금이라도 오래 보내고 싶어요!"

그리고 저는 알베르토 님에게 손을 내밀었습니다.

"이건 제 투정이에요. 당신의 입장에서 보면, 저는 곁에 있는 것만으로 분쟁에 말려들지도 모르는 성가신 여자예요. 그래도, 혹시 허락한다면…… 저는…… 당신이 이 손을 잡아 줬으면 해요. 최대한 오래, 마음 편한 시간을 함께 보내고 싶어요."

"…………."

제 말에 알베르토는 숨을 삼켰습니다. 치사하다는 건 알고 있습니다. 이 사람의 다정함을 이용하는 행위라는 것도요. 하지만 혹시 파멸의 운명이 변하지 않는다면, 마지막에는 알베르토 같은 사람 곁에 있었으면 합니다.

이제까지의 【나】처럼 저항하는 것을 포기한 저의, 단 하나뿐인 소원이었습니다.

잠깐의 침묵 후, 알베르토는 천천히 입을 열었습니다.

"계속…… 공주님을 지키고 싶다는 생각이 있었습니다. 하지만 제게는 아무런 재능도 없고, 아무런 힘도 되어 드릴 수 없었습니다. 그것이…… 분했습니다."

"…………."

"그런 저입니다만, 함께 있는 것 정도라면 가능하겠죠."

그러더니 알베르토는 건넨 제 손을 잡아 주었습니다.

"저희 영지로 오시면 안전하다고는 도저히 말씀드릴 수 없습니다. 왕도처럼 화려한 삶을 보내지도 못하겠죠. 그래도 공주님께서 평온한 나날을 보내실 수 있도록 노력하겠습니다. 이런 저라도 괜찮으시다면, 부디."

"고마워요, '알베르토'."

이리하여 저는 알베르토를 약혼자로 선택했습니다.

"한적한 장소네요. 여긴."

흔들리는 마차 안에서 저는 바깥 풍경을 바라보고 말했습니다.

알베르토의 영지는 산간 지역에 있는 낙농과 농업이 중심인 시골이었습니다. 이렇게 마차로 시골길을 덜커덩 나아가다가 수레를 끄는 소 따위와 스쳐가기도 했습니다.

왕도의 풍경과는 전혀 다른 목가적인 광경이 펼쳐졌습니다.

"어쩐지 조금 두근두근해요."

제가 흥분한 기색으로 그렇게 말하자 알베르토는 쓴웃음을 지었습니다.

"그렇군요. 공주님께서 보시기에 재밌는 게 과연 있을지."

"······알베르토."

"예······ 아니, 아얏!"

저는 알베르토의 턱수염을 몇 가닥 뚜둑 뽑았습니다.

"제 서방님이 되셨으니까 존댓말과 공주님 호칭은 그만하세요."

"아, 알았어. 엘리샤."

알베르토는 턱을 문지르며 떨떠름하게 고개를 끄덕였습니다. 저보다도 다섯 살 정도 연상인데도 불구하고 강하게 나서지 못하는 모습에서 선천적인 유약함을 느꼈습니다. 다만 점점 그 부분이 이 사람의 귀여운 점이라는 생각이 들었지만요.

"아, 깨끗한 하천이네요. 물고기는 있을까요?"

"그래. 가을이 되면 통통하게 살찐 물고기가 올라와. 어릴 적에는 자주 게오르그랑 낚시를 했지. 뭐, 게오르그는 금세 질려서 손으로 잡기 시작했지만."

"낚시! 좋네요. 해 본 적이 없으니까 데려가 주세요."

"물론이다마다."

왕도의 살벌한 분위기 따윈 전혀 느껴지지 않는 시골의 풍경을 보며, 저는 알베르토와 '이건 뭐냐' '저건 뭐냐' 그렇게 끊임없는 이야기로 꽃을 피웠습니다. 그것만으로도 무척 즐거워서, 원래의 제 활발한 성격이 돌아온 것 같다는 느낌마저 들었습니다.

그러는 사이에 정신이 드니 알베르토의 저택에 도착했습니다.

귀족의 저택치고는 아담했지만 주위에 큰 건물이 없는 이곳에서는 나름대로 존재감이 있는 것처럼 느꼈습니다.

짐승 대책 정도의 방범 능력밖에 없어 보이는 벽에 설치된 작은 문을 지나자, 곧바로 깔끔하게 정비된 정원이 시야에 들어왔습니다. 왕성만큼 크지는 않지만 아담한 공간에 잘 어울려서 만든 사람의 센스를 느꼈습니다.

"정원이 멋져요…… 알베르토가 가꾼 건가요?"

"음. 내가 취미로 만든 정원이야."

"훌륭해요. 꽤 하잖아요."

"그렇게 노골적으로 칭찬하니까 부끄럽네."

알베르토는 부끄러운 듯 웃었지만, 정말로 멋진 정원이라고 생각했습니다. 저희는 정원과 저택 사이에 있는 지붕 달린 테라스에 앉았습니다. 그늘이 진 그곳에서 빛이 비치는 중앙 정원을 보면 빛과 그림자의 대조가 있어서 정취를 느꼈습니다.

"느긋하게 보내기에는 딱 맞는 장소네요."

"마음껏 느긋하게 보낼 수 있어. 마침 잘됐으니까 차라도 마실까."

알베르토는 하인에게 명령해서 차 준비를 시켰습니다.

이 테라스석에서 차를 마시니 시간이 천천히 흐르는 것처럼 느껴졌습니다.

"후아…… 어쩐지 졸리네요."

"햇살이 이렇게나 따뜻하니까 말이지. 게다가 이동하느라 지치기도 했을 테고. 잠깐 눈을 붙이기에는 최고겠지. 그냥 자도 괜찮아. 해가 기울면 깨워 줄 테니까."

"후후후, 시간을 사치스럽게 쓰는 방법이네요."

저는 그 말에 기꺼이 꾸벅꾸벅 졸기로 했습니다. 아름다운 정원과, 포근한 공기와, 알베르토의 온화한 미소에 제 몸도 마음도 녹아 버릴 것 같았습니다.

이렇게나 평온한 기분을 느끼는 것은 얼마만일까요.

'바라건대 이런 좋은 날이 최대한 오래 이어지면 좋겠는데…….'

저는 그런 생각을 하며 잠에 빠졌습니다.

그것은 틀림없이 이룰 수 없는 바람이리라는 사실을 머릿속 어딘가로 생각하며.

하지만 제 예상과 반대로 그런 평온한 낮잠 같은 나날은 계속되었습니다.

왕도에서는 여전히 피비린내 나는 다툼이 계속되고 있는 모양이지만, 그것이 이 영지까지 영향을 미치는 일은 없었습니다. 이건 나중에 안 사실인데, 아무래도 알베르토와 약혼한 것이 좋은 방향으로 움직인 모양이었습니다.

알베르토는 야심이 없는 평범한 사람으로 알려져 있었습니다.

그런 알베르토에게 가문도 버리고 시집을 간 저 역시도 야심이 없는 사람으로 보였을 테죠. 어쩌면 '이렇게나 남자를 보는 눈이 없다면 무서워할 것도 없는 계집' 같은 식으로 여겨졌을지도 모릅니다.

또한 알베르토와 게오르그의 우의도 알려져 있었습니다.

카마인 가와 연줄이 있는 인물에게 섣불리 간섭해서 카마인 공이 개입하기라도 한다면 귀찮아집니다. 어쩌면 이 우의 이야기는 게오르그가 선전한 것일지도 모르겠습니다. 친구인 알베르토를 돕기 위한, 그가 발휘하는 최대한의 도움이었을 테죠.

그러니까 평범한 사람에게 시집을 가서 위험성이 낮은, 또한 간섭했다가는 귀찮아지는 존재인 저는 일단은 내버려 두자는 방침이 된 모양입니다.

덕분에 저는 여기서 하루하루를 느긋하게 보낼 수 있었습니다.

"으차…… 됐다! 잡았어요, 알베르토!"

"엘리샤는 뭘 해도 능숙하구나. 나는 전혀 가망이 없어."

평소에는 알베르토의 일을 도왔지만 휴일에는 이렇게 둘이서 낚시를 하거나 언덕에서 소풍을 즐기는 등등 즐거운 시간을 보냈습니다.

"이번 휴가는 뭘 할까요."

"슬슬 뒷산에서 버섯을 캘 수 있을 무렵이니까, 가 보겠어?"

"버섯 사냥이군요! 잔뜩 캐면 다른 사람들한테도 나누어주죠."

"흠. 사냥꾼 요한한테는 요전에 사슴 고기를 받은 답례를 해야 되겠네."

영지 주민과의 관계도 양호합니다. 작은 영지라서 주민과 신분에 관계없이 교제가 있었습니다. 이렇게 외출하면 싹싹하게 이야기를 건넬 정도였습니다.

"기왕이면 저택 정원에서 구워서 먹는 건 어떨까요?"

"하하하, 그거 괜찮네. 마을사람들한테 이야기를 해 보자."

그렇게 하루하루를 보내는 사이에, 언제부터인가 목숨이 위험하다는 사실에 대해서 생각하지 않게 되었습니다. 내일도 오늘 같은 나날이 이어지리라 믿을 수 있게 되었습니다.

　혹독한 겨울을 넘어 봄을 맞이한 생물이 짝을 바라듯, 저와 알베르토의 사이도 점점 깊어지고 있었습니다. 여하튼 운명을 바꿀 수 없다면 이 사람 곁에서 보내는 것도 좋겠구나, 그런 체념에서 시작된 생활이지만 언제부터인가 이 사람을 선택하지 않았던 다른 【나】보다도 저는 행복하다고 느꼈습니다.

　"알베르토. 저, 여기 오길 잘했어요."

　그러자 알베르토는 살며시 어깨를 안아 주었습니다.

　그리고 이곳에 온 지도 1년 정도가 지났습니다.

　풍문으로는 왕도에서는 피비린내 나는 사건이 빈번하게 벌어진 모양이었습니다. 풍문은 이런 변경 영지에 정보가 전해지려면 상당한 시간이 걸리기에 무척 예전의 사건 정보가 거의 전문이라는 형태로밖에 들어오지 않기 때문입니다.

　저도 이 무렵에는 이제 왕도의 일 따윈 신경 쓰지 않았습니다.

　돌아가고 싶다는 생각도 없고, 게다가…… 이제 돌아갈 필요도 없으니까요.

　화창한 봄날의 일입니다.

　"축하드립니다! 영주님!"

　"엘리샤 님, 아름다우세요!"

　"두 분 모두 행복하시길! 성모룡의 가호가 있기를!"

영지에 있는 작은 교회에서 주민들과 초대한 게오르그 등등 소수의 친구들에게 축복을 받으며, 저와 알베르토는 결혼하여 부부가 되었습니다.

어디에나 있는 교회에서 알베르토의 어머님께서 물려주신 드레스를 입고, 가진 것이라고는 옷가지뿐인 하객에게 축복을 받는, 거리의 사람들과 별반 다르지 않은 결혼식.

그것이 어째서 이다지도 마음이 들뜨는 걸까요.

왕족으로서 화려한 결혼식을 올린 【나】의 기억도 있지만, 그런 【우리】 중 누구보다도 지금의 저는 행복한 심정이라 단언할 수 있습니다.

저는 옆에서 수줍게 미소 짓는 알베르토에게 말했습니다.

"알베르토."

"왜 그래? 엘리샤."

"이렇게 당신을 사랑할 수 있는 저는 다른 【나】보다도 행복한 사람이에요."

그렇게 말하자 알베르토는 한순간 어리둥절했습니다.

이상한 표현이었을지도 모르겠습니다.

하지만 이것은 모든 감정을 담은 거짓 없는 마음이었습니다.

그러자 알베르토는 고개를 가로젓더니 "그건 내가 할 말이겠지."라며 웃었습니다.

"출세도 못 하는 내 곁에 이렇게나 귀엽고 멋진 공주님이 시집을 와 준 거야. 이곳에 있는 누구한테 물어봐도 내가 가장 행복한 사람이라고 그러겠지."

"어머, 그렇지는 않아요. 제 쪽이 훨씬 행복해요."

"아니아니, 내 쪽이 행복해."

그런 대화를 나누던 우리는, 누가 먼저라고 할 것도 없이 웃음을 터뜨렸습니다.

"행복하네요, 서방님."

"그래. 행복하구나, 나의 아내여."

우리는 얼굴을 마주 보고 함께 웃었습니다.

그리고 또 얼마의 시간이 지났습니다.

왕도에서 사건이 벌어졌다, 그런 이야기는 점점 들어오지 않게 되었습니다. 간신히 왕위 계승권 분쟁이 진정된 것일까요. ……아무래도 상관없는 일이겠죠. 누가 왕위를 잇든지, 어느 파벌이 이기든지 저희에게는 이제 관계없는 일입니다. 그보다도…….

지금의 제게는 '그런 것' 보다 훨씬 중요한 일이 있습니다.

"서방님."

"무슨 일이야? 엘리샤."

저택 거실에서 편안하게 쉬던 알베르토에게, 저는 각오를 다지고서 말했습니다.

"아이가 생긴 것 같아요."

"…………………어?"

알베르토의 손에서 읽고 있던 책이 떨어졌습니다. 입을 떡하니 벌리고서 어쩐지 재미있는 표정이 되었습니다. 쿡쿡 웃는 사이, 알베르토가 정신을 차린 모양입니다.

"아이…… 우리 아이 말이야?!"

"어머, 서방님은 제가 바람이라도 피웠다고 의심하나요?"

"그럴 리가 없지! 그런가…… 그런가!"

알베르토는 기세 좋게 일어나서 나를 끌어안더니, 그것으로도 부족하다는 듯 들어 올리고 빙글빙글 돌았습니다. 정말이지, 너무 신이 났네요.

"고마워! 고마워, 엘리샤!"

"후후후. 너무 성급해요. 그런 말은 무사히 태어난 다음에 해 주세요."

알베르토를 진정시키고, 우리는 소파에 앉았습니다.

"남자아이라면 엘리샤를 닮아서, 건강하고 용맹한 아이로 자랐으면 좋겠네."

"후후. 여자아이라면 서방님을 닮아서, 다정하고 온화한 아이로 자랐으면 좋겠어요."

우리는 아직 보지 못한 우리 아이의 장래 등으로 이야기꽃을 피웠습니다.

이때 우리는 행복의 절정이었다고 생각합니다.

──그러던 때였습니다.

삼공 중 하나인 엑셀이 우리를 찾아온 것은.

"엘리샤 님. 당신께 엘프리덴 왕국의 왕위를 부탁드리려 해요."

푸른 머리카락의 교룡족(蛟龍族) 미녀 엑셀 월터는 그렇게 말하고 제 앞에서 머리를 조아렸습니다. 저는 한순간 무슨 소리를 들었는지 알 수가 없어서 머릿속이 새하얘졌습니다.

알베트로가 걱정스럽게 바라보는 가운데, 저는 간신히 말을 짜 내었습니다.

"왕위…… 말인가요."

이제 와서, 어째서…… 그런 말이 나오는 걸까요.

"이, 일단 안으로 들어오시죠."

여전히 멍한 저를 대신해서 알베르토가 엑셀을 거실로 안내했습니다. 일단 셋이서 소파에 앉아서 (주로 제가) 진정이 된 참에, 엑셀은 이제까지의 경위와 지금 이 나라의 상황에 관해서 이야기해 주었습니다.

그 이야기에 따르면, 왕위 계승을 둘러싼 분쟁은 왕족이 거의 전멸하는 형태로 끝이 났다고 합니다. 혼란은 왕도 주위로 그쳤다고는 해도 왕성 안에서는 파벌 권유나 빼돌리기 공작, 배신, 책략이나 속고 속이는 일들이 만연하여 많은 피가 흘렀다는 모양입니다.

그것이 다시금 원한을 낳고 다시금 피로 피를 씻는 복수의 대결이 거듭되어, 모두가 서로를 의심하며 서로를 치는 다툼도 빈발했다고 합니다. 왕족이 거의 전멸했다는 것은 그런 상황 끝에 다다른 필연이겠지요.

그리고 전멸에 '거의'라는 단서가 붙은 것은 제가 살아남았기 때문입니다.

엑셀이 이곳에 온 것도 그것이 이유겠죠.

"하지만 저는 이미 결혼하며 엘프리덴의 이름을 버렸어요."

그렇게 호소했지만 엑셀은 조용히 고개를 가로저었습니다.

"이미 현재 왕가의 직계라고 부를 수 있는 분은 엘리샤 님뿐이에요. 엘프리덴 가문 이외의 사람이 왕위를 자칭하고 나서면 혼란은 더욱 확대되겠죠. 아미도니아나 톨기스 등 주변국도 불온한 움직임을 보이고 있어요. 이 혼란을 수습하기 위해서는 어떻게든 엘리샤 님께서 왕위를 물려받으실 필요가 있어요."

"그건…… 하지만……."

제가 말을 잃은 사이, 알베르토가 제 어깨를 살며시 안고서 말했습니다.

"게오르그한테 삼공은 왕위 계승 문제에는 관여하지 않겠다고 들었습니다만."

"……예. 분쟁 확대를 막기 위해서 저희 군대를 눌러 두는 것만으로도 필사적이었으니까요. 하지만 이제 왕족분은 엘리샤 님밖에 남지 않았어요. 쪼개질 이유도 없는 지금이라면, 삼공도 삼군도 목숨을 바쳐 엘리샤 님을 지키고 섬기겠어요."

그러더니 엑셀은 바닥에 무릎을 꿇고, 바닥에 닿을 때까지 머리를 숙였습니다.

"두 분이 왕위 계승권 분쟁에 가담하지 않고 이곳에서 조용히 행복하게 살고 계셨다는 건 잘 알아요. 저희 바람이 그 행복을 부수게 된다는 것도. 하지만 나라가 흐트러지면 머지않아 재난은 이 땅에도 미치겠죠."

엑셀의 말하려는 바는 이해할 수 있습니다. 그렇지만…….

"제가 왕성으로 돌아가면 알베르토나 '이 아이'는 어떻게 되나요?"

제가 아직 그다지 눈에 띄지 않는 하복부에 손을 대며 말하자 엑셀은 크게 눈을 떴습니다. 아무래도 '이 아이'에 관해서는 몰랐나 봅니다.

그리고 엑셀은 다시 한번 깊이 머리를 숙였습니다.

"그런 중요한 시기에 심려를 끼쳐 죄송합니다! 물론 가족께서 함께 왕성으로 오셨으면 해요. 여러분은 저희가 반드시 지키겠어요. 특히 얼마 전에 카마인 공을 물려받은 게오르그는, 가족 여러분을 위해서는 목숨마저 내던질 각오예요."

"게오르그는 가문을 물려받았나……."

알베르토가 그렇게 중얼거렸습니다. 저는 잠시 눈을 감았습니다.

'……기억은 오지 않나요.'

미래의 【나】한테서 이 선택을 한 결말이 오지는 않을까, 그런 생각도 들었지만 그런 낌새는 전혀 없었습니다. 이 선택의 결말이 치명적이지는 않다는 것인지, 혹은 이 단계까지 다다른 【나】가 저 말고는 없는지…… 그것은 확실하지 않습니다. 분명한 것은 제가 이 결단을 해야만 한다는 사실입니다.

'내가, 취해야 하는 선택은…….'

생각하고 또 생각하고…… 저는 알베르토를 봤습니다.

"……서방님. 제가 어떤 선택을 하더라도 함께 있어 주겠어요?"

그렇게 묻자 알베르토는 크게 고개를 끄덕여 주었습니다.

"물론이다마다! 우리는 부부니까."

그 대답을 듣고 저는 각오를 다졌습니다.

이제까지 봤던 【나】의 결말을 바탕으로, 제가 내린 결단은…….

"알겠어요. 왕성으로 돌아갈게요."

"아아…… 감사합니다, '여왕 폐하'."

"하지만."

머리를 숙이려는 엑셀을, 저는 손을 들어 제지했습니다.

"왕위를 받는다면, 저는 국왕의 권한을 남편인 알베르토에게 위양하겠어요."

"아니! 그건 다시 말해……."

"예. 저의 승인 아래, 알베르토가 국왕으로서 이 나라를 통치하도록 하겠어요."

"내, 내가 나라를?! 그런 건 무리야!"

알베르토가 놀라서 눈을 부릅뜨고 고개를 절레절레 내저었습니다. ……끌어들여서 미안해요, 알베르토. 하지만 이건 반드시 필요한 일입니다.

"실례지만 저로서도 그건 무리가 아닌가 싶어요. 애당초 엘프리덴 왕가의 핏줄이 아니라면 국민들은 납득하지 않겠죠."

엑셀도 그렇게 말했습니다. 하지만 제 각오는 흔들리지 않았습니다.

"왕가의 피는 내가 물려받고, 나아가 '이 아이' 가 물려받아요. 제 남편이자 이 아이의 아버지인 알베르토라면, 다음 대까지 잠정적으로 국왕을 맡을 수 있을 테죠."

"아니, 하지만…… 거듭 죄송합니다만, 알베르토 님께 왕의 자질이 있다고는……."

어렵게 그런 말을 꺼내는 엑셀을 상대로 저는 조용히 고개를 가로저었습니다.

"월터 공, 엘프리덴 왕가는 피를 너무도 흘렸어요. 그것도 친족들끼리 추악하게 다툰 결과로, 말이죠. 이 사실은 가신들은 물론 국민들에게도 널리 알려져 있겠죠. 엘프리덴 왕가의 신용은 추락했어요. 아닌가요?"

"……말씀하신 그대로라 생각해요."

대답을 망설이는 모습을 보이기는 했지만 엑셀은 인정하고 고개를 끄덕였습니다.

"지금 제가 왕위에 앉더라도 나라를 수습할 수는 없겠죠. 무엇보다도 제게는 왕위를 이어받는 근거가 되는 왕가의 핏줄이 흐르고 있으니까요. 제가 왕위에 앉더라도 백성들은 불안하게 여길 테고, 이 분쟁에서 다른 왕족에게 붙었던 자들에게는 부아가 치미는 일일 거예요. 저로서는 유사시에 거국일치의 체제를 취할 수 없어요. 안 그래도 왕가가 힘을 잃은 이 나라에서, 게다가 가신들까지 쪼개지는 사태가 벌어진다면 이 나라는 정말로 끝이에요."

엑셀은 제 말을 묵묵히 듣고 있었습니다. 설득력은 있었을 테죠. 왜냐면 저는 그런 미래를 【나】를 통해서 보았으니까요.

설령 분쟁에서 살아남은 파벌이 있었을지라도, 그 분쟁으로 발생한 원한이 꼬리를 끌며 천재지변이나 몬스터 발생 혹은 다른 나라의 침공 같은 유사시에 거국일치의 체제를 취하지 못하고 끝내는 왕성이 불타는 지경에까지 이르렀습니다.

그것은 제가 여왕이 되어도 변함이 없을 테죠.

"말씀하시는 바는 알겠습니다만…… 그렇다면 어째서 알베르토 님을 국왕으로 올리시려는 건가요?"

엑셀의 당연한 의문에 저는 솔직하게 대답했습니다.

"알베르토라면 누구에게도 미움을 사지 않는 왕이 될 수 있으니까요."

"미움을 사지 않는 왕, 인가요?"

"예. 똑똑한 자가 왕이 된다면 충신은 기뻐하겠지만 나쁜 신하는 운신의 폭이 좁아질 터이니 꺼리면서 끌어내리려고 하겠죠. 왕에게 힘이 있다면 그런 신하를 뿌리 뽑을 수 있겠지만, 지금의 왕가에는 그런 힘은 없겠죠. 자칫하면 반발을 하고 내란이 벌어져요. 반대로 나쁜 신하가 기뻐하고 충신이 멀어지게 만들 법한 자가 왕이 된다면 망국은 필연이겠지만."

"…………."

"지금 이 나라에 필요한 것은 충신도, 그렇지 않은 신하도 미워하지 않는 왕이에요. 충신이 저도 모르게 힘을 빌려주고 싶어지는, 나쁜 신하가 이 사람이라면 쉽게 조종할 수 있겠다고 얕볼 법한 왕만이 이 나라의 명줄을 물려받을 수 있는 거예요."

"……그것이, 알베르토 님이라는 말씀이신가요?"

"예. 제가 그 분쟁에 휘말려들지 않은 이유는 알베르토 님이 이런 성격이기 때문이겠죠. 무능하고 무해한, 그렇기에 눈에 띄지 않고 넘어간 게 아닐까요."

제가 그렇게 말하자 엑셀은 한숨과 함께 말했습니다.

"그래서는 마치 꼭두각시가 아닌가요."

"예. 현재로서는 꼭두각시 왕이 아니라면 나라를 유지할 수 없다고 생각해요. 그만큼 지금 이 나라는 상처를 입었어요. 그 상처를 치유할 시간이 필요해요."

저는 엑셀의 눈을 똑바로 바라보며 말했습니다.

"설령 나쁜 신하를 뿌리 뽑지 못하더라도, 충신의 의견을 잘 듣고 통치한다면 상황이 그렇게 간단히 악화되지는 않을 테죠. 삼공은 충의를 가지고 도와주시는 거겠죠?"

"물론이에요."

"그렇다면 역시나, 지금 이 나라에 걸맞은 국왕은 알베르토겠죠. 지금은 현재 상황을 유지하며 상처가 나을 시간을 벌고, 호전은 '다음 대'에 맡기죠."

제가 배에 손을 대며 말하자 엑셀은 체념한 듯 어깨를 떨어뜨렸습니다.

"본격적인 나라의 재건은 다음 대까지 미루는 건가요."

"후후, 수명이 긴 종족인 엑셀 공이라면 긴 시간은 아니겠죠."

"알겠어요. 저희 삼공은 엘리샤 님과 알베르토 님을 돕겠습니다. ……저로서는 이렇게까지 생각하실 수 있는 엘리샤 님께서 왕위를 물려받으셨으면 좋겠지만요."

"……그런 미래는 없어요."

엑셀에게 단호하게 말하고서, 저는 알베르토를 돌아봤습니다.

"서방님. 당신에게 폐를 끼치게 되어 면목이 없지만, 부디 '이 아이'를 위해서 이 나라의 국왕이 되어 주시지 않겠나요."

중간부터 알베르토는 넋이 나간 상태였지만, 제가 손을 붙잡고 우리 아이가 있는 배로 가져다대자 정신을 차린 모양입니다.

"흐, 흠…… 짐이 너무나도 큰 것 같지만, 엘리샤랑 '이 아이'를 위해서라면 어쩔 수 없지. ……배가 아프려고 하는데."

알베르토는 자신이 없는 태도였지만 그럼에도 받아들여 주었습니다.

이렇게 누군가에게 부탁을 받으면 싫다고는 못 하는 점도, 이 사람의 약점이자 다른 사람에게 미움을 사지 않는 강점이라고 느꼈습니다. 이렇게 저희는 왕성으로 돌아오게 되고, 알베르토는 저로부터 승인을 받아 엘프리덴 국왕이 되었습니다.

이 사실에 다소 반발은 있었지만 삼군을 통솔하는 삼공이 전면적인 지지로 돌아섰고, 또한 알베르토가 독선적인 성격이 아니라 무슨 일에든 어떤 인물의 의견에도 귀를 기울이는 성격이었기에 큰 불씨가 되지는 않았습니다.

시간이 흘러서, 나라는 좋아지지는 않았지만 나빠지지도 않았습니다. 현상유지라는 역할을 알베르토가 제대로 달성하는 중이라 말할 수 있겠죠.

저는 왕성으로 돌아와서 얼마 후에 여자아이를 출산했습니다.

기운차게 우는 이 여자아이에게 알베르토는 '리시아'라는 이름을 붙였습니다.

제 이름과 어감을 맞추어 준 모양입니다. 리시아는 큰 병도 앓지 않고 무럭무럭 자라서, 어느샌가 과거의 저처럼 말괄량이인 공주님이 되었습니다.

'서방님을 닮아, 다정하고 온화한 아이로 자랐으면 좋겠어요.'

……아무래도 그날 저의 바람은 이루어지지 않았나 봅니다. 이따금 얼굴을 보러 와 주는 게오르그를 따르며 검에 흥미를 가진 모양입니다. 놀러가서는 상처가 끊이질 않아서 어머니로서는 걱정입니다만, 어쨌든 건강하게 자라 준다면 충분하겠죠.

다만 그렇게 온화한 나날을 보내는 동안에도, 마왕령의 출현이나 그곳에서 대량으로 출현한 몬스터들의 침공, 그에 따라 붕괴된 북쪽 나라로부터 난민들이 유입하는 등 예상 밖의 사태가 차례차례 벌어지고, 왕국은 완만하게 쇠퇴하고 있었습니다.

그날 '그'가 소환되는 그때까지.

…………

활활 타오르는 왕성 안에서, 저는 이제까지의 일을 떠올리고 있었습니다.

목숨의 위기에 과거의 기억이 되살아났을까요.

다른 세계에서 소환된 용사 소마 카즈야 님.

알베르토는 그를 잘못 취급하였습니다.

그의 혁신적인 정책에 이끌려 나라를 재건하는 재상으로 삼았지만, 반발하는 귀족들로부터의 압력에서 미처 지켜내지 못하고 관직에서 쫓아내고 말았습니다.

결과적으로 그는 그를 지지하던 충신 게오르그 카마인이나 우리의 딸 리시아와 함께, 불타 버린 도시 [랜들]에서 목숨이 다하고 말았습니다.

그리고 저희 역시도 귀족들의 반란으로 최후의 순간을 맞이하려 합니다.

소마 경은 귀족들로부터 미움을 샀지만 국민들로부터는 지지받고 있었기에, 그런 소마 님을 추방하자 국민들의 마음은 떠나고 저희는 고립무원이 되었습니다. 그를 더욱 신용하고 권한을 주었다면 지금과는 다른 결말이 되었을지도 모릅니다.

하지만 이제 와서 그런 생각을 해봐야 소용없겠죠.

그렇기에 적어도, 저는 알베르토에게 제가 가진 마법에 대해 고백하고 과거의 소마 경과 막 만났을 무렵의 【우리】에게 이 기억을 보내기로 했습니다. 과거의 【우리】가 이 미래로 다다르지 않도록. 타인의 기억도 함께 보내는 것은 처음이었지만(기억을 보내는 것 자체가 저 자신은 처음입니다만), 어떻게든 잘 해낸 것 같았습니다. 이것으로 보낸 곳의 【나】는 다른 미래에 다다르겠죠. 어쩌면 리시아랑 소마 경이 죽지 않는 세계가 될지도 모릅니다.

그렇게 생각하니 조금은 가슴이 가벼워지는 것 같았습니다.

"……미안해, 엘리샤. 난 그저 어리석을 뿐이었어."

알베르토는 그렇게 사죄했지만 저는 고개를 가로저었습니다.

"아뇨. 저는 충분히 행복했어요. 당신과 만나서, 리시아가 태어나고. 이제까지의 어떤 【나】보다도, 저는 행복했다며 가슴을 펴고 말할 수 있어요."

지금 이곳에서 목숨의 위기에 빠져 과거로 기억을 보냈다는 것은, 여기까지 다다른 것은 제가 처음이라는 증거였습니다.

다시 말해 반려로 알베르토를 선택한 것은 제가 처음이라는 의미입니다.

처음으로 그를 사랑한 것도, 처음으로 그에게 사랑을 받은 것도 저입니다. 처음으로 리시아를 낳은 것도, 가족과 사는 행복을 안 것도 저입니다.

설령 기억을 보낸 곳의 【나】가 지금보다 멋진 미래에 다다르더라도 그것은 결코 변하지 않습니다. 제 인생은 충분히 충족되었습니다.

"그날, 당신과 만나서 다행이야."

"엘리샤……."

저희는 불길 속에서 서로를 끌어안았습니다.

……님…… 엘리샤 님.

"어?!"

저를 부르는 목소리에 정신을 차렸더니 카를라 씨가 어리둥절한 표정을 띠고 있었습니다.

"왜 그러시나요? 멍하니 계시던데."

"아뇨, 잠깐 '다른 현재' 일이 생각났을 뿐이에요."

시안과 카즈하의 얼굴을 보다가 그날의 기억을 떠올렸습니다.

그날의 기억을 바탕으로 알베르토는 선택을 그르치지 않고 왕위를 사위님에게 물려줄 수 있었습니다. 사위님에게 실권을 넘기자 이 나라는 재건되고, 오히려 과거보다도 번영하며 우리도 이렇게 손주들의 얼굴을 볼 수 있었던 것입니다.

그렇게 생각하면 기억을 보내 준 【나】에게는 아무리 감사해도 모자랍니다.

저는 이제까지의 【나】 가운데 가장 행복한 사람이겠죠.

"그러고 보니 저만 육아를 돕겠다며 한발 앞서 이 아이들을 만나러 간다고 그랬더니 그 사람이 살짝 토라졌어요. 치사하다고요."

"그건 그렇겠죠. 알베르토 님은 영지에 홀로 남겨지셨으니까요……."

"후후후, 참 곤란한 할아버지네요~ 시안, 카즈하."

이름을 불렀더니 아이들은 어리둥절한 표정을 지었습니다.

"아아, 정말로 귀여워라. 이대로 저택으로 데려가고 싶을 정도야."

"왕가의 후사가 실종되면 큰 소동이 벌어질 테니까 절대로 안 됩니다!"

"그럼 자주 올 수밖에 없겠네. 일주일에 두 번 정도."

"그렇게 빈번하게 집을 비우시면 또 알베르토 님이 토라지시지 않을까요?"

"같이 오면 돼요. 묵고 가는 것도 좋겠네요."

"일주일에 두 번이나 묵고 가신다면 절반은 왕성에 계시는 거라고요?! 두 분은 다툼의 화근이 되지 않도록 왕성을 나가셨다고 들었는데요?!"

성실하게 반응해 주는 카를라 씨가 귀여워서, 저는 쿡쿡 웃었습니다.

──아아…… 정말로 행복하네요.

"아버님! 어머님!"

"두 분 모두 무사하십니까?!"

불 속에서 최후를 각오했을 때, 한 목소리가 울려 퍼졌습니다.

고개를 들자 그곳에는 이곳으로 달려오는 젊은 남녀의 모습이 있었습니다.

'어째서? 이 두 사람의 모습이 보이는 걸까요.'

멍한 머리로 생각했습니다. 두 사람은 이미 이 세상에 없는데.

저희는 환각을 보는 걸까요.

아니면 죽음이 다가왔기에 두 사람이 마중을 와 주었을까요.

"리시아! 그리고, 소마 님!"

알베르토가 깜짝 놀란 표정으로 두 사람의 이름을 불렀습니다. 그 말을 듣고 제 머리도 깨어났습니다. 저만이 아니라 알베르토도 두 사람의 모습이 보이는 것입니다.

다시 말해 눈앞의 광경은 틀림없는 현실이라는 의미입니다.

혼란에 빠진 저희 곁으로 리시아가 달려왔습니다.

"다행이야. 두 분 모두 무사하셔서."

"리시아, 살아 있었느냐! 우리는 네가 죽었다고만······."

"······카마인 공이 도망치도록 해 주었어요."

리시아가 자신의 소맷자락을 붙잡으며 괴로운 듯 말했습니다. 아무래도 랜들이 함락되기 전, 게오르그가 시간을 벌어 주는 동안에 두 사람은 탈출할 수 있었나 봅니다.

'기억해 줬으면 해. 내가 카마인 가를 이어받은 그때는, 널 위해서 최대한 협력할 것을 여기서 맹세할게. 이 목숨을 바쳐서라도 말이야.'

게오르그 님, 당신은 그날의 약속을 완수해 주었군요. 알베르토 님을 위해 목숨을 걸고 리시아와 소마 경의 목숨을 구해 준 것입니다.

저는 잠시 눈을 감은 뒤, 신경 쓰이던 것을 물었습니다.

"하지만 두 사람은 어떻게 이곳에 왔죠? 이 성은 포위되어서 불타고 있는데."

"아── 그런 쪽의 사정을 설명하자면 길어질 테니까 나중에 하죠. 지금은 성에서 탈출하는 걸 우선해야 합니다."

소마 경이 그렇게 말했을 때, 타다다닥, 또 하나의 발소리가 다가왔습니다.

"큰일이야, 소마. 불길이 거칠어."

달려온 것은 길고 검은 머리카락에 월터 공보다도 큰 사슴뿔이 달렸고 엉덩이에 긴 도마뱀 같은 꼬리가 있는, 작고 귀여운 소녀였습니다.

"빨리 도망쳐야 돼."

"알았어, 나덴. 자, 두 분 모두, 이쪽으로."

소마 님은 저희를 데리고 베란다로 나갔습니다.

바깥 공기를 접할 수가 있었지만 피어오르는 연기로 주위의 상황은 잘 보이지 않습니다. 게다가 이곳은 성의 높은 곳이라 밖으로 나가려고 해도 탈출 방법은 없습니다.

하지만 소마 경은 "괜찮아요."라며 우리를 향해 웃었습니다.

"그럼 부탁할게. 나덴."

"맡겨 둬. ……사실은 반려가 아니라면 태우고 싶지 않지만."

그러더니 나덴이라고 불린 소녀는 베란다 난간으로 훌쩍 뛰어올랐습니다. 위험해, 그렇게 생각해서 다가가려던 참에 리시아가 제 손목을 붙잡고 말렸습니다.

"간단하게 설명하면, 랜들을 탈출한 저희는 모험가로 변장하여 제국으로 갔어요. 소환된 용사를 원하던 제국이라면, 교섭에 따라서는 보호를 받을 수 있지 않겠냐는 소마의 제안으로요."

"그리고 도중에, 저희는 성룡 산맥에서 온 사자와 만났죠."

성룡 산맥? 마더 드래곤이 다스린다는 드래곤들의 자치령 말인가요?

"사자는 성모룡 티아마트 님이 저와 만나고 싶어 한다고 했어요. 성룡 산맥으로 불려 간 저희는 그곳에서 나덴을 만났죠."

그리고 나덴은 점점 커지더니 길고 거대한 검은 생물의 모습으로 변했습니다. 얼굴은 드래곤과 닮았지만 전혀 알 수 없는 생물입니다.

그리고 리시아는 그런 생물의 몸을 만지며 말했습니다.

"나덴 데랄. 소마가 계약한 드래곤이에요."

"뭐, 계약 의식까지는 시간이 있으니 지금은 가계약이지만요."

소마 경이 뺨을 긁적이며 그렇게 보충했습니다. 드래곤……이라고?

[정말이지! 그런 이야기는 나중에 해도 되잖아!]

머릿속에 나덴 씨의 목소리가 울렸습니다. 이 생물…… 검은 드래곤이 말하고 있다는 것은, 역시나 이 드래곤은 나덴 씨라는 의미겠죠.

[내 모습을 보고 아래쪽의 병사들이 소란스러운 모양이야.]

"서두르는 게 좋겠어. 자, 여러분. 나덴의 등에 타세요! 몸을 고정할 게 없으니까 서로 꽉 붙잡고 놓지 않도록!"

소마 경의 재촉에 저희는 나덴 씨의 등에 탔습니다. 시키는 대로 리시아는 소마 경에게, 알베르토는 리시아에게, 저는 알베르토에게 매달렸습니다.

"좋아. 그럼 부탁할게, 나덴."

[맡겨 둬!]

그리고 다음 순간, 나덴 씨는 스르륵 하늘로 올라갔습니다. 불길에 타오르는 왕성이 시야 아래로 점점 작아졌습니다. 왕도의 풍경이 점차 멀어졌습니다.

"소마 님, 이제부터 어디로 가려는 건가?"

"라군 시티로 가서, 월터 공과 합류할 생각입니다."

알베르토의 물음에 소마 님은 대답했습니다.

"월터 공 곁에서 리시아가 살아있다는 사실을 공표하고, 지금은 뿔뿔이 흩어진 육군을 재결집할 겁니다. 육군 장병들은 세상을 떠난 카마인 공을 경애하고, 그런 카마인 공이 딸처럼 귀여워하던 리시아를 아끼고 있습니다. 그러니까 두 사람이 죽었다는 소식을 듣고 와해되었을 테지만, 리시아가 살아있다는 사실이 알려지면 재결집하겠죠. 월터 공과 바르가스 공은 왕가를 지지하고 있으니까 삼군이 모이겠죠."

"나만이 아니야. 소마도 부패 귀족들한테는 미움을 받았지만 민중들에게는 지지를 받았어. 살아있다는 사실이 알려지면 국민들도 용기가 날 거야."

포기하지 않는 두 사람의 말. 가슴속에서 복받치는 심정을 느꼈습니다.

두 사람의, 아직 어리다고 생각했던 젊은이가 가진 열기와 눈부신 모습에 눈물이 나왔습니다.

미래는 아직 계속된다고 믿을 수 있으니까.

저는 알베르토의 허리에 두른 팔에 꽉 힘을 실었습니다.

있죠, 기억을 보낸 곳의 【나】.

아무래도 기억을 보낸 뒤에도 제 인생은 계속되는 모양입니다.

──역시 제가, 가장 행복한 사람이에요.

현실주의 용사의 왕국 재건기 10

2021년 04월 20일 제1판 인쇄
2021년 05월 01일 제1판 발행

지음 도조마루
일러스트 후유유키

옮김 손종근

발행 영상출판미디어(주)
등록번호 제 2002-000003호
주소 21311 인천광역시 부평구 평천로 132 (청천동)
전화 032-505-2973(代) | FAX 032-505-2982

ISBN 979-11-6625-948-7
ISBN 979-11-319-7219-9 (세트)

Genjitsusyugi yuusha no oukoku saikenki by Dojyomaru
ⓒ2019 by Dojyomaru
First published in Japan in 2019 by OVERLAP, Inc.
Korean translation rights reserved by YOUNGSANG PUBLISHING MEDIA, INC.
Under the license from OVERLAP, Inc., Tokyo JAPAN

 노블엔진(NOVEL ENGINE)은 영상출판미디어(주)의 라이트노벨 및 관련서적 브랜드입니다.